LE CHEMIN DE L'ACCEPTATION

KC Burn

LE CHEMIN DE L'ACCEPTATION

KC Burn

Publié par
DREAMSPINNER PRESS

5032 Capital Circle SW, Suite 2, PMB# 279; Tallahassee, FL 32305-7886 USA
www.dreamspinnerpress.com

Le chemin de l'acceptation
Copyright de l'édition française © 2013 Dreamspinner Press.
Titre original : Cop Out
© 2013 KC Burn.
Première édition : novembre 2011
Traduit de l'anglais par Ingrid Lecouvez.

Illustration de la couverture :
© 2013 Reese Dante.
http://www.reesedante.com
Les éléments de la couverture ne sont utilisés qu'à des fins d'illustration et toute personne qui y est représentée est un modèle

Édition e-book en français : 978-1-62380-112-0
Édition imprimée en français : 978-1-63216-804-7
Première édition française : avril 2013
v 1.1

Édité aux États-Unis d'Amérique.

Aux amis et à la famille qui m'ont soutenue et aidée afin que ce livre prenne vie, et plus particulièrement à Chudney, Jax, Dottie, et Alex. Je n'aurais pas pu faire tout cela sans vous.

I

KURT S'ACCROUPIT derrière la voiture, attendant le signal de Ben. A quel point ces voitures étaient-elles à l'épreuve des balles ? Trente ans auparavant, elles étaient construites comme des chars d'assauts. D'ailleurs, son père avait encore un de ces vieux modèles, une 'péniche'. Aujourd'hui... Eh bien, elles n'étaient certainement pas faites en titane.

Le soleil rayonnait, lui brûlant le visage et faisant dégouliner la sueur le long de ses cheveux courts jusque dans son col. Son tee-shirt bleu marine était déjà trempé – les gilets pare-balles en Kevlar tenaient chaud et pesaient lourd, mais ils étaient un mal nécessaire. C'était le dernier mardi de mai, mais la température rivalisait avec celle du milieu du mois de juillet. Il détestait vraiment les descentes de midi lors de journées aussi ensoleillées qu'en été. Le soleil signifiait qu'ils n'avaient aucun avantage en termes de visibilité et qu'un éclat soudain pouvait aveugler n'importe qui à un moment critique.

Il passa le dos de sa main sur son front. S'il avait été sous couverture, il aurait pu au moins porter un bandana pour éponger la transpiration. L'odeur âcre du bitume brûlant rivalisait avec celles du poisson pourri et des ordures provenant du quartier du marché tout proche. Il aurait préféré qu'ils aient attendu des renforts. Mais il était inspecteur depuis seulement trois ans alors que Ben faisait ce boulot depuis beaucoup plus longtemps ; il devait donc s'incliner devant sa plus grande expérience. Son partenaire pouvait être taciturne et réservé, mais c'était un officier dévoué et efficace. Kurt lui aurait confié sa vie.

Comme il se devait.

Ben se mit en position devant la porte d'entrée du bâtiment et lui donna le signal qu'il attendait. Tirant sur le col de son gilet pare-balles une dernière fois, Kurt avança lentement pour couvrir l'arrière du bâtiment, se collant le plus possible au mur pour rester invisible depuis la rangée de fenêtres.

Gustav, l'un des informateurs de Ben, avait contacté ce dernier pour lui fournir un tuyau à propos d'un suspect. Ben avait décidé d'enquêter

1

immédiatement, et Kurt faisait confiance à son partenaire pour faire ce qui était le mieux, même si l'information avait trait à une affaire qui ne les concernait pas directement. Ben avait des contacts partout, et cela ne pouvait pas faire de mal de recevoir quelques félicitations de la part de la Brigade des Stups.

La prise familière sur son Glock prêt à servir le garda ancré les pieds sur terre tandis qu'il attendait l'inévitable échappée du suspect par la porte arrière – que tout individu tentait lorsqu'un officier s'annonçait à la porte de devant. Il s'étira pour jeter un œil à travers la fenêtre sale. Il n'y avait personne. Aucun mouvement. Rien qui laissait supposer que la pièce qu'il observait ait été utilisée récemment. Une couche de poussière recouvrait la table et les chaises.

Ben fit les sommations d'usage assez fort pour que Kurt les entende et reporte son attention sur l'entrée. Presque au même instant, Ben donna un coup de pied sur la porte et le bâtiment explosa, projetant Kurt en arrière.

LA LUMIERE lui fit mal aux yeux, mais Kurt ne pouvait fermer ses paupières plus qu'elles ne l'étaient déjà. Il souhaita d'ailleurs pouvoir faire de même avec ses oreilles et se protéger du bip infernal.

Êtes-vous réveillé ? demanda la voix stridente d'une femme.

Il grinça les dents.

Allons, il est temps de vous réveiller.

Le bip était régulier, rythmique... comme un moniteur cardiaque. D'accord. L'odeur âpre de détergent aurait dû le mettre sur la voie. Il était dans un hôpital. Les moniteurs devaient avoir alerté quelqu'un de son retour à la conscience.

Que s'est-il passé ? coassa-t-il.

Bon sang. Ce n'était pas lui – sa voix ressemblait à celle de quelqu'un qui aurait avalé du gravier en guise de petit déjeuner. Parler lui faisait aussi un mal de chien.

Pouvez-vous ouvrir les yeux, inspecteur O'Donnell ?

Pas moyen, putain.

Trop... lumière, réussit-il à dire.

Ses tempes se mirent à pulser douloureusement. D'autres parties de son corps menacèrent de se manifester, ce qu'il n'attendait pas impatiemment mais, nom de Dieu, cela voulait dire qu'il n'était pas mort.

La lumière perdit en intensité et Kurt entrouvrit les paupières avec difficulté. Une infirmière avec – il se força à se concentrer – des ours en peluche sur sa blouse, était penchée au dessus de lui, tenant son dossier médical et grattant quelques notes avec le crayon de plus bruyant jamais inventé.

Soif.

Malgré sa voix de verre brisé, l'infirmière lui sourit avec compassion.

Je sais. Mais vous ne pouvez rien prendre avant que le docteur ne vous voit.

Elle tapota gentiment son épaule et quitta la pièce, la semelle de ses chaussures grinçant sur le sol, lui arrachant une grimace.

Bon sang, mais que s'était-il passé ?

Il essaya de bouger chacun de ses membres avec précaution, testant la douleur. Rien ne le fit hurler aussi fort que sa tête, mais il perçut un problème avec son bras gauche et sa jambe gauche. Jetant un œil autour de la pièce, il ne trouva rien qui puisse lui indiquer quel jour ou même quelle heure il était. La dernière chose dont il se souvenait était d'être monté dans la voiture avec Ben après avoir reçu un tuyau. Avaient-ils eu un accident de voiture ? Avait-il reçu une balle ? Les efforts qu'il faisait pour essayer de se souvenir mettaient sa tête à l'agonie. Poussant un soupir, il se détendit autant qu'il le put sur la dalle de béton que l'hôpital assurait être un matelas

Même s'il ne souhaitait rien d'autre que d'arracher son intraveineuse et se précipiter dans le couloir, en exigeant que quelqu'un lui raconte ce qui s'était passé, en vérité, il avait peur que cela ne le fasse souffrir encore plus. Il ne s'était jamais senti aussi misérable de sa vie — et il ne voulait pas savoir à quel point cela pouvait être pire.

Les immanquables éclats de voix d'un couple d'Irlandais en colère discutant au loin flottaient dans la chambre. Il se détendit davantage. Si ses parents ne pouvaient pas convaincre le médecin de se dépêcher et de l'examiner, dès que ses frères et sœurs débarqueraient, le personnel de l'hôpital aurait trop à faire pour se débarrasser de la bruyante progéniture le plus vite possible.

C'est mon bébé qui est là !

Hum. Ils se rapprochaient, et Kurt priait pour que les infirmiers, au choix, calment sa mère ou la laissent entrer, car celle-ci était dans un tel état d'excitation que sa voix faisait un numéro de claquettes dans son cerveau.

Mme O'Donnell. M. O'Donnell. Le docteur arrive, je vous le promets. Venez avec moi dans la salle d'attente, cela ne sera pas long.

Cette voix ferme appartenait à son patron. Que faisait-il ici ? Cela confirmait-il que, quoi qu'il soit arrivé, c'était lié à l'opération dans laquelle ils s'étaient engagés ? Pourquoi ne se souvenait-il pas de ce qui s'était passé ? Et où était Ben, nom de Dieu ?

Kurt leva sa main droite et frotta doucement sa tête. Seigneur tout-puissant, il avait besoin de médicaments, quoiqu'une décapitation ne serait peut-être pas si mal, au fond.

— Inspecteur O'Donnell, dit une femme mince en blouse blanche en entrant dans sa chambre. Je suis le docteur Sarwa. Comment va votre tête ?

— Douloureuse.

Et encore cette voix grinçante.

— Qu'est-il arrivé ?

— Dans une minute. Des nausées ?

— Non, pas vraiment.

Ce n'était pas un mensonge, mais il n'était pas non plus prêt à manger quoi que ce soit.

Le Dr Sarwa fit un bref signe de tête et griffonna quelques notes dans son dossier médical avant de le poser et de soulever les couvertures du côté gauche du lit. Kurt la regarda faire, malgré la tension qu'il ressentit dans les yeux, et vit un énorme bandage sur toute la longueur de son bras. Était-il cassé ?

Le médecin enleva la bande, révélant plusieurs points de suture noirs le long d'une coupure irrégulière qui s'étendait de l'intérieur de son bras jusqu'à son poignet en passant par le milieu du biceps.

— Vous avez de la chance, inspecteur O'Donnell, murmura le médecin alors qu'elle examinait doucement la...

Il ne pouvait pas vraiment appeler ça une incision. Aucun chirurgien au monde se respectant ne ferait une coupe aussi irrégulière et aléatoire.

— Vous n'avez aucune fracture.

Était-ce là sa définition de la chance ? Après avoir vu et pris conscience des dégâts, il sentit son bras commencer à l'élancer au rythme des martèlements de son cerveau.

Kurt prit une profonde inspiration. Sa gorge était si sèche, il ne voulait pas dire un mot de plus que nécessaire.

— Jambe ?

Elle émit un petit grognement.

— Juste un genou tordu, rien de sérieux.

— Soif.

— Je le dirais à l'infirmière quand je partirai. Vous pouvez avoir un peu de jus de fruits, dit-elle en refaisant son bandage. La plaie est belle. Maintenant, pour le rapide compte rendu, vous vous êtes cogné la tête et des éclats de métal vous ont ouvert le bras.

Kurt se mit à rire, mais s'arrêta à la seconde quand les danseurs de claquettes dans sa tête furent remplacés par un groupe de percussionnistes frappant sur des bidons métalliques.

— Opinion professionnelle ?

Le Dr Sarwa lui sourit légèrement.

— Je pourrais être technique, mais vous vous rappellerez plus facilement de ce que je viens de vous dire une fois que votre fatigue aura disparu. Les éclats étaient dangereux – vous avez du être transporté au bloc immédiatement, sinon vous vous seriez vidé de votre sang. Mais ça aurait pu être bien pire. Je reviendrai plus tard.

Il aurait pu s'assoupir quelques minutes, mais une infirmière se montra presque immédiatement avec un verre de jus de fruits, suivie par sa mère et son père.

— Mon bébé, oh, mon bébé !

Sa mère vola vers le côté du lit opposé à celui où se trouvait l'infirmière. À cet instant, Kurt était davantage intéressé par l'approche de la paille pliable. La morsure acide de la pomme frappa son nez, et sa bouche sèche comme du parchemin saliva en réponse.

Sa mère saisit sa main et la pressa légèrement, la mouillant de larmes. C'était la première fois qu'il était... eh bien, certainement pas blessé. Avec six frères et sœurs plus âgés, il avait eu son compte de fractures et de contusions. Mais c'était la première fois qu'il était blessé en service, parce que sinon, pourquoi aurait-il une plaie due à des éclats de métal, même s'il ne pouvait se rappeler comment il se l'était faite ?

Sa soif apaisée, mais pas étanchée, il tourna la tête vers sa mère. L'infirmière s'en alla et fut remplacée par son père.

— Kurt, mon bébé...

— Maman, je vais bien.

— Non tu ne vas pas bien, répondit-elle avec une pointe d'hystérie dans la voix.

Kurt grimaça, et son père parla doucement.

— Deirdre, pas si fort. Rappelle-toi ce que le médecin a dit.

— Mais il ne va pas bien, Sean, dit-elle en se penchant en avant et en embrassant sa joue. Je suis désolée, mon bébé.

5

— Comment te sens-tu, mon garçon ?

La main de son père passa au-dessus de son bandage, pour finalement se poser sur son épaule.

— Endolori.

Mais maintenant qu'il était plus éveillé, il était prêt à rentrer à la maison. Sachant à présent ce qui n'allait physiquement pas chez lui, sa douleur commençait à s'atténuer, se stabiliser.

— Papa, que s'est-il passé ?

Ses parents échangèrent un regard. Sa mère commença à pleurer.

— Quoi ? s'enquit Kurt.

Ils n'étaient jamais à court de mots.

— Mon chéri, tu aurais pu mourir.

La voix de sa mère se brisa.

Le niveau sonore s'éleva à l'extérieur de la chambre. Le reste de sa famille devait être arrivé. Merde, ce n'était pourtant pas pire que lorsque Ian l'avait défié de grimper sur cet arbre pourri dans leur jardin. Il s'était cassé le bras et la jambe, alors. Là, il s'agissait juste d'une sale coupure, d'un coup sur la tête et d'un genou tordu. Vraiment pas de quoi en faire tout un plat. Mais ils agissaient toujours comme s'il était un bébé, alors qu'il avait trente et un ans. Pourquoi devait-il donc être le dernier enfant de ses parents ?

La porte s'ouvrit, mais ce ne fut pas l'un de ses frères ni l'une de ses sœurs qui entra. C'était son patron.

— Monsieur ?

La nausée bouillonna dans ses tripes, et les pulsations dans sa tête s'accélérèrent.

— O'Donnell. Heureux de voir que vous êtes réveillé. J'ai peur d'avoir de mauvaises nouvelles.

Comme si sa mine sombre n'était pas révélatrice en soi.

— Quoi, Monsieur ?

La prise de sa mère s'affermit, et son père s'éloigna pour aller regarder par la fenêtre.

— Vous rappelez-vous de ce que vous faisiez quand l'explosion s'est produite ?

Explosion ? Maintenant, les éclats qu'il avait reçus prenaient un sens. Rien d'autre n'en avait.

— Je n'ai pas souvenir d'une explosion. Seulement d'avoir récupéré une information de Gustav avant de monter en voiture avec Ben. La voiture a-t-elle explosé ?

Pourquoi n'était-ce pas Ben qui lui racontait tout cela ? La nausée s'était transformée en une douleur vive et brûlante dans ses tripes.

— Le bâtiment vers lequel votre informateur vous a envoyé était piégé. Nous sommes presque sûrs que l'un des types que Ben a coffré quand il travaillait à la Brigade des Stups – un mec du nom de Novi, l'Ours Russe – est derrière l'explosion. Il a été libéré sur parole il y a deux mois.

Novi. Kurt se rappelait d'histoires à son sujet – une petite frappe et un trafiquant de drogue, entre autres. Mais il pouvait dire à l'expression de l'inspecteur en chef Nadar qu'il y avait plus à venir.

— Je suis désolé, Kurt. Ben ne s'en est pas sorti.

Mort ? Il inspira. Des fragments de mémoire emplis de chaleur et de bruits l'assaillirent.

— Mon chéri, je suis tellement désolée, murmura sa mère.

Ses parents avaient rencontré Ben plusieurs fois. Celui-ci avait toujours été un homme solitaire, et même après trois ans de collaboration, Kurt ne savait pas grand-chose sur sa vie personnelle. Mais Ben était son partenaire. Ils avaient fait du bon travail ensemble, et Kurt considérait que tous deux étaient amis. Leur différence d'âge de presque quinze ans n'avait pas compté le moins du monde.

Ses yeux se remplirent de larmes, et il détourna le regard de l'inspecteur Nadar, faisant ainsi face à sa mère. Elle tira un mouchoir de son sac et essuya son visage humide.

Inspirant profondément, il dirigea de nouveau son regard vers son patron.

— Ça fait combien de temps ? Avez-vous informé sa famille ?

Pour autant qu'il sache, Ben n'avait plus que sa mère. Il voulait être là pour elle, c'était son devoir.

— Je l'ai fait pendant que vous étiez en salle d'opération. Je n'ai pas encore les détails, mais l'enterrement aura certainement lieu samedi. Si vous voulez y assister, vous devez vous concentrer sur votre guérison.

— Oui, Monsieur.

Il serait là, même s'il devait traîner son intraveineuse derrière lui. Il s'inquiéterait plus tard de mettre l'Ours Russe derrière les barreaux.

— Bonne journée, M. et Mme O'Donnell, dit l'inspecteur Nadar en hochant brusquement la tête avant de tourner les talons et de quitter la pièce.

7

— C'est vrai, mon chéri. Tu as besoin d'aller mieux. Je ne sais pas ce que je ferais si je te perdais.

Ses frères et sœurs se précipitèrent dans la chambre, chacun lui offrant la compassion appropriée pour la perte qu'il venait de subir, et heureux qu'il aille à peu près bien. Chacun l'embrassant, maladroitement sans doute, mais sans étreinte ou embrassade, ce ne serait plus sa famille. L'un d'entre eux avait dû être chargé de l'intimidation du personnel médical, parce que Kurt croyait savoir que la plupart des patients hospitalisés n'étaient pas autorisés à recevoir plus de huit visiteurs à la fois. Il appréciait sincèrement sa famille, et il espérait que la mère de Ben avait quelqu'un pour l'aider elle aussi, si elle était lucide et en mesure de comprendre la perte qu'elle avait subie.

— Maman, je veux rentrer à la maison.

— Je sais, mon bébé. Le docteur veut te garder un jour de plus, ensuite ton père et moi te ramènerons à la maison avec nous. Erin a préparé la chambre d'amis pendant que nous nous dépêchions de venir ici. Nous allons prendre bien soin de toi.

Il remercierait sa sœur plus tard. Il se sentait stupide de vouloir que sa mère prenne soin de lui à son âge, mais la pensée de retourner dans son appartement vide lui donnait encore plus envie de pleurer. Il n'avait pas de petite amie ; il ne fréquentait personne régulièrement. Mais il avait sa grande et réconfortante famille.

L'EGLISE ÉTAIT petite, mais sa jambe protestait déjà de son voyage en taxi. Ben ne lui en aurait pas voulu de s'asseoir devant ou derrière, il se glissa donc sur un banc vide au tout dernier rang. Attirer l'attention sur lui, le survivant, le mettait mal à l'aise.

Il aurait dû laisser ses parents l'accompagner, mais pour une raison qu'il ignorait, il avait voulu venir seul. Vraiment stupide. La canne n'était pas un support suffisant, pas quand il devait utiliser son bras blessé. Il scruta les personnes présentes, cherchant quelqu'un qui ressemblerait à Mme Kaminski. A défaut d'autre chose, il avait au moins besoin de lui présenter ses condoléances. La plupart des bancs étaient occupés par des personnes en uniforme – très peu étaient vêtues en civil.

Le prêtre s'approcha à pas lent, la mine sombre comme il se devait, pour commencer la cérémonie. Kurt remarqua qu'il n'y avait pas de cercueil comme cela avait été le cas pour les funérailles de sa grand-mère – la seule autre personne proche de lui à être décédée. Il espérait que c'était dû à un choix et non à une nécessité, mais il avait été tellement épuisé par ses blessures qu'il n'avait pas pensé à se renseigner sur les détails. Le service commença, mais il ne retint pas son attention. Aucun prêtre n'aurait pu avoir quelque chose à dire qui puisse réconforter Kurt. Pas maintenant.

Des souvenirs des heures qu'ils avaient passées ensemble en patrouille envahirent sa tête. Ben avait pu être réticent à propos de sa vie privée, mais il avait transmis des années de sagesse à un inspecteur débutant et Kurt avait tout assimilé, devenant chaque jour meilleur dans son travail grâce à Ben.

Deux personnes en civil étaient assises au premier rang, sur le bord extrême droit du banc. La première rangée était entièrement inoccupée, réservée à la famille qui soit n'existait pas, soit ne viendrait pas. De l'endroit où il était assis, seul le profil de la femme était visible, mais elle avait à peu près l'âge de Ben. Ce n'était donc pas Mme Kaminski. Qui était-elle ? Il ne voyait aucune ressemblance physique entre Ben et l'inconnue – il semblait peu probable qu'elle soit de sa famille, malgré la place qu'elle occupait sur le banc.

Elle essuya les larmes sous ses yeux avec un mouchoir et en offrit un à l'homme à côté d'elle. Il le prit mais le serra dans son poing au lieu de l'utiliser. La femme se déplaça légèrement et le profil de l'homme devint alors visible. Kurt ne le reconnut pas davantage.

La congrégation se leva pour entonner un hymne, lui bloquant la vue. Il ne voulait pas imposer plus d'efforts à sa jambe en se levant et en s'asseyant constamment, il avait même eu la bénédiction de sa mère de ne pas le faire. Elle avait été catégorique sur le fait qu'il ne fasse rien qui puisse le blesser à nouveau.

Lorsque l'inspecteur en chef se leva pour prononcer l'éloge funèbre, une pointe de regret perça le cœur de Kurt. Cette tâche aurait dû lui incomber car Ben n'avait pas d'amis souhaitant s'en charger en dehors des forces de police. Mais la honte lui avait fait accepter l'offre de l'inspecteur de parler à sa place, et la honte le faisait se tortiller sur son siège tandis qu'il écoutait, essayant de ne pas déshonorer son uniforme en pleurant. Nadar n'avait pas passé autant de temps que Kurt avec Ben, et cette distance se reflétait dans ses paroles. Kurt regarda les inconnus au premier rang, s'attendant à ce que l'un d'eux se lève pour prendre la parole une fois que Nadar eut fini. Mais aucun d'eux ne fit un geste, excepté la femme qui sécha de nouvelles larmes.

9

Merde. Ce pouvait-il qu'il ait travaillé avec Ben aussi longtemps sans savoir qu'il avait une petite amie ? L'inconnue pouvait être de sa famille – peut-être – mais Ben n'avait jamais mentionné personne d'autre que sa mère. La femme leva une main tremblante vers son visage, déplaçant une mèche de cheveux sombres derrière son oreille, et cette fois il aperçut quelque chose qu'il aurait dû remarquer immédiatement. Une alliance.

C'était quoi ce bordel ?

Pourquoi Ben ne lui en avait-il pas parlé ? Certes, Kurt parlait probablement plus de sa vie privée que son partenaire n'aurait voulu l'entendre, mais Ben détournait presque toutes les questions personnelles. Kurt les croyait amis, et pourtant il ne savait même pas que Ben avait été marié et il reconnaissait encore moins la femme qu'il aurait dû rencontrer au moins une fois au cours des trois années qu'il avait passées avec Ben. Bon sang, la plupart des flics mariés qu'il connaissait côtoyaient leurs partenaires en dehors du travail, et fréquemment avec leurs épouses. Il devait admettre que Ben et lui n'avaient jamais fait plus que déjeuner ensemble, mais Ben avait rencontré ses parents et tous ses frères et sœurs au moins une fois, quand ceux-ci passaient par le poste de police.

Une douleur brûlante élança son bras. En y jetant un coup d'œil, Kurt réalisa qu'il avait posé la canne sur ses genoux et était en train de la serrer à deux mains. Aucun problème pour le bras droit, mais assurément trop d'efforts pour le gauche encore suturé. Inspirant profondément, il desserra ses doigts. Il devait parler aux deux inconnus après la cérémonie. En tant que partenaire de Ben, il avait un devoir, et il avait besoin de savoir. Tant qu'il pourrait contenir son amertume. Pourquoi Ben n'avait-il pas demandé un transfert s'il détestait Kurt à ce point ? Parce que Kurt ne pouvait imaginer d'autres raisons au fait qu'il n'est jamais mentionné son épouse, fussent-ils séparés, à son partenaire.

Il ne pouvait pas parler à Ed, l'ancien partenaire de Ben, afin de savoir s'il l'avait su. Ed était mort d'un infarctus après que Ben ait été assigné à Kurt en tant que nouvel coéquipier. La brûlure dans son cœur, sachant que son collègue ne lui avait pas fait confiance – du tout – rivalisait avec le vide laissé par un ami. Possible que leur relation ait pu être à sens unique, mais Ben lui manquait. Seigneur. Pourquoi n'avait-il pas su ? Avait-il été trop égocentrique, ou Ben lui avait-il délibérément caché cette information ? La culpabilité le dévorait comme l'acide, ramenant la brûlure au creux de son ventre. Cela devait être de sa faute.

Le service prit brusquement fin, ou du moins c'est ce qu'il sembla à Kurt, puisqu'il n'y avait pas prêté la moindre attention. Les deux inconnus s'éclipsèrent par une porte latérale quelques secondes avant que le prêtre ne finisse de parler. Sans réfléchir, Kurt se leva et se glissa hors de l'église, clopinant comme il le pouvait vers le côté de l'édifice, pour essayer de les rattraper sur le parking.

— Attendez ! Attendez !

Deux têtes sombres pivotèrent vers lui, et l'homme murmura quelque chose à la femme, qui hocha la tête.

— Merci, haleta-t-il.

Seigneur, il espérait recouvrer ses forces rapidement. Il s'arrêta devant eux, et déplaça sa canne dans sa main gauche afin de pouvoir au moins serrer leurs mains. Ils étaient indiscutablement frères et sœurs ; la femme était plus âgée de quelques années et avait cette légère rondeur sous la mâchoire que ses propres sœurs avaient affichée au tout début de leur grossesse. Ben allait-il être père ? Noyé par une amère culpabilité, Kurt n'était pas sûr de pouvoir trouver les mots qu'il cherchait.

— Je suis Kurt O'Donnell. Le partenaire de Ben.

L'homme haleta imperceptiblement et se détourna. Sa sœur lui donna un léger coup de coude dans le bras.

— C'est un plaisir de vous rencontrer, Kurt. Je suis Sandra. Et voici Davy, mon frère.

Elle aurait fait un excellent témoin à la barre. Ces mots lui donnaient seulement un minimum de données qu'il n'avait pas auparavant.

— Je suis sincèrement désolé pour votre perte.

Kurt prit sa main et la pressa doucement. Ses yeux étaient bordés de rouge, et son visage avait la pâleur jaunâtre qu'il associait davantage à la maladie qu'au chagrin.

— Je suis désolé pour la vôtre, répliqua-t-elle.

Il tendit sa main à Davy, heureux que Sandra ait au moins un frère pour l'aider dans cette épreuve, mais leur langage corporel démentait ses croyances. Sandra avait son bras gauche autour de la taille de son frère, les épaules inclinées vers lui dans un geste protecteur. Cela aurait dû être l'inverse.

Davy tourna des yeux rougis, comme sa sœur, vers lui. Mais c'était leur seule ressemblance.

Sandra était triste. Davy était dévasté. Les yeux chocolat de Davy étaient emplis de toute la désolation de l'univers et plus qu'injectés de sang, comme s'il avait pleuré pendant des jours, et son nez était aussi gonflé et rouge que ses paupières. Son visage avait la pâleur mortelle du choc que Sandra aurait dû avoir, et il ne semblait pas être très concentré.

— Je suis tellement désolé, murmura-t-il, la main tremblante de Davy dans la sienne.

Il eut une soudaine envie d'étreindre Davy, mais il était trop occupé à essayer de dissimuler le choc et la trahison de son visage. Le monde tournoya vertigineusement alors que toutes ses idées préconçues et ses conclusions s'évaporaient, pour être remplacées par la nouvelle information maintenant en sa possession.

Davy ouvrit la bouche, mais rien ne vint. Il baissa les yeux, mais laissa sa main dans celle de Kurt. Sandra les sépara.

— Nous devons y aller maintenant, Kurt. Merci de vous être présenté, dit-elle en essayant de sourire.

Ils montèrent en voiture, Sandra s'installant au volant.

— Attendez !

Sandra se tourna sur son siège.

— Et pour la mère de Ben ? demanda Kurt.

— Oh, eh bien, elle n'était pas en état de venir. Le personnel de Sunshine Manors nous a déconseillé de l'amener.

Kurt recula et les laissa – il n'y avait pas d'autre mot pour cela – s'échapper. Il se stabilisa sur sa canne, regardant les feux arrière de la voiture s'éloigner et disparaître. En supposant que Ben n'ait pas menti à propos de sa mère, il était tout à fait possible qu'elle fût trop malade ou désorientée pour se rendre aux funérailles. Mais Sandra, elle, lui avait menti. Kurt était flic depuis trop longtemps. Il le savait.

II

CETTE NUIT-LÀ, sa famille s'efforça de le réconforter. Sa sœur aînée, Erin, avait amené ses filles avec elle avant que leur mère ne se rende au restaurant. Maintenant que tous leurs enfants étaient grands, ses deux parents passaient la plupart de leur temps dans le restaurant familial Finn's Frolic, un croisement entre un restaurant et un bar. Depuis l'opération de Kurt, sa mère avait passé presque tout son temps à la maison, tout comme d'autres membres de la famille, soit pour l'emmener à ses rendez-vous chez le médecin, soit pour lui rendre visite ou effectuer des services supplémentaires au Finn's afin de permettre à sa mère de rester avec lui.

Il s'assit à la table de la cuisine, nostalgique de la solitude de son appartement vide et sans joie.

— Kurt, chéri, les filles voulaient voir leur oncle préféré. Tu es prêt à jouer à un jeu ou deux ?

Elle embrassa sa joue et déposa plusieurs sacs de courses sur le comptoir de la cuisine.

— Bien sûr, ouais, pas de problème.

Tant qu'elles choisissaient quelque chose de simple, il pouvait jouer et continuer de digérer l'information qu'il avait reçue aujourd'hui. Il gratta une tâche sur la nappe jaune vif.

— Tu es ma nounou aujourd'hui ?

— Kurt ! s'écria Erin.

Elle aurait pu doubler sa mère. Il rougit. Toute sa famille essayait seulement de l'aider.

— Je suis désolé, ça a été une journée difficile.

Elle poussa un petit cri et vint l'embrasser, ses longs cheveux lui effleurant les avant-bras. Si un jour il laissait pousser ses cheveux jusqu'à cette longueur, il lui ressemblerait trait pour trait. Parmi tous ses frères et sœurs, Erin était celle avec qui il avait le plus de points communs : des cheveux châtains, une peau dorée et des yeux d'un bleu profond. Quand elle était à côté de lui, tout le monde, à peu de choses près, pouvait dire qu'elle était sa sœur, comme Davy et Sandra aujourd'hui.

13

— Hé, quand tu tombes enceinte, combien de temps mets-tu avant de devenir toute joufflue ?

Erin se retourna et lui jeta un torchon.

— N'as-tu pas encore appris à ne pas dire d'une femme enceinte qu'elle est grosse ? Après cinq neveux et nièces ?

Kurt lui renvoya le torchon.

— Je ne dis pas que *tu* es grosse. Non, j'ai vu une femme aux funérailles aujourd'hui. Elle avait ces mêmes rondeurs sur le visage, dit-il en faisant un geste vague autour de sa mâchoire inférieure. Tu sais, un peu bouffie. Je suis sûr qu'elle était enceinte, mais je ne sais pas depuis combien de temps.

Elle fronça les sourcils. La question était sans aucun doute étrange mais Kurt avait découvert qu'on lui accordait beaucoup de latitude depuis l'accident. Ce qui lui convenait très bien. Il voulait garder Davy et Sandra pour lui pour le moment – au moins jusqu'à ce qu'il ait décidé quoi faire d'eux. Ne pas savoir que Ben avait un bébé en route avec une femme que Kurt ne connaissait absolument pas était une chose, mais suggérer une quelconque relation avec Davy ne serait pas vraiment bien vu auprès de ses collègues, surtout si cela se révélait être faux. Il avait dû se tromper au sujet de l'origine du chagrin de Davy. Quoi qu'il en soit, Kurt devait être le pire des inspecteurs.

— Eh bien, les miennes sont apparues vers le quatrième mois et ont disparu au cinquième, mais Colleen et Caitlyn les ont eues vers le cinquième mois jusqu'à l'accouchement.

Comme on pouvait s'y attendre de la part de jumeaux, il fallait toujours qu'ils fassent les choses à l'identique.

— Et pour Heather ?

Mike était le deuxième fils des O'Donnell et sa femme, qu'il avait épousée trois ans plus tôt, essayait toujours de s'habituer à leur grande fratrie. A l'instar de ses sœurs, elle ne disait pas tout, et sa grossesse, l'année précédente, était déjà bien avancée quand elle l'avait confirmée à tous. C'était ses joues un peu gonflées qui avaient fait spéculer les sœurs et la mère de Kurt, ce qui expliquait pourquoi il l'avait remarqué aussi rapidement chez Sandra.

— Avec Heather, c'était dur à dire. Mais je pense que nous l'avons tous soupçonné dans son quatrième mois aussi.

— Donc, pas avant que l'intéressée elle-même ne sache qu'elle était enceinte, c'est ça ?

— Effectivement, à ce moment-là, tu le sais déjà. Es-tu sûr de parler d'une femme présente aux funérailles ? Attends... tu n'as pas mis une pauvre fille dans le pétrin, n'est-ce pas ?

Bon, pas autant de latitude qu'il le pensait, finalement.

— Non, Erin. Je n'ai pas mis de fille dans le pétrin.

Il aurait déjà fallu qu'il sorte avec quelqu'un pour que cela se produise, et il avait été tellement fatigué de l'accident qu'il ne s'en était pas soucié depuis des semaines... des mois. Son frère, Ian, était presque accro aux rencards, mais Kurt ne savait pas pourquoi il y mettait tant d'efforts. Le sexe lui manquait, certes, mais ce n'était pas mieux que de se branler, et il s'inquiétait toujours de savoir s'il faisait bien les choses et... Merde. Il n'allait pas penser au sexe alors qu'il était assis avec sa sœur dans la cuisine de sa mère.

— Ce n'est rien de plus que de la curiosité naturelle de flic, je te le promets. Mais ce n'est pas important. Je pensais que je devais jouer avec mes nièces.

Erin appela les petites dans la cuisine, et Kurt joua avec elles pendant que sa sœur cuisinait. Mais il ne pouvait se défaire de la pensée que Ben avait dû être au courant de la grossesse. Kurt n'avait jamais remarqué chez son partenaire une grande joie, ou à l'inverse, de la dépression. Pas une seule fois. Combien de temps Ben avait-il été marié ? Cela le démangeait fortement de faire une recherche sur la plaque d'immatriculation qu'il avait mémorisée, mais si son patron venait à découvrir qu'il avait utilisé les ressources de la police pour des raisons personnelles, il serait dans une sacrée merde.

PENDANT UNE semaine et demie, Kurt vaqua machinalement à ses occupations. Il se rendit à tous ses rendez-vous de physiothérapie, vit le psychiatre mandaté par le commissariat, remplit des formulaires concernant son invalidité temporaire, discuta avec son médecin pour savoir quand il pourrait retourner travailler, passa du temps avec sa famille, et reçut la visite de collègues qui passaient par là. Mais il ne put se sortir de l'esprit les yeux bruns hantés de Davy.

Quand il se réveilla, un mardi matin, trois semaines jour pour jour après la mort de Ben, il trouva son frère Mike dans le salon, lisant le journal.

— Tu ne vas pas travailler aujourd'hui ? lui demanda Kurt.

15

Il avait besoin de retourner à son appartement. Son bras était toujours en piteux état et son genou instable, mais il n'était pas un bébé, bon sang. Depuis qu'il était sorti de l'hôpital, il n'avait pas eu une minute pour lui.

— J'ai pris la matinée. J'ai accumulé un paquet d'heures.

Son frère était banquier spécialisé en investissements, et sacrément bon par-dessus le marché. Comme le reste de la famille, c'était un travailleur acharné qui prenait rarement des vacances. Aussi agaçant que ce soit, cela lui réchauffait le cœur de savoir que sa famille était là pour lui.

— Je vais te conduire à ton rendez-vous chez le médecin, reprit-il.

Bien qu'il n'ait pas besoin de son genou gauche pour conduire, personne ne voulait le voir derrière un volant, risquant de déchirer les points de suture de son bras s'il avait besoin de réagir dans l'urgence. Cela lui donnait encore plus l'impression d'être un enfant sans défense, se faisant conduire partout. Il avait rendez-vous aujourd'hui pour enlever les sutures, mais il ne serait probablement toujours pas autorisé à prendre le volant tout de suite.

— Est-ce qu'on peut s'arrêter au poste en y allant ?

— Pour quoi faire ? demanda Mike.

Il posa son journal sur le côté et plissa les yeux. Après leur mère, il était le premier à dire que Kurt ne devait pas reprendre le travail avant d'être prêt. Mais ce n'était pas pour cela que Kurt voulait aller au poste ; il n'était pas pressé de retourner s'asseoir derrière son bureau, de regarder jour après jour le siège où Ben aurait dû se trouver, jusqu'au moment où il serait autorisé à reprendre le service actif. Ou pire encore, de s'asseoir en face d'un nouveau partenaire.

— J'ai besoin de parler à mon patron. A propos de formulaires et d'autres choses du même genre. Et de voir si le bureau de Ben à besoin d'être vidé.

— Je suis sûr que c'est fait, minus, lui dit Mike d'un ton doux. Mais juste au cas où, allons-y après ton rendez-vous, comme ça tu n'auras pas besoin de te presser.

Son frère se leva et lui donna une légère et rapide accolade.

— Merci, Mike.

IL FIXA le bâtiment en forme de bloc. Etait-il déjà venu ici en dehors du travail ? Pas depuis qu'il avait déposé les derniers papiers administratifs requis avant son embauche.

16

— Peux-tu passer me récupérer plus tard ?

Mike lui tapota l'épaule.

— Pas de problème. Il y a un café au coin de la rue. Appelle-moi quand tu seras prêt. Tu as ton portable avec toi ?

Kurt leva les yeux au ciel. Il était flic, inspecteur, pour l'amour du ciel. Son portable était presque aussi important que son arme. Il n'avait pas porté son arme depuis l'accident, mais il avait gardé son téléphone sur lui presque obsessionnellement.

— Ouais, Mike, je t'appellerai quand j'aurai fini.

Avec la canne, il réussit à manœuvrer pour sortir sans trop d'efforts du véhicule surbaissé. Il ferma la porte et marcha lentement vers le bâtiment.

LES SALUTATIONS de ses collègues et amis furent un mélange inconfortable de 'heureux de te revoir' et 'triste de te revoir seul'. Kurt se dirigea résolument vers le bureau de Nadar, sans regarder du côté qui abritait son bureau et celui de Ben.

— O'Donnell. Que faites-vous ici ? Prêt à reprendre du service ? Parce que je pense que vous devriez prendre plus de temps.

Les documents désordonnés sur la table révélaient la nervosité de Nadar. Ce qui rendit Kurt nerveux à son tour.

Après avoir fermé la porte du bureau derrière lui, il s'assit en face de son patron.

— Monsieur, j'ai besoin de l'adresse du domicile de Ben.

Nadar haussa les sourcils de surprise.

— Ça vous ennuierait de me donner des détails ?

— Vous avez dit être allé informer sa famille. Je pense que vous avez informé quelqu'un d'autre que la mère de Ben.

— Eh bien, vous êtes l'un de mes meilleurs inspecteurs. Etes-vous sûr que c'est ce que vous voulez ? Si vous me le demandez, je ne peux que supposer que Ben ne vous faisait pas assez confiance pour vous donner cette information.

De nouvelles fichues larmes lui montèrent aux yeux.

— Et j'en suis malade, Monsieur. Il aurait dû. Je suis... j'étais... son partenaire. Et j'en ai besoin. S'il vous plaît.

— Tant que je n'entends pas parler de vous faisant quelque chose de stupide.

— Non, monsieur.

Quelques secondes plus tard, son patron lui tendit un bout de papier sur lequel il venait de griffonner une adresse.

— Merci, Monsieur. Et pour les affaires personnelles de Ben ?

— Je m'en suis déjà occupé. J'allais les empaqueter, mais en dehors de ses rapports, il n'y avait rien de plus que quelques snacks à grignoter sur son bureau. Il y avait dans son casier plusieurs vêtements de rechange que j'ai déjà retournés.

Ce n'était pas des informations nouvelles, mais elles renfermaient plus de pressentiment qu'auparavant. Kurt fourra le papier dans sa poche et se dirigea vers le bureau de Ben. Il s'assit sur le siège. Aucune des chaises n'était confortable, mais s'asseoir sur celle de Ben et regarder le département sous un angle différent était bizarre. Les autres inspecteurs étaient assez prévenants pour prétendre qu'il n'était pas là, gardant leurs yeux détournés tandis qu'il ouvrait les tiroirs et les refermait, dans l'espoir de trouver quelque chose de personnel ayant appartenu à Ben et que Nadar aurait manqué. Même sa tasse était tout ce qu'il y avait de plus banal. Son chef avait beau dire de Kurt qu'il était l'un de ses meilleurs inspecteurs, cela ne pouvait pas être vrai. Pas quand il avait manqué de remarquer cette absence d'objets personnels de Ben au travail. Il n'y avait pas de photos, rien ayant une valeur sentimentale, rien dénotant son soutien pour des causes ou des choses qu'il trouvait drôle. Kurt aurait dû être plus insistant, poser plus de questions. Montrer à Ben, de quelque manière que ce soit, qu'il était digne de confiance.

Incapable de rester assis là plus longtemps, il s'assura qu'il avait encore la petite note que Nadar lui avait donnée et appela son frère.

LE SAMEDI après-midi, il sortit d'un taxi et se retrouva debout sur le trottoir. Son physiothérapeute le tuerait mais il tenait sa canne dans la main gauche. Ce n'était peut-être pas idéal, mais c'était sacrément mieux que d'utiliser sa main gauche pour porter le lourd sac contenant une cocotte entièrement remplie du fameux ragoût irlandais de sa mère. Il ne pouvait pas gérer les deux à la fois avec sa main droite. En outre, si tout se passait comme prévu, il ne ramènerait pas la cocotte. Pas pleine, et pas tout de suite.

La petite maison de plain-pied en face de lui avait autrefois été propre et bien entretenue. Non pas qu'elle ait l'air délabré, mais on voyait que quelqu'un en avait jusqu'à peu pris soin avec une précision quasi obsessionnelle. Cette précision s'était atténuée, ou peut-être était-ce juste l'imagination de Kurt. Une petite voiture qu'il ne reconnut pas était stationnée dans l'allée à côté de l'étincelante voiture de collection, pourtant nuisible à l'environnement, de Ben. Il ne vit nulle part celle dans laquelle Davy était monté aux funérailles, et les deux véhicules étaient couverts d'une fine couche de poussière.

Il se mordit la lèvre et se mit en marche. La boîte aux lettres était pleine, elle débordait même. Ce n'était pas une habitude particulièrement sûre, même quand il y avait quelqu'un à la maison. Les criminels y verraient une cible facile, présumant que le propriétaire était en vacances. Il jeta un coup d'œil aux enveloppes qui dépassaient de la boîte aux lettres comme des plumes accrochées à la gueule d'un chat de gouttière. Davy Broussard. Parfait. Maintenant, il avait un nom complet.

Levant sa canne, il l'utilisa pour toquer à la porte. Un léger écho résonna derrière la porte d'entrée. Il attendit et jeta un coup d'oeil par la fenêtre sur le côté de la porte. Une pile de journaux reposait à côté de plusieurs paires de chaussures et d'une mallette, mais le reflet du soleil l'empêchait d'en voir beaucoup plus.

Il utilisa sa canne une nouvelle fois pour frapper avec plus de force. Il ne voulait pas que Davy l'évite.

Plusieurs longues secondes plus tard, le pêne glissa et un Davy en pyjama froissé apparut. En pyjama. À trois heures de l'après-midi. Ses yeux – seulement un peu moins injectés de sang qu'aux funérailles – s'agrandirent en signe d'alarme, mais il ne montra aucun signe de reconnaissance.

— Je peux vous aider ?

Wouah. Etait-ce possible que ce mec ait une si belle voix ? Plus profonde qu'il ne s'y serait attendu venant d'un type aussi maigre. Il aurait sans aucun doute pu faire de la pub ou quelque chose dans le même genre. Et puis, il ne se souvenait pas que Davy était plus grand que lui, mais ses cinq centimètres de plus face au mètre quatre vingt de Kurt n'étaient rien comparés aux quelques vingt kilos de muscle supplémentaires qu'il avait. Kurt était peut-être plus petit, mais il était sacrément plus lourd.

— Bonjour, je suis Kurt O'Donnell. Le partenaire de Ben, vous vous rappelez ?

Davy inspira brusquement, le souffle coupé, comme il l'avait fait aux funérailles. Était-ce le fait d'entendre le nom de Ben qui le mettait dans un tel état de stress ?

— Puis-je entrer ? reprit Kurt. Ma jambe commence à faire mal.

Ce n'était pas le cas, mais c'était une bonne excuse. Il sentait que Davy avait envie de lui claquer la porte au nez et il était déterminé à l'en empêcher. Il avait des questions qui attendaient des réponses, mais pour l'instant, son sentiment d'obligation en tant que partenaire de Ben était plus important.

— Oh, bien sûr.

La politesse l'emporta sur le premier mouvement de Davy, et Kurt ne lui laissa pas l'occasion de changer d'avis tandis qu'il se frayait un chemin dans la maison.

— Où se trouve la cuisine ?

— Pourquoi ? demanda Davy en pointant l'arrière de la maison – plus mécaniquement que mû par une réelle volonté d'avoir Kurt dans sa cuisine.

— Parce que j'ai apporté à manger.

— Pourquoi ? répéta Davy.

Kurt secoua la tête. Alors qu'il marchait vers l'arrière de la maison, il ne vit rien d'autre qu'un décor neutre appliqué avec une précision militaire. Rien de personnel, de vibrant, ou de vivant, à l'exception du fouillis de chaussures et de journaux devant la porte d'entrée.

La cuisine était la pièce la plus blanche qu'il avait vue de sa vie, et cela incluait la chambre d'hôpital dans laquelle il avait récemment passé trois jours. Tout, à part les brûleurs noirs de la gazinière et les robinets chromés de l'évier, était blanc. Après avoir déposé la cocotte sur le comptoir, il grimaça légèrement. C'était la plus vieille que possédait sa mère, avec un revêtement en céramique vert foncé et le dessin criard d'un coq rouge sur le devant. Elle semblait presque obscène, ainsi posée sur le comptoir blanc immaculé de la cuisine. Était-ce là ce que Davy aimait ? Ce... néant ? Même l'appartement merdique de Kurt possédait un canapé bleu et des torchons de couleur.

Il haussa les épaules. Puisqu'il était là, autant en tirer le meilleur parti. Il espérait qu'au moins Davy apprécierait le geste. Par devoir, il aurait dû se présenter plus tôt, mais son manque de mobilité avait influencé sa décision, autant que le fait que Davy ne le connaissait pas plus que Kurt ne le connaissait lui.

Après avoir trafiqué avec la cocotte, la gazinière, et avoir tout installé, il se retourna. Davy était assis à la table de la cuisine, effondré, le menton soutenu par une de ses mains, les paupières à demi closes. Les cernes sous ses yeux et ses joues creusées indiquaient clairement que les deux semaines qu'il venait de traverser avaient été difficiles. Ce qui était plus étonnant encore, c'était comment Davy, avec son pyjama bleu pâle et ses cheveux brun foncés, avait en quelque sorte réussi à se fondre jusqu'à disparaître dans cette toile vierge qu'était la pièce. Kurt espérait qu'il se démarquerait comme une rose parmi les mauvaises herbes, mais la blancheur le camouflait.

— Est-ce que ça va ?

Davy opina d'un mouvement des yeux, comme s'il était trop fatigué pour bouger sa tête entière.

— Sandra n'est pas là, vous savez.

Quoi ?

— Hum. Je sais ?

Une lumière vacilla dans son esprit. Aux funérailles, Davy avait intentionnellement mené Kurt à conclure que Sandra était la femme de Ben ou sa petite amie. Peut-être que Ben et Davy mentaient à *tout le monde* au sujet de leur relation, et pas seulement à Kurt.

— Pourquoi êtes-vous là dans ce cas ? demanda Davy.

— Je suis désolé, j'aurais dû être là plus tôt.

Un regard perplexe traversa le visage de Davy, et il regarda l'horloge sur le mur.

— Aujourd'hui ? Excusez-moi, nous devions nous voir ?

Les joues de Kurt s'échauffèrent. Il avait fait irruption ici, sans invitation, et Davy n'avait vraiment pas l'air de savoir quoi faire de lui ou de cette situation. Peut-être que si le pauvre gars avait pu dormir depuis la mort de Ben – ce qui ne semblait pas être le cas – il aurait eu de meilleures facultés d'adaptation.

— Je suis ici parce que vous êtes là, et non Sandra.

À ces paroles, les yeux de Davy s'ouvrirent en grand et il se redressa sur sa chaise.

— Que voulez-vous dire ?

Sa poitrine palpitait rapidement comme celle d'un oiseau effrayé... ou d'un homme sur le point de défaillir d'hyperventilation.

Kurt se précipita et s'agenouilla en face de Davy, ignorant la douleur qui hurlait dans ses articulations blessées.

— Respire, mec, respire. Lentement. Inspire. Expire. Il n'y a aucune raison d'avoir peur de moi, c'est promis.

Il saisit doucement les genoux de Davy tandis qu'il parlait, essayant de faire en sorte qu'il se concentre sur lui et sur sa respiration.

Quelques minutes plus tard, Davy n'était plus sur le point de s'évanouir, et Kurt se redressa pour se laisser tomber sur une autre chaise.

21

Il avait juste réagi, mais à cause de ce genre de réaction, il était certain que son physiothérapeute lui remettrait sévèrement les pendules à l'heure. Il se pourrait même, une fois rentré chez sa mère, qu'il ait besoin de ressortir les médicaments contre la douleur que lui avait délivré l'hôpital et dont il lui restait encore une demi boîte. Mais pour l'instant, il avait des préoccupations plus urgentes.

— Ça va mieux maintenant ?

Davy hocha la tête, vraiment cette fois, les yeux pleins de questions.

— Je sais que c'est ici que Ben vivait. Je sais... ou du moins, j'ai déduit que tu vivais ici avec Ben.

Une légère lueur de crainte revint dans son regard et Davy se mit à jouer avec ses doigts qui semblaient froids et sans vie, mais il ne répondit pas.

Une nouvelle lumière se fit dans son cerveau. Le partenaire de Ben. Il s'était présenté comme étant le partenaire de Ben. Le terme avait une tout autre signification pour Davy.

— Tu étais le partenaire de Ben. Son compagnon, n'est-ce pas ?

Il n'avait pas vu de bague au doigt de Davy, donc il ne pensait pas qu'ils étaient mariés.

Les pâles lèvres roses de Davy se serrèrent, comme si ce dernier avait peur de ce qui pourrait arriver. Kurt avait déjà vu ce genre de comportement, chez des personnes coupables qui n'étaient pas des criminels endurcis. L'envie de dire la vérité luttant contre la peur des conséquences.

Davy entrouvrit les lèvres, mais au lieu de la confirmation que Kurt attendait, Davy répéta sa question précédente.

— Pourquoi êtes-vous là ?

— Parce que je voulais m'excuser. Parce que je voulais offrir mon aide, n'importe laquelle.

— Je ne comprends pas. Vous excuser de quoi ?

Les yeux de Kurt le brûlèrent à nouveau. De nouveaux souvenirs lui étaient revenus de ce jour fatidique, mais pas tous.

— J'aurais dû faire plus. Peut-être que si je l'avais fait, Ben serait encore en vie.

Davy se racla la gorge.

— L'inspecteur Nadar m'a expliqué ce qui est arrivé. Je ne pense pas que vous soyez à blâmer. Vous n'aviez pas besoin de m'apporter à manger.

Kurt haussa un sourcil alors qu'il examinait Davy de la tête aux pieds. Il ne l'avait vu qu'un court instant aux funérailles, mais il avait perdu cinq kilos, voire davantage, depuis leur rencontre et il était aussi pâle que la peinture sur les murs. Sa mère aurait une attaque s'il abandonnait Davy dans cet état. Il n'était pas prêt à laisser le compagnon de Ben se tuer par négligence.

— Je ne plaisantais pas quand j'ai offert mon aide. Ben était mon ami. Même si lui ne le pensait pas.

— Femme, compagnon, enfants... j'offrirais mon soutien à tous ceux que Ben a laissé derrière lui. Maintenant, il va falloir à peu près trente minutes pour que le ragoût chauffe. Y a-t-il quoi que ce soit que je puisse faire ?

Davy hoqueta, une fois. Puis une deuxième. Et soudain, il fondit en larmes. Des sanglots durs et éprouvants, et de grandes respirations secouèrent son corps mince. Il était prêt à courir, se frottant le visage frénétiquement, comme s'il pouvait cacher son chagrin.

Kurt ne pouvait pas le laisser souffrir, il ne pouvait pas le laisser s'enfuir et continuer à se cacher comme il l'avait fait jusqu'à présent. Il l'attrapa de sa bonne main et l'attira sur ses genoux comme un bébé. La tête de Davy se posa sur le haut de la cicatrice à peine guérie de son biceps, et Kurt se mordit la joue pour ne pas crier. Il enroula son bras valide autour du corps raide et tremblant de Davy et quelques secondes plus tard, Davy se blottit contre lui, absorbant la chaleur de son corps dans sa forme glacée. Kurt se déplaça afin que la tête de Davy repose sur son épaule, les larmes chaudes – la seule chose chaude chez Davy à cet instant – mouillant son cou. Il se balança, comme il l'aurait fait avec l'une de ses nièces ou l'un de ses neveux, et les jambes de Davy remontèrent dans une position presque fœtale. Où diable était Sandra ? Où étaient les parents de Davy, ses amis ?

Fredonnant doucement un air irlandais que lui chantait sa mère quand il était enfant, Kurt berça Davy, le laissant pleurer, souhaitant qu'ils se soient trouvé tous les deux sur un canapé au moment où Davy s'était effondré. Quelques unes de ses propres larmes glissèrent et tombèrent de son menton dans les cheveux doux de Davy. Sa perte n'était pas aussi profonde, mais elle lui faisait mal chaque jour qui passait.

Il avait vu de parfaits inconnus – des victimes et des familles de victimes – se briser et avoir besoin de réconfort. Ben n'avait jamais compris comment il pouvait faire ça, mais s'il sentait qu'il pouvait apporter son aide, il le faisait. Ben et lui avaient vu nombre de personnes dans la plus grande détresse, et une accolade pouvait soulager la douleur d'autrui. Davy était un inconnu mais n'aurait pas dû l'être. Il était hors de question que Kurt lui refuse le même réconfort qu'il aurait donné à n'importe qui d'autre. Pas quand cet homme pâle et maigre était celui que Ben avait aimé.

Kurt pouvait déchiffrer l'état de Davy comme s'il lisait du braille. Sous sa paume, sa colonne vertébrale et chacune de ses côtes racontaient l'histoire de sa propre négligence.

Les minutes passèrent tandis que la crise de larmes de Davy s'atténuait. Le corps dans ses bras irradiait maintenant de chaleur, et les muscles s'étaient relâchés, assouplis.

Son épaule était trempée, et Davy reniflait, son chagrin déchirant s'apaisant enfin.

— Allez Davy, je pense que tu as besoin de te reposer.

S'il avait pu éviter de déranger Davy, il l'aurait fait, mais son bras et sa jambe étaient déjà en train de protester.

Il remit doucement Davy sur ses pieds et le suivit alors que celui-ci se dirigeait en trébuchant jusqu'à une vaste chambre à coucher et se laissait tomber dans un grand lit double. Il supposa que c'était la chambre que Davy partageait avec Ben, mais à part un petit tas de vêtements entassés sur un fauteuil près du lit du côté de Davy, la chambre aurait pu être celle de n'importe quel hôtel pas trop cher du pays.

Quelques secondes après avoir roulé dans son lit – heureusement, il portait un pyjama – Davy s'endormit, émettant un léger ronflement entrecoupé de reniflements.

De retour à la cuisine, l'odeur alléchante du ragoût de sa mère qui mijotait doucement sur le feu chatouilla les narines de Kurt. Après son épisode cathartique, il se pouvait très bien que Davy dorme pendant des heures et Kurt aurait dû partir. Aurait dû. Mais bon sang. La situation de Davy et Ben dans son ensemble était étrange, et sa curiosité hyperactive était l'une des raisons majeures pour lesquelles il était devenu inspecteur de police en premier lieu.

Commençant par le frigo, il ouvrit toutes les portes qu'il trouva dans la cuisine. Cela ne fit que confirmer ce qu'il supposait – Davy n'avait pas fait de courses depuis un bail et n'avait probablement mangé que très peu depuis les funérailles. En revanche, il y avait des produits d'entretien en abondance, ce qui n'était pas surprenant étant donné la blancheur et la propreté parfaites des lieux. La confirmation de l'une de ses théories ne satisfit pas le moins du monde sa curiosité.

Kurt poursuivit en passant aux tiroirs ; il les ouvrit tous jusqu'à en découvrir un débordant de courriers non ouverts. Il les prit et les tria. Chaque enveloppe était datée de la semaine de la mort de Ben ou des suivantes. Puisque Davy n'avait pas vidé la boite aux lettres depuis quelques jours, Kurt se demanda si c'était sa sœur qui avait déposé ces lettres dans ce tiroir. Il aurait voulu savoir qui de Ben ou Davy était un maniaque du rangement et de la propreté. Il avait seulement traversé la cuisine, mais c'était exactement ce qu'il voyait – une compulsion pathologique à la limite de l'obsession.

Il sortit de la cuisine pour aller récupérer le courrier dehors et s'arrêta à côté de la pile désordonnée de journaux devant la porte d'entrée. Ils dataient tous d'après la mort de Ben. Après avoir vidé la boite aux lettres, il déposa le courrier sur la table de la cuisine. Il soupçonnait que Davy l'enverrait rejoindre le reste dans le tiroir. Il poursuivit en jetant la nourriture qui pourrissait dans le frigo et en le nettoyant avec un peu d'eau de javel. Il ne connaissait pas le jour de ramassage des ordures, alors il laissa le sac poubelle dans le garage.

Après avoir baissé le feu au minimum – il pouvait rester comme ça toute la journée, et Davy aurait quelque chose de chaud à manger quand il se réveillerait – Kurt reporta son attention sur le reste de la maison.

En passant la maison en revue aussi méthodiquement que lorsqu'il cherchait des preuves, et bien qu'elle soit très ordonnée, il ne trouva presque rien. Presque rien suggérant que quelqu'un vivait ici, et encore moins deux hommes apparemment engagés l'un envers l'autre. La décoration était uniformément terne, et il n'y avait aucun effet personnel de l'un ou l'autre des deux habitants. Aucune tranche de couverture brisée, aucun livre en lambeaux n'était posé sur les quelques étagères présentes. Bon sang, pas même un livre neuf n'était visible. Pas une photo pour décorer la moindre surface horizontale. Même l'appartement solitaire de Kurt arborait des photos de sa famille – plus jamais Kurt ne dirait de son chez lui qu'il était impersonnel. Il était peut-être un peu vide, mais pas impersonnel. Cette maison était impersonnelle, et il fut même tenté de chercher des empruntes pour prouver que Davy n'était pas un fantôme hantant une maison modèle.

Finalement, il ne resta plus que la chambre d'amis et la chambre principale à examiner. Il ne pouvait pas fouiller la chambre de maître sans réveiller Davy, bien qu'il soit plus curieux que jamais de découvrir les secrets – s'il y en avait – qu'elle contenait.

La chambre d'amis ne semblait pas différente des autres pièces du reste de la maison. La commode double, comme l'armoire et le lit, semblaient sortir d'un catalogue de meubles. Ce n'était pas surprenant. Si Ben n'était pas capable de parler à Kurt de sa manière de vivre, il ne devait certainement pas recevoir d'invités à loger. En outre, les chambres d'amis étaient fréquemment en désordre.

Il ouvrit le placard. Seigneur, il y avait de quoi faire de mauvaises blagues pour l'éternité, sur les homosexuels et ce placard. Le petit espace, du sol au plafond, regorgeait de couleurs. Des tee-shirts, des pantalons, des couvertures, et même ce qui semblait être un dessus de lit fait main avec une débauche de couleurs folles. Des boîtes étaient empilées au hasard, avec des bouts de papier ou de tissu qui dépassaient des couvercles mal fermés. Des coussins, des jeux, des lampes dépareillées et des souvenirs s'entassaient pêle-mêle. Des bleus, des rouges, des verts, des violets et des jaunes heurtèrent ses yeux. Après avoir fouillé le reste de la maison, les couleurs surchargeaient ses rétines.

Une boîte à part, près de la porte, avait un couvercle sale et très usé. Il l'ouvrit. Des photos. Pourquoi quelqu'un garderait-il une boite de photos sans n'en mettre aucune sur les murs de sa maison ?

Une vieille photo Polaroid, surexposée, trônait au dessus de la pile. Le tirage prit sur le vif environ dix ans plus tôt, montrait Davy et Ben qui riaient. Il faillit ne pas les reconnaître. Il n'avait jamais vu rire Ben, et le Davy qu'il avait rencontré était un pâle reflet du jeune homme heureux de la photo. Les deux hommes ne se touchaient pas, mais ils étaient assis côte à côte. Kurt se mordit la lèvre contre la brûlure soudaine de ses yeux.

Il passa rapidement au crible les autres photos de la boîte. Il n'y en avait pas d'autre de Ben, mais plusieurs de Davy et Sandra et d'autres personnes qu'il ne reconnaissait pas. S'asseyant sur ses talons, il examina les objets du placard. Les passer en revue maintenant prendrait beaucoup de temps ; Davy pouvait se réveiller à tout moment. Il ne faisait aucun doute que tout ici appartenait à Davy. Ce qui signifiait que l'obsession de la propreté et l'absence d'effets personnels avaient été du fait de Ben, un copier-coller de son espace de travail au poste de police.

Son expérience lui avait appris que les gens gardaient leurs biens les plus précieux proches de l'endroit où ils dormaient. Cette chambre le contredisait ; cette chambre était l'exception. D'une certaine manière, il sut que ce placard contenait toutes les choses chères au cœur de Davy.

Son enquête soulevait plus de questions qu'elle n'apportait de réponses ; il avait besoin de parler à Davy, mais cela n'arriverait pas aujourd'hui. Il fit un passage par le sous-sol, mais s'il fut émerveillé par l'incroyable salle de gym qu'il découvrit, il n'apprit rien de nouveau.

Après avoir jeté un coup d'œil à Davy, toujours profondément endormi, il laissa un message sur le comptoir de la cuisine, près du ragoût qui mijotait, avec son numéro de téléphone et la demande que Davy l'appelle si nécessaire. Appel ou non, Davy avait besoin d'aide, et en dehors du respect qu'il devait à la mémoire de Ben, Kurt allait lui offrir cette aide et peut-être satisfaire sa curiosité par la même occasion.

III

ASSAILLI PAR un déjà vu, Kurt sortit du taxi et marcha jusqu'à la porte d'entrée de chez Davy. Il n'avait même pas été capable de rester à l'écart pendant vingt-quatre heures.

La nuit dernière, il avait été agité, rembarrant ses parents et faisant les cent pas, se demandant si Davy avait mangé le ragoût de sa mère. Il ne put même pas dire à ses parents pourquoi il était de mauvaise humeur. Penser aux placards vides de Davy lui avait fait faire quelque chose d'incroyablement présomptueux. Peut-être devrait-il envisager de reprendre le boulot plus tôt qu'il ne l'avait prévu, pour s'empêcher de trop réfléchir.

Il quitta la maison pendant que ses parents étaient à l'église. Il n'était pas très pratiquant, et même si Davy l'était... à en juger par la poussière sur sa voiture, s'il n'allait pas travailler, il n'allait pas à l'église non plus.

Comme il l'avait fait la veille, il utilisa sa canne pour frapper à la porte. A nouveau, il attendit. Et à nouveau, il sonna à la porte.

Cette fois, lorsque Davy lui ouvrit, il le reconnut, mais lui réserva un accueil méfiant.

— Bonjour, Davy. Ça va mieux ?

Il y avait un soupçon de couleur dans ses joues pâles, et les ombres violettes sous ses yeux s'étaient estompées. Cependant, il portait le même pyjama bleu qu'il lui avait vu hier.

Ce fut alors plus qu'un soupçon de couleur qui traversa son visage, et il baissa les yeux.

— Oui, murmura Davy en regardant ses pieds. Je suis désolé.

— Tu n'as pas à être désolé pour quoi que ce soit. Sauf si tu ne me fais pas entrer.

— Ah, bien sûr, oui, dit Davy en reculant.

Kurt sourit, espérant mettre Davy plus à l'aise, et se dirigea vers la cuisine. Le salon disposait probablement de sièges plus confortables, mais la majorité de sa famille traînait dans la cuisine et Davy avait besoin de passer plus de temps à proximité de nourriture s'il voulait reprendre quelques kilos.

— Merci pour le ragoût, il était très bon, dit Davy en s'asseyant en face de lui à la table de la cuisine.

Il ressemblait à un petit enfant perdu, alors qu'il devait être un peu plus âgé que Kurt.

La cocotte, sans son couvercle amovible, s'affichait de manière voyante sur le comptoir d'un blanc immaculé. Ce qui était bon signe. Si Davy avait jeté le ragoût sans y toucher, il aurait nettoyé les plaques et aurait remis le couvercle sur la cocotte.

— Vous l'avez fait vous-même ?

— Non, c'est ma mère.

— Oh.

Ils s'assirent, se regardant l'un l'autre. Kurt ne voulait pas commencer une conversation trop personnelle, car il attendait une livraison. Davy pencha la tête sur le côté, un léger froncement de sourcils plissant son visage.

La sonnette retentit, et le froncement de sourcils de Davy s'intensifia. Son regard voleta de Kurt à la porte et revint vers lui.

— Qui est-ce ? demanda Davy d'une voix empreinte de suspicion.

— Ne t'inquiète pas.

Kurt se leva et se dirigea vers la porte, Davy sur ses talons.

— Je ne veux pas de visiteurs.

Une pointe d'hystérie remplaça la suspicion alors que la voix de Davy s'élevait.

Kurt ouvrit la porte et montra au livreur où déposer les sacs de courses, ignorant les protestations à demi exprimées de Davy. Quand le type sortit pour le deuxième voyage, Davy sortit finalement une phrase entière.

— Mais qu'est-ce que vous faites, nom de dieu ? demanda Davy en palpant son pyjama, comme s'il allait trouver quelque chose dans ses poches inexistantes. Qui va payer pour tout ça ?

Ah. Davy cherchait son portefeuille.

— C'est moi.

— Je ne peux pas vous laisser faire ça. Dites-lui de tout reprendre immédiatement.

— Et te laisser mourir de faim ? Je ne crois pas.

— Je peux parfaitement aller faire mes propres courses.

Kurt étouffa un rire d'ironie.

— Eh bien, tu ne l'as pas fait.

Le livreur sortit à nouveau pour aller chercher le chargement suivant.

— Kurt !

— Seigneur, Davy, pourquoi ne pas aller prendre une douche et me laisser m'occuper de ça ? rétorqua Kurt en reniflant exagérément et en fronçant le nez.

Les yeux de Davy s'agrandirent de colère. Kurt ne sut pas si la couleur écarlate qui envahit le visage et le cou de Davy était due à la fureur ou à l'embarras, mais envoyer Davy se laver le garderait hors de ses pattes le temps qu'il s'occupe des courses.

— Pourquoi diable dis-tu ça ? siffla Davy en jetant un regard de travers au type qui posait une caisse en plastique sur le sol de la cuisine.

Kurt leva les yeux au ciel.

— Parce que tu portes le même pyjama qu'hier. Tu ne crois pas qu'il est temps de te changer ?

— Tais-toi ! Il va se faire de fausses idées.

La voix de Davy devint d'une certaine manière plus énergique et plus calme en même temps.

— Quoi ? Attends une seconde.

Kurt reporta son attention vers le livreur qui avait besoin de sa signature pour le bordereau de carte de crédit. La porte se referma et Kurt revint dans la cuisine. Il lui faudrait un certain temps pour ranger les courses avec sa jambe et son bras blessé. Ensuite il pourrait commencer à préparer le déjeuner.

— Qu'est-ce que tu fais ?

— Je range les courses. Je pensais que tu allais prendre une douche.

— Je... je..., bafouilla Davy. N'es-tu pas inquiet à propos de ce que ce gars pense ?

— Est-ce que je suis inquiet de ce que le livreur pense... de quoi ?

— De ça, tu sais, que nous sommes ensemble.

Davy murmura le dernier mot. Le coeur de Kurt se brisa. Qu'avait donc fait Ben à ce pauvre mec avec son secret ?

— Et alors, qu'est-ce que ça peut faire s'il pense que nous sommes ensemble ? C'est un livreur pour l'amour du ciel. Ça n'a pas d'importance.

Kurt n'était pas gay, mais il n'y avait pas de honte à avoir une relation homosexuelle, et il n'en avait absolument rien à cirer que ce livreur pense qu'il le soit. Si tant est qu'il y ait pensé. Quoi qu'en dise Davy, le mec était plus intéressé par un pourboire que par leur vie amoureuse.

— Vraiment ?

Davy ne semblait pas comprendre. Kurt n'était pas sûr de comprendre non plus. Ben n'avait pas besoin de passer une petite annonce dans les journaux, mais merde, il y avait d'autres homosexuels dans la police. Ils étaient plus jeunes que Ben et le mariage gay avait été légalisé depuis des années. Pourquoi Ben avait-il été si secret à ce sujet, forçant par extension Davy à se cacher lui aussi ?

— Je crois que je vais aller me doucher, alors.

Kurt patienta jusqu'à ce qu'il sorte de la pièce avant de commencer à ranger les courses.

LE TEMPS que Kurt s'occupe des courses et prépare une omelette garnie, Davy revint, une odeur d'agrumes dans son sillage. Kurt sourit quand il vit le tee-shirt usé et le jean que Davy avait revêtus. Il avait eu à moitié peur qu'il revienne en portant un autre pyjama.

— Assieds-toi, dit Kurt en tournant le gaz sur le brûleur. Ce sera bientôt prêt. Tu aimes les œufs, n'est-ce pas ? Je ne sais pas faire grand-chose d'autre.

— Les œufs me conviennent. Je sais me faire à manger, tu sais.

Kurt se tourna pour dévisager Davy.

— Vraiment ? À quand remonte la dernière fois où tu as mangé ?

— Hier.

Un sourire germa sur les lèvres de Davy sans tout à fait les courber, mais l'intention était là.

Un petit rire échappa à Kurt.

— Avant ça.

L'amusement de Davy retomba.

— Je ne me souviens pas. J'aime cuisiner. Beaucoup. Mais c'est difficile si ce n'est que pour moi. Je ne voulais pas me préoccuper de ça.

— Tu sais cuisiner, alors ?

— Oui.

— Parfait. Que dirais-tu de me préparer à déjeuner demain ? Si tu sais cuisiner, tu peux sûrement faire quelque chose avec les quelques courses que j'ai faites.

Kurt servit les omelettes et les déposa sur la table avec le panache d'un serveur expérimenté. Comme le reste de ses frères et sœurs, il avait travaillé un nombre incalculable de fois chez Finn's, mais pas en tant que cuisinier.

Davy piqua ses œufs avec sa fourchette.

— Ils ne sont pas empoisonnés, tu sais.

— Kurt, que fais-tu ici ?

La gorge soudain nouée, Kurt posa sa fourchette, sans avoir touché à son assiette.

— Ben et moi nous avons travaillé ensemble pendant trois ans. Je lui aurais confié ma vie. Je savais qu'il couvrait mes arrières, et même s'il n'avait pas l'air de le croire, je couvrais les siens. Cela inclut de m'assurer que tu ne meures pas de faim pour l'amour du ciel !

— Ben savait que tu le couvrais. Il disait que tu étais le meilleur partenaire qu'il aurait pu espérer après la mort d'Ed. Il parlait de toi tout le temps.

— Il n'a jamais parlé de toi, murmura Kurt.

Sa colère de tout à l'heure se transforma rapidement en regret, puis en larmes – elles n'étaient jamais bien loin – qui menacèrent de tomber. Il baissa les yeux sur son assiette.

— Je sais, répondit doucement Davy. C'était juste Ben. Mais je ne veux pas de toi ici parce que tu te sens désolé pour moi.

— Merde. Ce n'est pas ça, dit Kurt en relevant les yeux. Mais tu as besoin d'aide. Tes amis auraient dû être là. Ou ta sœur.

Davy haussa les épaules.

— Ma sœur... Eh bien, elle connaît des moments difficiles en ce moment. Son mari est posté en Afghanistan et elle fait une grossesse à risque. Je ne veux pas être un fardeau pour elle.

Davy piqua sa fourchette dans ses œufs, mais ne prit aucune bouchée.

Kurt se contenterait de cette explication pour l'instant. Il voulait que Davy mange, et ce sujet n'aidait pas leurs appétits. Ils auraient le temps de découvrir où étaient les amis de Davy plus tard.

— Mange, Davy.

Espérant qu'il suive son exemple, Kurt fourra une pleine fourchette dans sa bouche, mâcha et avala.

— Que fais-tu dans la vie ?

— Je supervise des tests de médicaments pour une compagnie pharmaceutique.

— Oh, tu es un petit génie, hein ?

Davy baissa la tête, mais le compliment lui faisait manifestement plaisir.

— Pas vraiment.

— Ah ah. Je parie que tu as au minimum un diplôme d'études supérieures. En quoi, chimie ?

— Presque. Biochimie.

— Tu vois. Petit génie. Raconte-moi.

Davy parla, s'animant de plus en plus, et fut suffisamment distrait pour manger jusqu'à la dernière bouchée de son omelette. Mais il devint rapidement évident que sa vie professionnelle était aussi solitaire que sa vie personnelle. Il supervisait de nombreuses personnes mais avait peu de pairs. Pas de collègues pour l'aider.

Quand ils eurent terminé, Kurt débarrassa la table et fit une rapide vaisselle.

— Bon, eh bien, je ferais mieux d'y aller. Mais je reviendrai demain.

Il s'assura de programmer le numéro de Davy sur son téléphone avant que le taxi n'arrive pour le ramener chez lui.

— Mon Bébé, tu sors encore ? demanda la mère de Kurt en piétinant alors que le taxi s'arrêtait dans l'allée. Tu es sorti pour déjeuner tous les jours ces deux dernières semaines. Quand est-ce que je pourrai la rencontrer ?

— Maman, je te l'ai dit. Je n'ai pas de petite amie. Je traîne juste avec un ami.

Merde, il pouvait marcher sans canne et n'avait plus de points de suture, mais il n'avait pas encore retrouvé toutes ses forces. Il n'arrivait pas à s'imaginer faisant l'amour dans cet état. Normalement, il devrait être autorisé à conduire lors de son prochain rendez-vous, et dès lors il réaménagerait dans son appartement.

Deirdre soupira telle une mère se prêtant au jeu de son fils.

— Es-tu sûr que je ne peux pas te conduire ? Je m'inquiète pour toi, et le chauffeur de taxi ne t'aidera ni à monter ni à descendre de la voiture.

Mais de quoi parlait-elle ? Il n'avait pas eu besoin – ni voulu – d'aide pour sortir de cette fichue voiture depuis le jour où il était revenu de l'hôpital. Pourtant, sa mère se comportait comme s'il était fait en sucre, coupait presque sa nourriture et lui essuyait les fesses. Il n'était pas un putain de môme, il était en convalescence et récupérait, plutôt bien, d'une blessure.

— Le taxi est très bien, maman.

Elle fut blessée par son ton tranchant, mais il en avait assez. Kurt n'avait parlé à personne de Davy – il ne savait pas pourquoi – mais quand sa famille le traitait comme un incapable, il trouvait la force et le désir d'aider Davy, en dehors du simple plaisir de sa compagnie. Quand Davy retournerait au travail, il devrait renoncer à ces déjeuners quotidiens. Il ne lui restait plus que quelques jours de repos, il reprendrait donc le travail avant que le congé d'invalidité de Kurt ne soit terminé.

— Au revoir, maman, dit-il en embrassant sa joue en guise d'excuses. Je reviens bientôt.

LE TÉLÉPHONE de Kurt sonna dans le taxi, et il ne reconnut pas le numéro qui apparut à l'écran.

— O'Donnell.

— Oh, euh, salut, Kurt ?

— Davy ? D'où m'appelles-tu ?

— De l'épicerie au coin de la rue.

— Quelque chose ne va pas ?

Davy ne l'avait jamais appelé avant, Kurt ne savait pas pourquoi il ne l'appelait pas de chez lui. Mais cela devait être la première fois que Davy quittait la maison depuis les funérailles, donc ce n'était peut-être pas une si mauvaise chose.

— Oh, euh, non. Écoute, avais-tu prévu de t'arrêter chez moi aujourd'hui ?

Comme s'il n'était pas passé chez lui tous les jours jusqu'à présent. Rendre visite à Davy faisait passer ses propres journées plus vite, et il était encore plus heureux de s'assurer que Davy n'était pas retombé dans la dangereuse dépression dans laquelle il l'avait vu le premier jour. Un jour, Davy ne serait plus aussi hésitant quand il parlerait avec Kurt, mais pour l'instant, eh bien, il avait en quelque sorte débarqué tête baissée dans la vie de Davy. Être le plus jeune de sept enfants signifiait qu'il devait travailler encore plus dur pour faire son propre chemin. Ses efforts n'étaient pas toujours couronnés de succès, mais il était toujours déterminé.

— Ouais, je suis en chemin.

Demain, si Dieu le voulait, il serait au volant de sa propre fichue voiture.

— Oh, je, euh... je ne pense pas que ce soit une si bonne idée.

Comment ?

— Pourquoi ?

Heureusement que le chauffeur de taxi l'ignorait, parce que le visage de Kurt s'échauffa soudainement. Peut être Davy était-il fatigué de le voir traîner autour de lui. Leurs déjeuners étaient la seule bonne chose qui aidait

34

Kurt à surmonter la mort de Ben et il pensait que sa propre présence aidait aussi un peu Davy. S'il devait en tirer une chose positive, c'était que le mec mangeait au moins une fois par jour. Mais il n'avait pas considéré qu'il puisse davantage irriter Davy que l'aider.

— Je suis désolé. J'abuse de ton hospitalité, n'est-ce pas ?

— Non !

Oh.

— Alors ?

— Je... ne me sens pas bien.

Davy mentait. Kurt pouvait le dire, même par téléphone. Ce qui ne le rendait que plus déterminé. Quelque chose n'allait pas, plus que Kurt jouant les mecs pénibles et déterminés.

— Davy, je passe sous un tunnel. Nous allons être coupés. A bientôt.

Kurt appuya fermement sur le bouton de son téléphone pour couper la communication. De toute façon, il avait plus de chances d'obtenir des réponses en voyant Davy en personne.

IV

IL DEMANDA au chauffeur de taxi de passer d'abord devant l'épicerie, mais il ne vit Davy nulle part.

Quelques minutes plus tard, le taxi s'approcha de la maison de Davy. Ce n'était pas la maison de Ben, et ne l'avait pas été depuis que Kurt l'avait visitée le premier jour. En dépit de la voiture de Ben garée dans l'allée, Kurt n'avait pas d'autre image à l'esprit que Davy vivant ici.

Et Davy avait intérêt à être chez lui maintenant. Kurt sauta hors du taxi et lança un billet de vingt dollars au chauffeur. Il se déplaça aussi vite qu'il le pût dans l'allée. Pas aussi vite qu'il l'aurait voulu, mais maintenant il gardait sa canne avec lui juste au cas où, et il ne voulait pas avoir à s'en servir à nouveau.

Il appuya sur la sonnette et attendit. L'agaçante sonnerie qu'il s'attendait à entendre n'était pas audible, il martela donc la porte avec sa canne. Davy ouvrit d'un coup sec, agacé et en sueur.

— Quoi ? aboya-t-il.

Son irritation s'estompa un peu quand il vit Kurt.

— Hé, Davy, comment va ? Prêt pour déjeuner ?

Demain, il viendrait en voiture, et putain ils sortiraient manger quelque part.

— Je t'ai dit que je ne me sentais pas bien... Et, attends. Il n'y a pas de tunnels par ici.

Kurt haussa les épaules.

— J'ai menti.

Davy ouvrit et ferma la bouche comme un poisson rouge.

— Mais... mais... comment as-tu pu ?

Aussi tenté qu'il l'était de rire, Kurt s'abstint.

— Tu as menti, toi aussi, tu sais. Tu as l'air d'aller très bien.

Le rouge monta de la gorge de Davy et colora ses joues d'un rose ardent.

— Est-ce que je peux entrer ?

Une question rhétorique, puisqu'il dépassa Davy, un peu comme il l'avait fait le premier jour. Au moins, Davy n'était pas en pyjama.

Seigneur, il faisait aussi chaud que l'enfer à l'intérieur.

— Davy, mais bon sang que se passe-t-il avec l'air conditionné ?

Devait-il se proposer d'y jeter un coup d'œil ? Bien sûr, il était toujours possible qu'il fasse pire que mieux.

Il entra dans la cuisine.

— Ouvre quelques fenêtres au moins. Il doit faire plus frais dehors que dedans.

Et plus clair aussi. Kurt batailla avec la fenêtre au-dessus de l'évier qui s'ouvrit avec une plainte douloureuse qui l'informa qu'elles étaient rarement, voire jamais, ouvertes. Une légère brise, chaude et humide, pénétra à l'intérieur.

— C'est mieux.

Il était venu ici assez souvent, et s'était suffisamment imposé pour ne pas attendre que Davy lui offre à boire – il se consumerait de déshydratation bien avant s'il le faisait. Davy ne parlait vraiment pas beaucoup, et il n'avait manifestement pas tout à fait compris quoi faire des visites quotidiennes de Kurt. Mais il n'avait plus montré de signes de cette effrayante envie de dormir tout le temps, prélude à la dépression que Davy avait affichée les deux premiers jours.

En ouvrant le frigo, la lumière ne s'alluma pas. Mais une se fit dans l'esprit de Kurt. Tournant sur ses talons, il laissa la porte se refermer derrière lui. Davy, qui l'avait suivi dans la cuisine, regardait ses pieds nus.

La suspicion l'envahissant, Kurt examina attentivement l'homme en face de lui et appuya plusieurs fois sur l'interrupteur derrière l'épaule de Davy. Éteint. Allumé. Éteint à nouveau. Allumé à nouveau. Rien.

Une panne d'électricité n'était pas inhabituelle. Les baisses de tension étaient une pratique courante quand la température s'élevait au-dessus d'un certain seuil, mais il ne faisait pas si chaud dehors. Une baisse de tension n'était pas une bonne raison pour expliquer la honte qui traversait le visage de Davy, même si Davy ne le regardait pas.

— Davy, qu'est-ce qui ne va pas avec le courant ?

Kurt serra les poings pour s'empêcher de secouer l'homme. Essayait-il de mettre fin à ses jours en se laissant rôtir lentement ? Parce que Kurt ne l'avait pas laissé mourir de faim ?

Puis il vit les gouttes qui tombaient sur les pieds de Davy. Des larmes. Merde. Il n'allait pas refaire ça dans la cuisine. Il était encore meurtri du jour où Davy avait pleuré dans ses bras – ces chaises de cuisine étaient des instruments de torture.

Il dépassa Davy pour se diriger vers le salon. Au moins, la pièce n'était pas blanche, mais le beige monochrome lui donna l'impression de se trouver à l'intérieur d'un champignon. Heureusement, les fenêtres de cette pièce-là s'ouvrirent plus facilement, parce qu'il ressentait un petit pincement dans le bras gauche suite à l'ouverture de la fenêtre de la cuisine. Il allait mieux, mais il ne voulait pas exaspérer sa psychothérapeute, sinon elle ne voudrait pas le laisser conduire le lendemain ou le laisser retourner travailler de sitôt. Avec les stores ouverts, l'intensité lumineuse augmenta significativement.

En se retournant, il vit Davy debout dans l'embrasure de la porte dans la même posture abattue. Kurt pointa le canapé cossu et cependant quelconque.

— Assieds-toi.

Étonnamment, Davy s'assit. L'homme pouvait ne pas parler beaucoup, mais quand même, Kurt s'était attendu à un peu de résistance de sa part. Peut-être que Davy réalisait que Kurt n'était pas d'humeur à supporter une quelconque objection aujourd'hui.

Kurt s'assit sur la table basse en face de Davy, dont les yeux s'agrandirent. Il souffla d'exaspération. Ben aurait sans doute paniqué de voir une paire de fesses ou de chaussures plantées sur la table, mais merde.

— Que se passe-t-il, bon sang ?

De légers tremblements secouèrent le corps mince de Davy. Les sons amortis du trafic flottaient dans la pièce, s'entremêlant avec la respiration saccadée de ses hoquets.

Kurt attendit, le sang battant dans ses tempes. Il était en colère, mais il ne voulait pas l'être. Le chagrin ne disparaissait pas après quelques semaines, surtout quand votre partenaire de dix ans était décédé. Il faudrait des mois avant que Davy aille mieux. Il devait s'en rappeler, ne pas se sentir frustré par la façon dont il se cachait ici et prétendait que le temps s'était arrêté.

De longues minutes s'écoulèrent avant que Davy ne lève la tête. Ses yeux étaient humides et injectés de sang, comme Kurt les avait vus les deux premiers jours.

— Je ne peux plus payer les factures.

La déclaration n'était pas une surprise, et pourtant elle l'était. Kurt ne pouvait pas imaginer qu'un homme aussi responsable et dicté par les règles que Ben ait laissé son amant crouler sous les dettes.

— Je vais devoir vendre la maison, murmura Davy, laissant de nouvelles larmes jaillir de ses yeux pour glisser le long de ses joues trop minces.

L'envie de le prendre à nouveau dans ses bras et de lui dire que tout irait bien secoua Kurt. Il hésita une seconde – était-ce ce genre de réconfort dont il avait besoin ? Probablement pas. Pas cette fois. Néanmoins, il se glissa sur le canapé et passa un bras autour des épaules minces de Davy qui se pelotonna contre lui et se cramponna à son corps comme une sangsue. Combien de temps Davy était-il resté sans un simple contact humain ?

— Arrête-toi là. Attends un peu. Ton salaire ne couvre pas l'hypothèque ?

Il posait une question incroyablement indiscrète – Dieu savait que les valeurs immobilières étaient incroyablement élevées – mais la maison était plutôt modeste. On ne parlait que d'un vieux pavillon avec deux chambres et un sous-sol aménagé.

Dans le creux du cou de Kurt, Davy hocha la tête, puis la secoua.

— Si, mais toutes mes économies sont passées dans les funérailles. Tout le reste est prélevé automatiquement à la banque. Toutes les factures et les traites de la maison sont à mon nom. Ben... hésita Davy et déglutit difficilement, puis prit une profonde inspiration. Ben transférait généralement de l'argent sur mon compte chaque mois, mais la maison de retraite de sa mère a appelé pour dire qu'ils n'avaient pas reçu de chèque ce mois-ci. Je... ne savais pas quoi faire d'autre. Je leur ai envoyé le paiement mais, avec ça, je n'ai pas pu couvrir les factures d'électricité ou de téléphone. Je ne savais pas que le centre de soins pour personnes âgées coûtait aussi cher.

C'était la plus longue phrase que Davy avait prononcée en une seule fois depuis que Kurt avait fait irruption dans sa vie. Attends. Et l'appel téléphonique du coin de la rue.

— Ton téléphone fixe est mort aussi ? Et ton portable ?

Davy secoua de nouveau la tête.

— C'est pas vrai, Davy. Merde, c'est dangereux de ne pas avoir un téléphone. Et si tu te blessais ? Un incendie ? Un cambrioleur ?

Kurt s'arracha à l'étreinte de Davy pour lui lancer un regard furieux.

Sa seule réponse fut un regard de confusion. Kurt mit un frein à sa propre peur. S'il devait laisser son propre portable à Davy, il le ferait. Mais Davy avait d'autres problèmes plus inquiétants qu'une catastrophe hypothétique.

— OK, d'accord. Désolé. Et pour l'assurance ? Est-ce que Ben avait des économies ? Je ne peux pas croire qu'il n'ait pas mis d'argent de côté pour sa mère... et pour toi. Il travaille – travaillait – dans un milieu dangereux.

Kurt avait fait un testament le lendemain de son entrée dans les forces de police, non pas qu'il ait beaucoup de choses à léguer mis à part quelques économies. Mais il n'avait personne qui dépendait de lui, pas comme Davy et la mère de Ben qui dépendaient de Ben.

Davy haussa les épaules.

— Je ne sais pas. Il n'a jamais rien mentionné.

Le battement dans ses tempes devint plus fort et plus insistant.

Ben avait été un mystère, et Kurt concédait qu'il avait été un grand flic, mais plus il en apprenait, moins il était sûr qu'il aurait aimé cette facette qu'il n'avait jamais connue.

— Avait-il un meuble de rangement ? Ou des dossiers ? Une boîte avec des papiers personnels ?

Davy se mordit la lèvre pendant une seconde avant d'acquiescer.

— Oui.

— D'accord, amène ça dans la cuisine.

Chaises inconfortables ou non, il suspectait qu'il aurait besoin de la table de la cuisine pour étaler tous les papiers. Il n'était pas un expert, loin de là, mais il ne pouvait pas laisser Davy sans électricité et inquiet de perdre sa maison, un mois seulement après la mort de Ben.

Davy alla dans la chambre à coucher et Kurt se dirigea droit vers le tiroir rempli de courrier non ouvert. Il était resté fermé depuis ce premier jour, mais il pourrait bien y avoir là dedans quelque chose à propos de l'assurance-vie ou... de quoi que ce soit.

Kurt mit de côté les enveloppes qu'il supposait être des cartes de condoléances. Il y en avait si peu. Probablement parce que personne ne réalisait que Davy et Ben existaient en tant que couple, bon sang. Quelques enveloppes ressemblaient à des relevés bancaires, et Kurt les écarta. Les deux lettres recommandées qui venaient d'un cabinet d'avocats et adressées à Davy étaient, quant à elles, du plus grand intérêt.

Un filet de sueur glissa le long de son dos, lui rappelant désagréablement ce moment intense avant que l'attaque ne déraille complètement. Le tee-shirt large à manches longues qu'il portait ne lui aurait pas tenu si chaud si l'air conditionné avait fonctionné – il n'avait pas mis de tee-shirt à manches courtes en public depuis... eh bien... depuis le jour où Ben était mort. Au début, c'était pour protéger ses bandages et depuis c'était devenu une habitude.

Bordel. Tant pis. Il passa le tee-shirt au-dessus de sa tête, espérant que cela ne dérangerait pas Davy, qui choisit ce moment pour arriver dans la cuisine, se figeant sur le seuil avec un dossier en accordéon dans les mains.

— Oh, hé, désolé. Je commençais à avoir un peu chaud

Et j'ai peut-être aussi un peu paniqué en repensant à l'explosion.

— J'espère que ça ne te dérange pas.

Kurt ne pensait jamais à deux fois avant de se promener dans son propre appartement ou chez ses parents torse nu, ou même dans le jardin de ses potes lors de barbecues ou de parties de football et autres. Mais Davy avait passé dix ans avec le très correct Benjamin Kaminski. Quand le visage habituellement pâle de Davy blanchit un peu plus, Kurt attrapa son tee-shirt. Merde. Il se contenterait de souffrir.

— C'est bon, dit Davy en s'avançant enfin, posant le dossier en accordéon sur la table.

Kurt fit une pause dans son geste pour jeter son tee-shirt sur le côté.

— Tu es sûr ? Je ne veux pas te mettre mal à l'aise.

Parce que brusquement, il se souvint que Davy était gay. Cela ne serait pas mal interprété, n'est-ce pas ?

— Non. C'est juste que... je n'avais pas réalisé à propos de ton bras. Je sais que tu m'en as parlé, mais quelque part j'avais pensé, avec la canne et le reste, que ton genou était la blessure la plus grave. Mais ce n'est pas le cas, pas vrai ?

Oh. Bien sûr. Il n'avait même pas considéré combien sa cicatrice pouvait être horrible pour Davy. Ou pour n'importe qui, en fait. Les seuls qui l'avaient vue jusqu'à présent étaient les médecins et sa famille.

Il ramena son bras près de son torse et essaya de se battre pour remettre son tee-shirt d'une seule main.

— Je vais couvrir ça en une seconde.

Davy saisit son tee-shirt.

— C'est bon. J'ai juste été surpris. Avec... tout ça... j'oublie parfois que tu as été salement blessé.

Il haussa les épaules, le tee-shirt serré dans un poing, ne sachant pas s'il devait finalement le mettre ou non.

— Et... des tatouages. Je n'en avais pas idée. Ils sont vraiment chouettes. Je peux regarder ?

— Euh, merci. Bien sûr.

Les gens aimaient regarder les dessins autour de ses biceps. Les bandes complexes de dix centimètres de large qui représentaient des nœuds celtes étaient visuellement irrésistibles, à ce qu'on lui avait dit plus d'une fois, et Davy n'était pas le premier à poser la question. En général les femmes étaient les premières à vouloir les voir de près, mais Davy n'avait pas montré beaucoup d'intérêt pour quoi que ce soit, et Kurt était heureux de l'encourager.

Le bout de doigts légers le long des larges bords noirs du tatouage sur son biceps gauche lui donnèrent la chair de poule sur la nuque, mais Kurt resta immobile sous l'inspection de Davy. Des doigts étonnamment forts saisirent le poignet de Kurt et le tournèrent vers l'extérieur, exposant la longue cicatrice déchiquetée.

— Est-ce que ça fait mal ?

— La cicatrice ?

Elle était encore rose et d'un abord plutôt effrayant, mais elle guérissait bien.

— Parfois. J'ai probablement un peu forcé avec les fenêtres.

Un léger soupir, et les doigts de Davy s'agrippèrent à son poignet un tout petit peu plus fort.

— Je suis tellement désolé. J'aurais dû…

— Quoi ? Tu ne le savais pas, et moi je savais très bien à quoi je m'exposais. C'est bon.

Davy passa son index fin le long de la cicatrice à l'endroit où elle coupait le tatouage de Kurt.

— Est-ce qu'il fait tout le tour ? Ça a dû faire mal aussi.

— Pas autant que ces foutus éclats, permets-moi de te le dire, grommela-t-il.

Était-ce une punition pour sa vanité ? Parce que la cicatrice n'avait pas seulement brisé le cercle parfait, les bords ne correspondaient même plus, de même que son bras gauche à son bras droit non plus.

— Je ne sais pas si ça fera mal de tatouer au-dessus de la peau cicatrisée, mais je suppose qu'ils passeront un sacré bout de temps à essayer de réparer ça.

Davy hocha la tête et relâcha son poignet. Même dans la maison surchauffée, ses doigts avaient été froids et la sensation de fraîcheur avait perduré sur la peau de Kurt après qu'il se soit installé en face de lui et ait poussé le dossier en accordéon dans sa direction.

Environ une heure plus tard, après être resté assis en silence à passer les papiers au crible – organisés par tranche de leur vie, évidemment – Kurt s'étira. Davy était resté là, à regarder, pendant tout ce temps. Kurt fit glisser vers lui les deux lettres recommandées.

— Ouvre-les.

— Pourquoi ?

Davy les ramassa par un coin comme si elles étaient contaminées. Quand il fronça légèrement le nez, l'exaspération naissante de Kurt s'évapora. L'esquive était clairement le modus operandi de Davy. S'il n'ouvrait pas ces lettres, il n'aurait pas à faire face à l'étape finale qui consistait à laisser partir Ben. Et il était prêt à rester isolé dans son petit monde faiblement éclairé pour se faire.

— Parce que c'est le moment. Tu sais que tu es l'exécuteur testamentaire de Ben, non ?

Davy secoua la tête. Sérieusement ? Ben ne lui en avait pas parlé ? Ne l'avait pas préparé ? Pas étonnant. Davy n'avait absolument pas la moindre idée de ce qu'il fallait faire.

— En fait, ça me surprend que les avocats n'aient pas essayé de t'appeler.

Un coup d'œil furtif sur le téléphone indiqua à Kurt de manière plus évidente que des mots que Davy avait probablement reçu des messages auxquels il n'avait pas répondu.

—Arranger tout ça devrait largement te permettre de payer la maison.

— Et pour la mère de Ben ?

Une légère sensation de brûlure alerta Kurt de larmes imminentes. Il cligna des yeux pour les repousser – Davy pleurait assez pour eux deux. Ben avait peut-être mal traité Davy, mais peu importait les tendances de Davy à l'esquive, Kurt ne pouvait pas reprocher à Ben d'avoir choisi un amant au cœur tendre et aimant.

— Il y a deux polices d'assurance vie. Une pour toi et la maison et l'autre souscrite via le département de la police pour sa mère.

Ce qui correspondait tout à fait à la foutue façon de faire de Ben. À Dieu ne plaise que quiconque au boulot soit au courant de l'existence de son compagnon depuis dix ans, pas même l'administrateur de biens. Au moins, il avait eu assez de couilles pour prendre des dispositions pour Davy avec un avocat.

— Tu auras besoin de parler à l'avocat au sujet de la dispersion de ces fonds et de la personne qui prendra les décisions médicales pour Mme

Kaminski. Il y a peut-être moyen d'obtenir un peu d'aide de l'Etat ou d'un tuteur nommé par le tribunal.

— Non.

Les yeux de Kurt s'écarquillèrent. Il ne s'était pas attendu pas à une réponse aussi énergique.

— Non, Ben m'a laissé ça. Je dois le faire.

Davy écarta ses mains sur les documents comme s'il espérait que leur contenu atteigne son cerveau par une quelconque osmose.

— Tu n'as pas à faire ça tout seul. Tu sais que je t'aiderai, n'est-ce pas ?

Un mois auparavant, il aurait aidé Davy uniquement à cause de son obligation envers Ben. Maintenant, cependant, il voulait aider parce que Davy était son ami.

Les larmes montèrent aux yeux de Davy alors qu'il articulait le mot 'merci' à Kurt sans le regarder. Prenant une inspiration profonde et tremblante, Davy cligna des yeux pour refouler ses larmes, pour les empêcher de tomber.

Kurt sortit son téléphone et le tendit à Davy.

— Appelle l'avocat. Prends rendez-vous. Après ça, nous commanderons une pizza, et pendant que nous attendrons le livreur, nous téléphonerons pour faire rebrancher l'électricité et le téléphone.

— Comment ?

— Nous mettrons les frais sur ma carte de crédit.

— Non.

Davy parla avec encore plus de force que lorsqu'il avait prononcé le même mot quelques minutes plus tôt et balaya la table d'un geste de la main.

— Je ne peux pas te laisser faire ça. Je suis bêtement responsable. J'aurais dû m'en occuper plus tôt.

Kurt se hérissa.

— Tu n'es pas bête. Tu viens de passer par plusieurs semaines d'enfer. Je suis un ami aidant un autre ami dans le pétrin. Et je ne te laisserai pas m'arrêter.

Il ne mentait pas. Quelque part en chemin, Davy était devenu son ami, pas seulement l'amant de son partenaire décédé.

Les larmes jaillirent à nouveau, mais cette fois Davy souriait presque.

— Un ami ?

L'estomac de Kurt se retourna. Il avait vraiment envie de frapper quelqu'un. Davy lui avait parlé de la grossesse à risque de Sandra et comment Ben avait progressivement isolé Davy de ses autres amis. Davy ne le lui avait pas dit avec autant de mots, mais Kurt savait. Il avait vu assez de victimes d'abus domestique pour les reconnaître, et même si Ben n'avait rien fait d'ouvertement abusif, l'isolement était déjà très mauvais en soi. Tout ça parce qu'il ne voulait pas que quelqu'un apprenne qu'il était gay. Mais Kurt n'arrivait pas à croire qu'aucun des anciens amis de Davy ne lui ait tendu un rameau d'olivier ou n'ait même vérifié comment il s'en sortait. Néanmoins, il sourit et hocha la tête.

Avec un autre sourire à peine visible, Davy prit le téléphone et commença à composer le numéro de l'avocat. Alors qu'il était mis en attente, Kurt rassembla les documents dont il avait besoin en une seule pile, puis se leva et se dirigea vers le salon pour laisser un peu d'intimité à Davy.

Kurt n'avait pas avoué qu'il avait fouillé dans le placard de Davy, mais il se demandait s'il devait le faire. Cette maison avait besoin d'un peu de couleurs.

Davy ne sautilla pas exactement – il était un peu grand pour cela – mais il y avait une certaine légèreté dans son pas quand il rendit le téléphone à Kurt.

— J'ai un rendez-vous demain à 10:30.

— Parfait. J'ai un rendez-vous chez le médecin en début de matinée. Après ça j'ai terminé, je viendrai donc te chercher et ensuite nous irons déjeuner à l'extérieur.

— À l'extérieur ?

Eh bien quoi, merde, Davy n'avait pas besoin de réagir comme si Kurt venait juste de faire des avances à une jeune fille de l'ère victorienne pour l'entraîner dans une partouse.

— Oui, dehors. Ce n'est pas un gros mot, tu sais.

— Mais... mais... en public ? Les gens ne vont-ils pas penser...

Ces mots ainsi que le volume de sa voix s'estompèrent jusqu'à devenir inaudibles. *Oh, Ben, bordel mais qu'as-tu donc fait à ce mec ?*

— Amis, tu te rappelles ? Les amis sortent ensemble, tu sais. En plus, je suis venu ici tous les jours à l'heure du déjeuner, les voisins pensent déjà probablement que tu as une liaison puisque nous n'avons *jamais* quitté la maison ensemble.

Les yeux de Davy s'agrandirent, et la vive rougeur qui envahit ses joues sembla presque douloureuse. Mais ensuite il se détendit et un petit gloussement étouffé lui échappa avant qu'il ne puisse s'en empêcher. La gaîté resta dans ses yeux, et Kurt sourit. Bientôt, il ferait vraiment rire Davy. Bientôt, Davy ne se sentirait plus coupable d'aller de l'avant dans sa vie.

La semaine suivante, tous les deux retourneraient travailler, Kurt était presque guéri physiquement, mais Davy avait une montagne à escalader pour guérir son cœur et son esprit.

KURT INSPECTA l'intérieur du café-restaurant, se demandant s'il y verrait quelqu'un qu'il connaissait. Ils étaient un peu éloignés de son propre quartier, mais Lettie's était l'un des meilleurs café-restaurants de la ville ouverts toute la nuit et attirait donc naturellement quiconque travaillant en équipe de nuit. S'il était plus susceptible d'être fréquenté par des flics la nuit, il était apparemment le point de repaire des hommes d'affaires le midi.

— Alors, comment se fait-il que quelqu'un qui prétend être capable de cuisiner veuille aller dans un café-restaurant ?

Parce qu'aussitôt que Davy avait vu où se trouvait le cabinet d'avocats, il avait demandé s'ils pouvaient manger chez Lettie's.

— La nourriture est bonne. Ou du moins, elle l'était. Je ne suis pas venu ici depuis des années, mais j'avais l'habitude de manger ici avec des amis tout le temps.

Davy regarda autour de lui, les lignes fines de tension autour de ses yeux s'atténuant alors qu'il se perdait dans les souvenirs avec nostalgie.

— La nourriture est toujours bonne. Beaucoup de flics mangent ici.

— C'est... vrai ?

La tension revint alors que Davy jetait à nouveau un œil autour de lui, furtivement cette fois. Kurt comprit immédiatement. Il n'allait pas lui demander, mais il aurait parié les économies de toute sa vie que Ben était la raison pour laquelle Davy avait cessé de manger ici.

Ils discutèrent par intermittence jusqu'à ce que leur déjeuner arrive. Bon sang, tout ce que Kurt pouvait faire était montrer à Davy qu'il se fichait d'être vu en public avec lui.

— Je n'ai pas raté cette petite pique, tu sais, dit Davy avec un regard malicieux que Kurt fut heureux de voir.

— Quelle pique ?

— À propos de ma cuisine.

Kurt haussa les épaules. Davy leur avait préparé le repas plusieurs fois. C'était bon mais rien d'extraordinaire. Ils avaient surtout mangé des sandwiches ou des œufs préparés de diverses manières.

— Hé, pas de problème. C'est bon d'en rajouter à propos de tes succès, le taquina-t-il.

— En rajouter ? dit Davy en feignant d'être offensé. D'accord. Je vais faire ma spécialité ce week-end. Il faudra que tu viennes pour dîner.

— Ah oui ? Et quelle est ta spécialité ?

— C'est une surprise.

L'entrain de Davy lui convenait bien mieux que son état de zombie catatonique ou ses larmes.

— Ok, alors quel jour te convient le mieux ?

Kurt ne retournerait pas bosser avant le lundi, mais Davy avait choisi de reprendre son travail le lendemain, pensant qu'une courte première semaine serait plus facile à gérer. Un jour ou cinq, Kurt ne se faisait pas d'illusions – la semaine de reprise de Davy allait être épuisante.

— Est-ce que samedi soir te convient ? Je sais que c'est habituellement le jour où les gens sortent en couple, reprit Davy

— Samedi c'est très bien. Je n'ai pas eu de rencard depuis un bon moment.

Sa vie de famille avait été un sujet de conversation sans danger au cours des dernières semaines, mais il n'avait pas beaucoup parlé de ses rendez-vous amoureux.

Un soupçon de couleur apparue sur les pommettes de Davy, mais Kurt ne savait pas pourquoi. Était-il étrange de parler de sexe ou de ses rendez-vous avec un ami homosexuel ? Peut-être. Kurt prit mentalement note d'éviter ce sujet dans le futur.

— Davy Broussard, je n'en crois pas mes yeux, s'exclama une voix exagérément exubérante.

Kurt se tordit dans son siège pour apercevoir un homme blond impeccablement vêtu d'un costume. Il était plus petit que Davy et lui, mais il était un tellement soigné et posé qu'il aurait pu être mannequin de prêt-à-porter plutôt qu'homme d'affaires.

— Jon ! s'exclama Davy, visiblement ravi. Comment vas-tu ?

— Je vais bien, chéri, mais j'aimerais savoir qui est ce beau mec.

— Oh, oui. Jon, c'est…

Davy sembla soudain mal à l'aise, manquant de pratique pour présenter les gens à ses amis.

47

— Je suis Kurt, un ami de Davy.

— Oh, un *ami*, dites-vous.

Jon ne fit pas le geste, mais il avait clairement mis des guillemets autour du mot 'ami'.

Kurt lui lança un regard d'acier, celui qu'il réservait habituellement aux suspects récalcitrants. Cependant, cela n'eut pas autant d'effet que s'il l'avait fait au commissariat.

— Eh bien, Davy, chéri, je suis heureux que tu aies enfin laissé tomber ce misérable personnage qu'était Ben.

Les mots furent comme une gifle au visage, et pour Davy ils devaient être bien pires. Un coup d'œil révéla que le visage de ce dernier palissait jusqu'à devenir aussi blanc que celui d'un fantôme, puis virait complètement au vert avant qu'il ne bondisse de la table en direction des toilettes.

— Bon sang, que lui arrive-t-il ? bredouilla Jon qui perdit le fil de son discours affecté dans sa confusion.

Peut-être n'avait-il pas été intentionnellement malveillant, comme Kurt le pensait au départ. Ce fut d'ailleurs la seule chose qui préserva le nez de Jon, mais Kurt ne put s'empêcher de serrer les poings.

— Qu'est-ce qui ne va pas chez vous ? Vous ne lisez pas les journaux, mon vieux ? Vous ne regardez pas les infos à la télé ? Ben est mort dans l'exercice de ses fonctions il y a environ un mois.

Le visage du blond tourna lui aussi au blanc pâteux, et il se laissa tomber sur la banquette que Davy avait laissée inoccupée. Kurt fit signe à la serveuse de lui amener l'addition. Dès qu'il aurait payé, ils s'en iraient d'ici.

— Je ne savais pas, déclara Jon faiblement. Je veux dire...

— Comment pouviez-vous ne pas savoir ? C'était partout dans les nouvelles.

Jon plaqua une main devant sa bouche, les yeux grands ouverts.

— Vous voulez dire, le mec dans l'explosion ? C'était le Ben de Davy ?

Se penchant au-dessus de la table, un regard honnête et sincère dans les yeux, Jon donna soudainement l'impression d'être un jeune gamin jouant à se travestir.

— Sérieusement... Kurt, c'est bien ça ? Je suis ami avec Davy depuis le lycée, et je n'ai jamais rencontré Ben – je ne connaissais même pas le nom de famille de Ben. Il ne voulait jamais rencontrer aucun des amis de Davy, et j'ai vu une photo, mais c'était il y a bien longtemps. Au cours des cinq dernières années, Davy a quasiment disparu.

Jon baissa les yeux vers ses mains, puis il les releva.

— Comment va-t-il ? Est-ce que je peux être utile ?

Maintenant Kurt savait pourquoi les amis de Davy n'avaient pas été à ses côtés. Davy ne les avait certainement pas appelés. Si Kurt n'avait pas débarqué dans sa vie comme une brute mal élevée, Davy n'aurait eu personne d'autre qu'une sœur traversant une grossesse difficile dont le mari était basé à l'étranger. Il était tenté de dire à Jon que l'isolement de Davy n'était pas à sens unique, mais il avait d'autres préoccupations immédiates.

— Est-ce que Davy a votre numéro ?

— Il devrait, mais juste au cas où...

Jon tendit une carte de visite professionnelle par-dessus la table.

— S'il vous plaît, demandez-lui de m'appeler.

L'addition arriva, et Kurt laissa un peu d'argent sur la table. Mettant la carte dans sa poche, il se leva.

— Je ferais mieux d'aller le voir.

— D'accord, merci. Dites à Davy que je suis désolé, s'il vous plaît ?

— Je le ferai.

Il se dirigea vers les toilettes où il trouva Davy pâle, nettoyant son visage avec une serviette en papier.

— Je suis désolé, murmura Davy.

Les mots prononcés à voix basse furent presque perdus dans l'écho caverneux des toilettes.

— Ne le sois pas. Tout va bien. Je pense que j'aimerais parler avec toi à propos de tes amis, mais pas maintenant.

Kurt débattit sur le fait de lui remettre la carte de visite ou d'attendre jusqu'à ce qu'il ait l'occasion de recommander à Davy de voir un conseiller ou un psychologue. Mais les amis étaient des amis, et peut-être que d'avoir quelqu'un d'autre à qui parler l'aiderait.

— Tiens, Jon a laissé ceci pour toi. Il s'excuse.

Tenant la carte comme si elle était fragile, Davy la retourna.

— Oh, Jon a eu une promotion. C'est super.

Des mots durs et furieux montèrent de la gorge de Kurt, mais les prononcer n'aurait fait aucun bien. Parce que même si Davy ne le voyait manifestement pas, il était une victime, et pas seulement un conjoint en deuil. À la place, il inspira profondément, toussant presque quand une importante quantité de désodorisants chimiques entra dans ses poumons.

—Allez, viens. Sortons ici.

Un peu de couleur revint sur les joues de Davy.

— Est-ce qu'il y a une porte de sortie par derrière ?

— Ouais, marmonna Kurt qui pouvait comprendre le besoin de Davy se cacher aujourd'hui.

PEU IMPORTAIT le nombre de fois où Kurt avait déplacé les dossiers sur son bureau, les piles ne diminuaient pas. En fait, il aurait fallu qu'il en fasse quelque chose pour que cela se produise, mais bon sang, ça l'emmerdait au plus haut point d'être piégé derrière un bureau. Si son patron y voyait quelque chose à dire, il serait enchaîné à son bureau encore deux semaines avant que son nouveau partenaire n'arrive. Ce qui signifiait qu'il avait toute la paperasserie du monde à rattraper, et beaucoup trop de temps à s'inquiéter pour Davy.

Ce qui était stupide, vraiment. Il avait pris l'habitude de voir Davy quotidiennement quand ils ne travaillaient pas tous les deux. Cela faisait longtemps qu'il n'avait pas aussi souvent traîné avec un pote – probablement depuis le lycée. Retourner au travail avait aidé Davy, plus que Kurt ne s'y était attendu, mais cela l'épuisait aussi. En fait, ils avaient regardé un match de baseball chez Davy deux fois au cours des deux dernières semaines, et à chaque fois Davy s'était endormi avant la sixième manche. Kurt fit la grimace. Davy ferait bien d'avoir plus d'endurance quand la saison de hockey arriverait, il le faudrait. Il n'avait même pas tenu sa promesse de cuisiner pour Kurt. Mais bon, ce n'était pas comme s'il ne pouvait pas avoir des plats maison quand il le désirait. Tout ce qu'il avait à faire était de se montrer dans le restaurant de famille ou dans la cuisine de sa mère.

— Hé, minus.

Le frère de Kurt, Ian, se tenait à côté de son bureau.

— Ne m'appelle pas comme ça, gringalet. Tu n'as qu'un an de plus que moi.

Kurt s'abstint d'ajouter qu'il pouvait mettre Ian par terre en quelques secondes, parce qu'ils le savaient déjà tous les deux. Leurs visages se ressemblaient beaucoup, malgré les cheveux sombres d'Ian et ses yeux bleu clair. Mais Ian était plus petit que Kurt – plus court et pas aussi large ni aussi musclé. Ce qui ne l'empêchait cependant pas de se moquer de lui.

— Comme tu veux, minus. Tu tentes quoi que ce soit et je le dis à maman !

Ian lui fit un clin d'œil, et Kurt leva les yeux au ciel. Mike avait douze ans de plus que Kurt et était déjà un adolescent quand Kurt avait commencé à trottiner derrière lui. Le diminutif que Mike lui avait donné était resté, mais cela ne donnait pas à Ian le droit de l'appeler de la même manière que son autre frère, bon sang. Et encore moins au travail.

— Qu'est-ce que tu fais ici ?

— J'avais un déjeuner d'affaires pas très loin, mais il a été annulé à la dernière minute. Puisque tu joues toujours des coudes sur ton bureau, j'ai pensé que tu aimerais aller déjeuner avec moi.

Le regard d'Ian se posa sur le bureau vide de Ben avant de retourner vers celui de Kurt. Kurt avait fait la même chose presque constamment depuis qu'il était revenu travailler deux semaines plus tôt.

Il n'était pas sûr de savoir si Ian mentait à propos de son rendez-vous. Il ne pensait pas que ça gênerait sa famille le moins du monde de continuer à garder un œil sur lui, mais Ian et lui avait toujours était aussi bons amis que frères.

— Bien sûr, génial.

Kurt se tourna vers l'officier dans la rangée de bureaux à côté du sien.

— Hé, Christa.

Elle lui fit face avec un grand sourire.

— Salut, Kurt. Je suppose qu'il s'agit de l'un de tes frères.

— Ian. Nous sortons déjeuner. Je ne pense pas que quelqu'un aura besoin de moi mais juste au cas où…

— Pas de problème. Je le ferai savoir en cas de besoin.

— Merci, Christa.

Pendant un instant, la main de Kurt chercha ses clés de voiture, mais il y avait des tas d'endroits où manger à proximité. Il conduisit Ian vers la sortie du poste.

— T'as vu ça ? demanda Ian.

— Vu quoi ?

— Cette nana, Christa. Tu la branches complètement.

— Ok, un, elle déteste être appelée 'nana', et elle pourrait t'envoyer valser aussi facilement que moi. Et deux, non.

— Quoi, non ? Elle est intéressée, je te dis.

— Aucune importance.

Seigneur, il faisait très chaud dehors, et il était un peu tôt pour cette humidité. Un nuage de pollution était suspendu au-dessus de la ville, donnant à l'air un goût légèrement âcre et une teinte jaunâtre. Kurt regarda des deux côtés du trottoir, se demandant dans quelle direction aller.

— Elle est mignonne.

Thaï. Ce serait bien. Ian aimait la cuisine thaïlandaise autant que lui. Kurt tourna à gauche, et ils commencèrent à marcher.

— Ouais, mais si les choses ne fonctionnaient pas, je devrais la voir tous les jours.

— Je lui demanderai peut-être son numéro.

— Si tu veux, répondit Kurt en haussant les épaules.

Vu les antécédents de son frère, il aurait eu des relations sexuelles avec n'importe quelle femme du moment qu'elle respirait, et ses aventures ne duraient jamais plus de quelques jours. Mais Christa pouvait prendre soin d'elle. Kurt était trop difficile, et Ian ne l'était pas assez ; entre eux deux, leur mère désespérait qu'aucun ne s'installe.

Le parfum de citronnelle et de curry flottait par la porte ouverte du restaurant. Kurt avait été tenté de traîner son frère chez Lettie's, mais ce n'était pas pratique, et il n'arrivait pas à comprendre pourquoi il voulait y retourner. La nourriture n'était pas fabuleuse au point qu'il ressente un manque quelconque suite à son précédent repas avorté. En plus, la cuisine thaïe était bonne.

Son téléphone sonna au milieu du repas. Clignant des yeux, il remarqua que c'était Davy qui appelait – ils s'appelaient rarement l'un l'autre, même si Kurt s'était assuré de programmer le numéro de téléphone de Davy dans son portable.

— Je dois prendre cet appel.

En mâchant, Ian le congédia d'un signe de la main.

Se frayant un chemin entre les tables jusqu'à la rue, Kurt répondit.

— Hé Davy, quoi de neuf ?

— Salut, Kurt, dit Davy d'une voix hésitante et tracassée, mais pas comme le jour où il avait téléphoné d'une cabine téléphonique. Est-ce que tu as l'intention de passer ce soir ?

Le match des Jays était retransmis ce soir-là, et Kurt avait pris l'habitude de passer pour le regarder avec Davy. Il n'était pas sûr de savoir à quel point le fait de regarder du base-ball plaisait à Davy, mais ils appréciaient la compagnie l'un de l'autre. Qu'il l'appelle en premier ne faisait pas partie de son mode opératoire. La plupart du temps, Davy était là, et bien qu'il ne lui eût pas officiellement donné rendez-vous, il devait savoir que Kurt s'arrêterait chez lui.

— Ouais, j'allais passer, si personne n'a besoin de moi pour une affaire.

Kurt ne sut pas comment il fut capable de répondre ça avec un visage impassible. Personne n'aurait besoin de lui tant qu'il serait collé à son foutu bureau. Mais il devait le prétendre – cette phase tordue et transitoire dans son travail lui donnait le sentiment d'être inutile. Il n'aidait personne en faisant ce boulot idéalisé.

— D'accord, euh, bien. Je me demandais juste.

— As-tu des projets avec quelqu'un ? Je peux regarder le match avec mes frères.

— Non, non. Je me demandais juste pour le dîner. On se voit ce soir.

Davy raccrocha et Kurt passa quelques secondes à regarder fixement son téléphone. Ce n'était pas la première fois qu'il se demandait si Davy avait besoin de parler à un professionnel. Au début, il avait été très inquiet que Davy ne se blesse intentionnellement, et plus tard également, après qu'il eût réalisé à quel point Ben l'avait foutu en l'air. Davy devait avoir besoin de plus d'aide que le simple soutien d'un ami. Et chaque interaction sociale toute bête ou étrange ne faisait qu'amplifier ce besoin. Mais il hésitait à bouleverser cette fragile amitié, au cas où Davy interpréterait cette suggestion dans le mauvais sens.

V

L'ODEUR ÂCRE de l'antiseptique lui brûla les narines, mais pas assez fort pour masquer l'odeur tenace de mort et de résidus corporels qui imprégnait Sunshine Manors. Il ne s'était jamais rendu dans un endroit comme celui-ci – sa grand-mère était morte rapidement, sans même un séjour prolongé à l'hôpital, et les gens aussi proches de la mort ne commettaient pas de crime. Les maisons de retraite ne ressemblaient pas à ces sortes d'établissements de soins de longue durée. Ils sentaient comme cette foutue morgue.

Kurt resta en arrière et laissa Davy se présenter à la réception. Davy l'avait surpris vendredi dernier en lui demandant de l'accompagner, mais maintenant qu'il était là, il comprenait sa réticence à venir seul. C'était probablement l'endroit le plus déprimant qu'il ait jamais vu... ou senti.

Un infirmier s'approcha du comptoir et Davy se tourna vers lui.

— Nous sommes prêts, dit-il.

Kurt s'avança et les suivit tandis que l'infirmer les conduisait au-delà de la zone d'accueil jusque dans une salle.

Quelques résidents – principalement des personnes âgées – tendirent la main pour les toucher au moment où ils passèrent, d'autres hochaient la tête vers des visiteurs invisibles, et d'autres encore parlaient en marmonnements étranges. On se serait cru en train de marcher dans une prison, sauf que ces pauvres âmes avaient été emprisonnées dans des corps invalides et des cerveaux effilochés.

Ils furent conduits dans une chambre propre mais spartiate avec un seul occupant dans un genre de fauteuil inclinable à côté du lit. La femme dans le fauteuil ne ressemblait en rien à l'homme que Kurt avait connu.

— Bonjour, Mme Kaminski. C'est moi, Davy. J'ai amené le collègue de travail de Ben. Il s'appelle Kurt. Nous allons nous asseoir et vous tenir compagnie un moment.

Ils s'installèrent sur les deux sièges visiteurs.

Le visage flasque de Mme Kaminski ne donnait aucune indication montrant qu'elle ait entendu un mot. Ses doigts dessinaient des motifs obscurs dans les franges de la couverture enroulée autour de ses épaules.

Davy continua de parler d'une voix apaisante et monocorde, et Kurt supposa que cela devait ressembler à ce qu'il avait vu Ben faire. Quelle honte que Ben n'ait jamais présenté Davy à sa mère avant qu'elle ne perde toutes ses facultés. Peut-être que la voix de Davy lui aurait apporté un peu de paix.

La femme les prit tous les deux par surprise en s'asseyant soudain bien droite dans son fauteuil et en saisissant l'avant-bras de Davy.

— Ben, Ben, je suis si contente de te voir. S'il te plaît, ramène-moi à la maison. Je n'aime pas être ici.

La tête de Davy pivota entre Kurt et Mme Kaminski, la douleur et la panique visibles dans ses yeux. Sans savoir si c'était la bonne chose à faire, Kurt posa une main sur l'épaule de Davy.

— Dis-lui ce qu'elle veut entendre.

— Euh... ouais... Je suis ici pour te ramener chez toi. Hum. Maman. Nous sommes juste...

Il regarda Kurt à nouveau, suppliant.

— Continue, murmura Kurt.

La voix de Davy s'affirma.

— Nous attendons juste qu'ils finissent de préparer tes affaires.

— Bien. Bien, répondit Mme Kaminski en souriant.

Elle lâcha le bras de Davy et se laissa retomber dans son fauteuil, ses doigts cherchant à nouveau sa couverture.

Les épaules de Davy se soulevèrent alors qu'il prenait quelques profondes inspirations. Quand finalement il regarda Kurt, ses yeux étaient humides, mais il ne pleurait pas. Kurt ne pouvait pas imaginer à quel point cela devait être dur, mais deux mois après la mort de Ben, le temps commençait à cicatriser les plaies de Davy.

— C'est assez pour aujourd'hui, je pense, dit Kurt.

— Comment savais-tu que je devais faire semblant ?

Kurt haussa les épaules.

— Ils ont dit qu'elle n'était plus très en forme ces derniers temps, et tu m'as dit que Ben ne lui avait pas vu de moments de lucidité récemment. Il était raisonnable de penser que quoi qu'il arrive, cela n'allait pas durer longtemps.

Une fois dehors, Kurt respira profondément ; l'air humide et pollué était bizarrement rafraîchissant après une heure passée à l'intérieur de Sunshine Manors.

Davy avait l'air complètement lessivé, et Kurt ne l'en blâmait pas le moins du monde. La visite aurait été aussi difficile même sans que Mme Kaminski ne prenne Davy pour Ben.

— Ben lui rendait-il visite souvent ?

— Deux fois par mois. Il avait l'habitude de venir plus souvent, mais quand elle a cessé de le reconnaître, il n'était plus sûr que ses visites lui fassent du bien.

Et même si Ben avait été un enfoiré envers Davy, ces visites devaient avoir été douloureuses. Kurt inspira à nouveau. Il avait vu pire dans l'exercice de ses fonctions, mais il était toujours déprimé, particulièrement quand il y avait si peu qu'il puisse faire pour aider.

— Et toi, que vas-tu faire ?

— Je vais essayer de garder le même rythme.

Kurt n'était pas surpris. Le cœur tendre de Davy ne lui laisserait pas faire moins, même s'il avait pris le temps de se blinder pour sa première visite.

— Si tu veux que je vienne avec toi, tu n'as qu'à me le dire.

Davy se mordit les lèvres et hocha la tête, mais il ne dit rien. Le trajet de retour à la maison fut silencieux, et après ça, Kurt rejoignit son exubérante et bruyante famille chez Finn's.

Lundi matin, un géant aux cheveux bruns suivait l'inspecteur Nadar hors de son bureau vers le bureau de Kurt.

— Kurt, voici Simon Trent, votre nouveau partenaire. Simon, je vous présente Kurt O'Donnell, dit l'inspecteur en pointant le bureau de Ben. C'est votre bureau. Kurt vous fera faire le tour pour le reste.

Kurt se leva et tendit la main pour le saluer. Étonnamment, il devait lever la tête pour regarder Simon. Et le mec était grand, pas gros, juste grand. Il mesurait probablement dix à douze centimètres de plus que le mètre quatre vingt de Kurt.

— Je vais vous laisser faire connaissance. Demain, vous retournez sur le terrain.

56

Nadar se retira dans son bureau.

Oh, merci seigneur. Simon ne posa pas de question à propos du dernier commentaire, Nadar avait dû le mettre au courant des blessures de Kurt.

— Je suis désolé pour ton partenaire.

— Merci. J'apprécie.

Kurt s'abstint de tout commentaire supplémentaire. Il avait de plus en plus de mal à concilier le partenaire qu'il pensait connaître – le partenaire qu'il avait perdu à plus d'un titre – avec l'homme qu'il apprenait à connaître et qu'il n'aimait probablement pas. Cela lui donnait l'impression d'être déloyal ; Kurt détestait cette sensation et ne voulait donc pas s'y attarder.

Au lieu de cela, il changea de sujet et donna à Simon un aperçu des bases dont il aurait besoin.

— Prêt pour la pause déjeuner ? demanda Simon quelques heures plus tard.

Kurt le regarda attentivement, se demandant si c'était déjà une autre tentative pour dorloter l'homme blessé, mais l'estomac de Simon laissa alors échapper un grondement sonore. N'importe qui de cette corpulence devait alimenter le moteur régulièrement.

Kurt se mit à rire.

— Je peux manger. Il y a beaucoup de bons endroits pas très loin à pieds. Quelque chose te ferait plaisir ?

— Grec ?

— Ouais, c'est à seulement quelques pâtés de maisons.

— Alors, pourquoi as-tu choisi de quitter la PMRC ?

Les représentants de la loi sont les représentants de la loi, mais il existait une certaine aura autour de la Police Montée Royale Canadienne, même si elle patrouillait de plus en plus rarement à cheval.

— Je me suis marié il y a deux ans. Jen, ma femme, voulait revenir en ville, et je voulais un changement, donc j'ai postulé pour entrer dans les forces de police ici et à Vancouver.

Kurt haussa les sourcils.

— Donc n'importe quelle ville aurait fait l'affaire ?

Simon piqua une autre pomme de terre rôtie.

— Non, mais Montréal était hors jeu parce que je ne parle pas français, et j'étais en poste à Halifax. Un déménagement est un déménagement, pas vrai ?

— Comment ça se passe jusqu'à maintenant ?

— Ça va. Le rythme est plus rapide, cependant. Nous sommes en train de nous installer, et Jen a commencé son nouveau travail cette semaine aussi. Nous ne connaissons pas beaucoup de monde. Hé, est-ce que tu veux venir dîner un de ces jours à la maison ? Si tu as une femme ou une petite amie, viens avec elle.

S'il avait besoin de compagnie, il pourrait probablement convaincre un de ses frères ou Davy de venir avec lui, mais l'offre fit fondre la tension que Kurt n'avait pas réalisé porter sur les épaules. Simon s'était déjà plus ouvert à Kurt ces quelques dernières heures que Ben ne l'avait fait en trois ans.

— Pas de femme, pas de petite amie, mais je serais heureux de venir, merci. Fais-moi savoir où et quand.

Simon sourit, heureux de la réponse de Kurt. Il connaissait Simon depuis une demi-journée et savait déjà que la dynamique de leur partenariat serait différente de celle qu'il avait connue précédemment. Avec Ben beaucoup plus vieux et expérimenté que lui, ils étaient tombés dans une relation mentor novice, mais avec Simon, ce serait un partenariat plus égalitaire.

VI

Le mois d'août était un enfer. Un mois de violences et de meurtres liés à la vague de chaleur garda Simon et Kurt sur le pied de guerre – beaucoup d'heures supplémentaires et pas autant de progrès qu'ils l'espéraient. Kurt avait suivi l'enquête sur le type qui avait tué Ben, mais il n'y avait pas le plus petit progrès en terme d'arrestation potentielle ou d'infiltration. Il devait à Ben, et à lui-même, de mettre ce fils de pute derrière les barreaux. Malheureusement, dès qu'on avait réalisé qui était derrière l'explosion, l'enquête avait été retirée des Homicides. Non pas que Kurt se soit fait la moindre illusion – son patron ne lui aurait jamais permis de rester impliqué dans l'enquête.

La clôture de cette affaire aurait été bénéfique pour Davy... l'aurait aidé à guérir un peu plus. Kurt eut seulement deux fois l'occasion de prendre Simon au mot à propos de son offre à dîner. Et rendre visite à Davy s'était réduit à une fois tous les dix jours ou à peu près. Peut-être que Davy allait déjà mieux. La dernière fois qu'ils avaient parlé, Davy était censé rencontrer quelques-uns de ses vieux amis, y compris Jon. Kurt avait été si content.

— Ouf. Je pense que nous pouvons arrêter pour ce soir, hein ? dit Simon en se penchant en arrière dans sa chaise. Tu veux prendre un verre, te détendre un peu ? Il doit certainement y avoir un match que nous pouvons regarder.

Kurt regarda sa montre. Il était trop tard pour passer voir Davy de toute façon. Également trop tard pour emmener Simon chez Finn's. S'ils s'y rendaient maintenant, ils resteraient là-bas toute la nuit, et Kurt avait besoin d'une bonne nuit de sommeil. Mais il n'était pas encore prêt à rentrer dans son appartement vide et sans vie. Demain, cependant, il y avait deux matchs à la télévision. Si rien ne se présentait d'ici là, et il ne valait mieux pas, sinon il serait capable de commettre lui-même un homicide, il pourrait passer chez Davy.

Armé d'un assortiment de snacks provenant de l'épicerie du coin, Kurt était prêt pour le double match de ce soir. C'était le dernier week-end d'août et la vague de chaleur était finalement retombée, donnant un peu de répit à la police.

Ses frères avaient été surpris qu'il ne vienne pas le regarder avec eux, ce qu'il faisait habituellement s'il avait un jour de congé. Ian, en particulier, avait été irrité et avait essayé de s'inviter dans les plans de Kurt. Kurt avait réussi à s'en défaire, mais mentir à ce propos l'ennuyait. Révéler le secret que Ben gardait avec tant de zèle semblait déloyal en quelque sorte. De toute façon, Davy n'était pas prêt pour sa famille. Ils avaient parlé une ou deux fois de leurs familles, et Davy était tour à tour méfiant et fasciné du nombre de personnes que comptait la famille O'Donnell. Après avoir passé des années seul avec Ben, avec Sandra et Mme Kaminski, leurs uniques parents vivants, Kurt ne lui en voulait pas. Dans ces moments-là, quand l'un de ses frères ou sœurs le harcelaient, Kurt imaginait qu'il n'était peut-être pas aussi seul qu'il le supposait généralement.

Bien. La voiture de Davy était dans l'allée, donc Kurt n'aurait pas à retourner dans ce pub bruyant. Il aimait le bruit et l'agitation, mais il venait ici pour apprécier la quiétude de la maison de Davy. Il aurait dû appeler avant, mais son travail interférait si souvent avec ses projets, et il aimait que Davy ne soit pas gêné par ses visites surprises.

Frapper à la porte et appuyer son doigt sur la sonnette ne servit à rien. Cela lui rappela désagréablement les premières fois où il rendait visite à Davy, quand son arrivée l'avait sorti de son état dépressif. Il laissa tomber les sacs de nourriture et jeta un oeil à travers la fenêtre, mettant ses mains en coupe autour de ses yeux pour diminuer le reflet de fin d'été. Il n'y avait rien qui sortait de l'ordinaire. Davy pouvait être sous la douche. Il palpa inconsciemment sa hanche à la recherche de son arme, même s'il n'était pas en service. Quoi qu'il en soit, il n'y avait aucune raison de supposer le pire. Il n'y avait pas de signe d'effraction. Merde, le mec pouvait très bien être sorti se balader. Le besoin de protéger Davy avait été fort depuis le tout premier jour, au-delà des attentes prévues dans le cadre de son boulot. Quelque chose dans l'idée de protéger Davy le faisait se sentir infiniment grand et atténuait sa frustration d'être traité comme un enfant par sa famille ; il n'allait pas s'arrêter à moins d'y être obligé.

Il ressentit alors une écrasante déception en pensant qu'il ne pourrait peut-être pas passer la journée dans le calme confortable de la maison de Davy, bavarder avec lui et regarder le match. Cela lui rappela ses années de lycée, quand ses parents le privaient de sortie, lui faisant rater la plus belle fête de l'année. Pourquoi passer du temps avec Davy le mettait-il dans cet état-là, il ne le savait pas, mais le fait qu'il n'ait pas passé beaucoup de temps à cultiver des amitiés en dehors du travail ou de sa famille pouvait être une explication.

Peut-être que Davy était dehors dans le jardin. Il avait vu la jungle envahissante depuis la fenêtre de la cuisine, mais n'avait jamais fait de réflexion. Davy avait d'autres soucis à affronter, sans parler de l'état de son jardin, mais peut-être était-il justement en train de l'affronter aujourd'hui.

La grande clôture privative ne surprit pas du tout Kurt, compte tenu de la paranoïa évidente de Ben, mais il fut surpris de trouver la porte du jardin grande ouverte. L'étendue d'herbe était un peu plus vaste qu'il ne l'avait supposé à première vue. Ce n'était pas si souvent que des maisons disposaient d'autant de terrain aussi près du centre-ville. Davy lui avait dit qu'ils avaient acheté celle-ci à peu près un an après que Ben et lui se soient mis ensemble, et ils étaient l'un des rares couples dans la rue à avoir conservé un jardin aussi grand, au lieu de démolir la maison et de la reconstruire sur une plus grande surface. Kurt approuvait cette décision ; la maison de Davy avait beaucoup plus de caractère que les énormes nouvelles demeures.

Quatre chaises et une table étaient installées sur la terrasse, à l'évidence inutilisées depuis des mois vu leur état crasseux. Après une petite parcelle de pelouse, la jungle commençait. Juste à la démarcation, une grande poubelle en plastique verte était disposée à côté d'une pile de paniers usés servant à la cueillette. Kurt s'approcha et vit Davy à genoux au milieu d'innombrables rangées de plants de tomates, des paniers à moitié pleins sur sa droite. Il était de dos à Kurt, et ses épaules tremblaient.

Kurt fit le tour de la poubelle et quelques feuilles séchées crissèrent sous ses pieds. Son approche ne passa pas inaperçue, comme le lui indiqua le dos devenu raide de Davy qui se tourna vers Kurt.

—Mon dieu Davy, que s'est-il passé ?

Son tee-shirt était maculé de rouge vif. Á cette vue, Kurt sentit son cœur s'accélérer et il chercha à nouveau son arme qui n'était pas là. Kurt dérapa en le rejoignant et s'agenouilla devant Davy, inspectant son tee-shirt.

— Où saignes-tu ?

Les yeux de Davy s'agrandirent avant qu'il ne laisse échapper un reniflement larmoyant.

— C'est de la tomate

Oh. De la tomate. Les joues de Kurt s'enflammèrent, se teintant probablement de la même couleur que les quelques tomates rondes et mûres posées dans le panier. Une humidité froide et collante s'infiltra dans son pantalon, et il baissa les yeux sur les tomates sur lesquelles il venait de s'agenouiller – et qu'il avait écrasées. Beurk.

— Et les tomates te bouleversent à ce point, c'est ça ?

61

C'est vrai qu'elles semblaient vraiment dégoûtantes. Peut-être en aurait-il pleuré lui aussi. Mais cela faisait un moment qu'il n'avait pas vu Davy aussi bouleversé, et son cœur se serra comme si, en quelque sorte, il avait échoué quelque part. Là encore, la plupart des gens semblaient s'accorder pour dire qu'il y avait beaucoup de mauvais jours durant la première année de deuil, alors que la blessure guérissait. Cela ne faisait que trois mois que Ben était mort – il ne pouvait pas s'attendre à un miracle.

— Je n'y arrive pas, je n'y arrive simplement pas.

— Tu n'arrives pas à quoi ?

Davy lui faisait peur à nouveau. Jamais il n'aurait pu se pardonner s'il s'était volontairement blessé au cours de ces premiers jours, et maintenant … Et si Davy retombait dans son découragement du début ?

— Ça. Ben aimait ce stupide jardin, et je ne sais pas quoi en faire, bordel.

Le venin dans la voix de Davy fut un choc, de même que l'entendre jurer. Davy ne jurait pas souvent.

— Je l'ai ignoré. Je ne voulais pas regarder. Ben a planté tout ça le week-end avant… avant…

Kurt hocha la tête. Il n'avait pas besoin que Davy finisse sa phrase.

— Et ? Ne peux-tu pas juste les cueillir ces tomates ?

— Ben les cueille… les cueillait. Je faisais de la sauce tomate et du chou farci en suivant la recette de sa mère, et je congelais tout le reste. Comment puis-je faire ça cette année ? Je ne voulais même pas venir ici. Mais j'ai attendu trop longtemps. Ne le sens-tu pas ?

En reniflant, Kurt décela un parfum doucereux, presque écoeurant. De tomates pourries. Sa tête pivota, passant en revu l'incroyable quantité de plants de tomates, beaucoup d'entre eux pendant et croulant au sol sous le poids du fruit. Merde. Ben avait vraiment dû aimer les tomates... ou les choux farcis. Seigneur.

— J'ai essayé de les ramasser, mais je ne peux même pas soulever ce foutu panier. Merde, comment je vais me débarrasser de tout ça ?

La voix de Davy s'éleva, presque stridente dans sa détresse.

— Hé, du calme.

— C'est tout ce que tu dis toujours !

Davy lui lança une tomate molle et spongieuse qui s'écrasa sur son tee-shirt avec un ploc humide. Pas pourrie, mais très, très mûre. Silence... Kurt haussa un sourcil et attrapa lentement une autre tomate plus que mûre. La bouche de Davy s'arrondie en un 'O' de surprise avant que Kurt ne la lui lance en guise de représailles. Davy le foudroya du regard et s'enfuit à toute jambe, s'armant d'une tomate dans chaque main. Se remettant debout, Kurt fit une cible parfaite avant de se pencher et d'attraper plusieurs tomates, les envoyant sur la silhouette en mouvement de Davy qui cherchait à esquiver les tirs.

Après plusieurs minutes de course poursuite et de, eh bien, bataille alimentaire, ils s'effondrèrent au sol en haletant. Davy était plus détendu, son visage et son corps entier étaient couverts de jus de tomate et de pépins, et les vêtements de Kurt étaient dans le même état catastrophique.

— Est-ce que tu veux de ces tomates ? Parce que je sais que ma mère pourrait utiliser les plus mûres chez Finn's.

Il ne voulait pas bouleverser Davy à nouveau, mais le problème initial était toujours là. Il ne serait pas sain de laisser la récolte pourrir sur pied.

— Est-ce que tu aimes les choux farcis ? demanda timidement Davy.

— Ouais, j'aime ça.

Kurt aimait toutes sortes d'aliments, y compris les choux farcis, mais à cet instant, il aurait dit oui à n'importe quoi.

— Alors je pourrais peut-être en garder un peu.

Kurt traîna le panier à moitié plein jusqu'à la porte de la cuisine.

— OK, je vais m'occuper du reste. Toi, tu te douches et tu prépares les choux farcis.

— Marché conclu.

Davy esquissa presque un sourire. Un jour, Kurt verrait un vrai sourire sur le visage de cet homme, et il tomberait à la renverse de surprise.

Kurt passa des heures à ramasser des tomates. Les plus mûres allèrent dans des paniers destinés à la cueillette, les trop mûres et les pourries allèrent dans le bac de compostage. Il chargea la voiture avec les paniers et traîna la poubelle sur le trottoir. C'était quelques jours trop tôt pour le ramassage des déchets organiques, mais avec ses horaires de travail, il ne pouvait pas garantir qu'il reviendrait pour le jour de la collecte. Le bac était sacrément lourd, et il ne voulait pas que Davy se blesse.

En entrant dans la maison, le parfum envoûtant de la viande qui mijotait, du chou et des tomates supplanta l'odeur douceâtre imprégnée sur ses vêtements.

— Ça sent bon, Davy. Ça te dérange si j'emprunte ta douche ?

Davy sortit de la cuisine, des maniques à chaque main, et jeta un œil au sac que Kurt tenait.

— Tu as amené des vêtements de rechange ?

Kurt haussa les épaules.

— J'ai appris très tôt sur une scène de crime particulièrement salissante de ne jamais aller nulle part sans au moins avoir un pantalon et un tee-shirt de rechange dans la voiture.

Oh, ça avait été horrible. Il pensait qu'il ne réussirait jamais à se débarrasser de l'odeur de chair pourrie incrustée dans sa voiture – porter ses vêtements pendant le trajet relativement court jusqu'au poste avait suffi à imprégner la puanteur sur les sièges. Il avait dû conduire avec les fenêtres grandes ouvertes tout l'hiver.

Davy ouvrit la bouche, sur le point de poser une question, mais il se ravisa et la referma. Ce qui valait bien mieux comme ça. La description n'était pas agréable, et il ne souhaitait pas que quoi que ce soit vienne gâcher les odeurs fabuleuses émanant de la cuisine.

— La douche ? demanda-t-il à nouveau.

— Oh, oui, bien sûr. Il y a des serviettes dans le placard du couloir et la douche est dans la salle de bain principale.

KURT SAISIT les serviettes et passa par la chambre jusqu'à la salle de bain. Il s'était douché dans des endroits autres que son propre appartement, et quand il avait demandé, il avait oublié que la seule douche de la maison lui faisait traverser la chambre à coucher de Davy.

Il se déshabilla et fit attention à ce que ses vêtements tâchés et trempés de sueur ne touchent que le carrelage et non la sortie de bain blanche ou le tapis. Mais bon sang, qu'est-ce qu'ils avaient tous avec le blanc dans cette maison ? La cuisine et salle de bains étaient comme des hôpitaux, et le reste des pièces était agressivement neutre.

Il avança sous le jet, se mouillant entièrement. La pression de l'eau était fantastique. Kurt n'avait pas pris une douche aussi bonne depuis... Depuis combien de temps n'avait-il pas pris de vacances ? Deux ans ? Trois ans ? Depuis la dernière fois qu'il était allé à l'hôtel, en tout cas. Chez ses parents, la pression de la douche avait toujours été merdique, et c'était à peine mieux dans son appartement, tant qu'il ne se douchait pas quand tout le monde se préparait pour aller travailler.

Heureusement, Davy avait un grand chauffe-eau. Kurt chercha une barre de savon mais il n'en vit aucune. Au lieu de cela, Davy avait du gel douche d'une marque qu'il ne reconnut pas, non pas qu'il s'en souciât. Du savon était du savon en ce qui le concernait.

Un parfum de propre, un peu citronné, se fit sentir quand il ouvrit la bouteille. Il fit mousser le savon sur son corps, presque surpris de s'apercevoir de l'odeur agréable qui se dégageait. Pas féminine comme il s'y était attendu, et il aurait dû avoir honte d'y avoir même songé une minute. Davy était gay, pas efféminé. Kurt utilisa le même produit pour laver ses cheveux, ne se souciant pas de savoir si Davy avait quelque chose de différent. Ses cheveux étaient assez courts pour que cela n'ait pas d'importance.

Pourtant, quelque chose dans l'odeur du produit lui fit de l'effet, parce que sa queue tressauta. Il s'agissait peut-être seulement d'un réflexe conditionné par le fait qu'il se masturbait souvent sous la douche – mais jamais chez quelqu'un d'autre. Pas même chez les quelques femmes qu'il fréquentait. Il attrapa la bouteille de gel douche et lut l'étiquette. Citronnelle. Eh bien, il aimait effectivement la nourriture thaïe, mais il n'avait jamais eu d'érection pour ça. Ce devait juste être l'habitude. Il se nettoya rapidement, parce qu'il n'allait certainement pas se laisser aller dans la douche de Davy.

Il en termina vite avec la douche et s'essuya. Il balaya la salle de bains des yeux.

Merde.

Après avoir enroulé une serviette blanche de qualité hôtelière autour de sa taille, il ouvrit la porte de la salle de bains et passa la tête.

Merde de merde. Il avait laissé ses vêtements à côté du placard à linge. Et il n'y avait absolument aucun moyen qu'il laisse approcher ses autres vêtements de sa peau propre.

Il sortit dans le couloir et attrapa son sac de sport.

— Tu as fini ? appela Davy.

Kurt se retourna, saisissant son sac au moment où Davy sortait de la cuisine.

Les yeux de Davy s'agrandirent.

— Euh, manifestement, pas tout à fait, continua-t-il.

— J'ai oublié mes vêtements ici. J'en ai juste pour quelques minutes.

Le dos droit, Kurt retourna dans la salle de bains en passant par la chambre sans un regard à Davy, le bout de ses oreilles brûlant.

Il ferma la porte fermement derrière lui. Saisissant un regard de lui-même dans le miroir, il gémit. La serviette s'accrochait à son sexe de façon obscène, et sa poitrine était luisante de sueur. Il s'était douché dans de nombreux vestiaires, s'était déjà trouvé nu devant des hommes auparavant, mais parader à moitié nu dans la maison d'un homme gay n'était tout simplement pas bien, d'autant plus que sa queue n'avait pas complètement dégonflé depuis la douche. Là encore, Davy n'avait pas pris cela comme une invite ou quoi que ce soit d'autre. Peut-être qu'il n'y avait pas de quoi être mal à l'aise après tout. Davy n'avait probablement pensé à rien de bizarre du tout par rapport à ça.

Une fois habillé, il rassembla ses vêtements sales dans un sac de course en plastique avant de les ranger dans son sac de sport. Inspirant profondément, il mit son embarras de côté et sortit rejoindre Davy pour dîner.

KURT S'ÉCARTA de la table de la cuisine pour s'appuyer contre le dossier de sa chaise, le ventre rassasié de choux farcis.

— Davy, c'était délicieux. Je sais que tu es hautement diplômé en chimie et tout ça, mais as-tu déjà pensé à devenir chef ?

La couleur envahit les joues de Davy. Il devait avoir mis dans le mille avec cette réflexion-là.

— J'y ai pensé. Mais je ne sais pas si j'aimerai autant ça, cuisiner pour des gens que je ne connais pas. En plus, les horaires de travail sont horribles.

Vrai. Ils pouvaient même être pires que ceux d'un flic.

— Eh bien, je déteste manger et filer, mais ces tomates ne vont pas apprécier de rester sur le siège arrière de ma voiture par cette chaleur. Je dois les mettre dans une chambre froide.

Davy le suivit jusqu'à la porte.

— Je suis désolé pour le match. Les matchs.

— Pas de problème. Ça devait être fait..

Kurt s'étira, faisant protester ses muscles. Peut-être pas tout en un jour, cependant.

— Et puis, il y aura d'autres matchs.

Et c'était agréable de prendre soin de quelqu'un. Il préférait ça que de voir les gens penser qu'il était aussi fragile qu'une poupée parce qu'il avait failli mourir dans l'explosion avec Ben.

— Au revoir, Davy.

Kurt se pencha en avant de quelques millimètres, presque comme s'il allait embrasser Davy. Holà. Il sortit de la maison, aussi vite qu'il le put. Davy n'eut pas l'air surpris ou choqué ou quoi que ce soit, ce minuscule mouvement était donc peut-être passé inaperçu. Il l'espérait.

Se glissant derrière le volant, il monta la climatisation et resta assis là un moment, le temps que la voiture refroidisse. C'était quoi ce bordel ?

Pourquoi diable avait-il presque embrassé Davy ? Pas *embrassé*, comme embrassé avec la langue, mais un simple baiser d'au revoir. Jusqu'à présent, il n'avait jamais pensé à embrasser Davy – ou aucun homme – avant, mais sur le moment quelque chose l'avait fait penser à ses parents et il avait été sur le point de donner à Davy un baiser d'au revoir comme son père le faisait tout le temps avec sa mère. Vraiment bizarre. Mais si Davy n'avait rien remarqué, Kurt n'allait pas ramener le sujet sur le tapis. Ce devait être une sorte d'aberration mentale due à l'épuisement.

Il était vraiment fatigué. Attrapant son téléphone, il appuya sur le numéro préenregistré pour joindre Finn's.

— Salut maman, dit-il quand elle décrocha.

— Coucou mon bébé. Comment vas-tu ? Nous ne t'avons pas vu depuis quelques jours. Est-ce que tu viens ? Tu as besoin de manger ?

Oh mon Dieu, il n'avait vraiment pas besoin de manger davantage. Pas tout de suite, et peut-être pas pendant plusieurs jours. Il avait mangé beaucoup plus de choux farcis qu'il n'aurait dû, mais ils étaient tellement bons. Comment était-il possible que Ben ne soit pas devenu un gros flic débraillé quand Davy cuisinait pour lui tout le temps ?

— Non, maman, je vais bien. Mais j'ai...

Kurt regarda dans le rétroviseur et fit un rapide calcul. Il avait même dû rabattre les sièges.

— Huit gros paniers de tomates. Tu penses pouvoir les utiliser ? Elles sont assez mûres.

Même si elle ne pouvait pas, il trouverait une poubelle quelque part. Il n'allait pas laisser Davy s'en occuper.

— Comment se fait-il que tu te retrouves avec autant de tomates ?

— J'ai aidé un ami à s'occuper de son jardin, et il ne savait pas quoi faire avec elles.

— Elles sont bonnes, alors ?

De première main, il était certain qu'elles l'étaient.

— Ouais. Je crois bien avoir mangé un demi panier à moi tout seul tout à l'heure.

Sa mère se mit à rire.

— Bien sûr, je peux changer quelques-uns des plats du jour pour la semaine prochaine. Apporte-les-moi.

Kurt mit la voiture en route, et il s'éloigna en lançant un dernier regard à la maison de Davy..

VII

— HE, MEC, je suis content que tu sois là.

Simon ouvrit la porte et laissa entrer Kurt. À chaque fois qu'il lui avait dit que Jen recevait du monde, y compris quelques filles célibataires de son travail, Kurt avait envisagé d'annuler. Simon ne lui en aurait pas voulu, mais Kurt ne voulait pas faire de peine à Jen. Presque trois mois avaient passé depuis l'arrivée de Simon et ce dernier avait cessé de lui demander s'il voulait amener quelqu'un de particulier à leurs tranquilles petits dîners hebdomadaires. Cependant, il ne pensait pas que Jen arrêterait de souhaiter vouloir le caser.

Le brouhaha de voix féminines s'intensifia, et le coeur de Kurt accéléra. Il aurait pu avoir besoin d'un ailier, et il regretta de n'avoir pas pensé à demander à Ian ou Davy de venir avec lui. Ce qui était stupide. Il n'avait jamais eu besoin de renforts avant, mais l'incident un peu gênant devant chez Davy quelques jours plus tôt l'avait convaincu qu'il avait besoin de s'envoyer en l'air. L'étape du rendez-vous était toujours chiante, mais il avait besoin de passer du temps avec une fille.

Debout devant le buffet, Jen lui fit signe. Kurt sourit et la rejoignit. Après une brève étreinte, Jen se tourna vers une femme blonde parfaitement soignée.

— Kurt, je voudrais te présenter une de mes amies de travail. Tiffany, voici Kurt.

Le sourire de Tiffany était éclatant, mais Kurt ne put s'empêcher de se souvenir d'un documentaire qu'il avait vu sur les lions. Un frisson d'effroi le parcourut jusqu'au creux de l'estomac, mais il se força à sourire en retour. Tiffany était jolie, bien faite, et Jen l'aimait bien. Et il avait déjà décidé qu'il avait besoin de tirer un coup. Prenant une profonde inspiration, il chercha une ouverture pour entamer la conversation alors que Jen disparaissait.

— ALORS, COMMENT ça s'est passé avec Tiffany ? demanda Simon le lundi matin avec un sourire, en se glissant derrière son bureau en face de celui de Kurt.

Kurt lança un regard furtif en direction de Christa, heureux qu'elle n'ait rien remarqué. Après qu'Ian l'ait souligné, il avait remarqué qu'elle faisait beaucoup plus attention qu'elle ne l'aurait dû aux conversations tournant autour de ses habitudes de sorties, où de l'absence de celles-ci. Il haussa les épaules et changea de sujet.

— Allez viens. On doit se rendre sur une scène de crime.

— Oh, bien sûr, mec. Pourquoi ne m'as-tu pas appelé ? J'aurais pu te retrouver là-bas.

— C'est arrivé il y a une minute ou deux. J'ai pensé que ça pouvait attendre jusqu'à ce que tu arrives.

— D'accord, allons-y.

Alors que Simon sortait du parking, il s'éclaircit la gorge.

— Ecoute, je suis désolé de me mêler de ce qui ne me regarde pas. Ce ne sont pas mes affaires... ni celles de Jen.

Voir un regard penaud chez cet homme grand et imposant était étrange.

— Non, non, ce n'est pas ça. Ben ne me demandait jamais rien à propos de mes rencards et tout ça.

Ou de quoi que ce soit qui n'était pas lié au travail, d'ailleurs, mais il ne voulait pas que Simon sache combien cela le touchait encore. Et Ben, bien sûr, n'avait jamais essayé de le caser.

— Et mon frère m'a dit que Christa était, eh bien, intéressée, reprit-il.

Simon quitta la route des yeux pour jeter un coup d'œil à Kurt.

— Oh, mec. Pourquoi ne m'as-tu pas dis que Christa et toi…

— Non, il n'y a pas de Christa et moi.

Bon sang, c'était sacrément embarrassant.

— Je viens juste de me rendre compte qu'elle s'intéressait beaucoup trop aux conversations qui me concernaient personnellement. Sortir avec quelqu'un du boulot ne me réussit jamais très bien, et quand tout part en vrille, je ne veux pas avoir à travailler en si étroite collaboration avec la fille en question, enfin, tu vois ? Je ne veux pas la blesser.

— C'est sympa de ta part. Mais je suis désolé que les choses n'aient pas bien fonctionné avec Tiffany.

— Si tu le savais, pourquoi as-tu demandé ?

Seigneur, Tiffany avait-elle décortiqué chaque étape embarrassante auprès de Jen ? Il n'avait jamais vécu une expérience aussi humiliante avant.

Simon se mit à rire.

— Je suis inspecteur, comme toi. Tu serais probablement plus optimiste au sujet de la drague si les choses s'étaient bien passées. Honnêtement, Tiffany n'est pas la personne que je préfère. Je la trouve un peu excessive, mais je pensais qu'elle était ton genre, puisque tu avais pris un rendez-vous pour la nuit suivante.

Non, Tiffany n'était pas vraiment son genre, mais il avait souvent du mal à dire non aux femmes entreprenantes. Était-ce parce qu'il était trop habitué à son énergique de mère et à ses sœurs ? Où était-ce simplement plus facile, en quelque sorte, de céder ?

— Mais ce n'est pas grave. Tu n'as pas à en parler. Je comprends.

Dans un flash, il vit soudain comme il devait paraître réticent à Simon. La dernière chose qu'il voulait était de se retrouver dans une nouvelle relation d'amitié guindée et maladroite – il devait l'admettre maintenant – avec son partenaire de travail.

— Simon, je suis toujours un peu mal en point.

Simon fronça les sourcils vers la route, et Kurt réalisa que ses paroles pouvaient être interprétées de nombreuses façons différentes. Merde, il avait probablement utilisé exactement les mêmes mots qu'au lycée quand il arrivait en classe le matin, encore ivre de la nuit précédente.

— Désolé, je m'explique. Je ne sais pas ce que l'inspecteur Nadar t'a dit à propos de Ben, mais j'étais content de ne pas avoir à te raconter quoi que ce soit à son sujet moi-même. Je veux dire, je suis allé voir le psy à propos de sa mort, ça faisait partie des conditions de ma réintégration, mais il y a un tas de trucs... eh bien... dont je n'étais pas prêt à discuter, avec personne.

Simon gara la voiture. Etaient-ils déjà arrivés ?

Les yeux bruns foncés le scrutèrent, sérieux et sympathiques, de façon tellement inattendue de la part de son partenaire si facile à vivre.

— Le boulot d'abord, hein ? Mais garde ça en tête. Nous allons sortir boire une bière ce soir, et nous en reparlerons. Parce que tu souffres, et je ne veux pas de ça pour mon partenaire ou mon ami.

L'acide se mit à bouillir dans l'intestin de Kurt. Il n'avait vraiment pas envie de discuter de ses problèmes, mais il avait le sentiment que Simon n'allait pas le laisser s'en tirer comme ça. Son nouveau partenaire n'était rien d'autre qu'entêté. Et il aimait parler – beaucoup.

ILS AVAIENT réussi à finir le boulot à une heure raisonnable, et c'est à contrecœur que Kurt suivit Simon dans leur nouveau bar favori, le Bar à Bière. Kurt n'était jamais aller prendre un verre avec Ben, mais il était sorti avec quelques-uns des autres inspecteurs, et c'était l'endroit que Simon préférait. Un de ces soirs, il faudrait qu'il emmène Simon chez Finn's. Il adorerait.

Au lieu de se rapprocher du bar, qui offrait la meilleure vue sur les écrans de télévision, Simon commanda deux bières et se fraya un passage vers une table dans l'une des alcôves du fond.

— Là c'est bon ? Tu pourras parler ici ?

Kurt se glissa sur la banquette.

— C'est très bien, Simon, merci.

Il jouait avec la condensation sur le verre, traçant des motifs dans la buée. Simon s'assit tranquillement, attendant.

Sa mère disait souvent de commencer par le commencement. Après une profonde inspiration, c'est exactement ce qu'il fit.

— Je n'ai jamais pris un verre avec Ben. Il ne m'a jamais posé aucune question sur mes rencards ou même sur ma famille. Nous n'avons jamais mangé ensemble en dehors du boulot. Et je pensais que nous étions amis ; même si ce n'était pas très typique, je n'ai jamais remis ça en question. Ben était un bon flic. J'ai beaucoup appris de lui. Mais j'ai réalisé après sa mort que je ne le connaissais pas du tout. Nous n'étions pas amis, et j'ai découvert des choses qui m'ont fait me demander si je l'aurais même apprécié en dehors du travail.

Avalant sa bière, Kurt ne put se résoudre à regarder Simon. Que verrait-il dans ses yeux ? Rien que de prononcer les mots à voix haute lui donnait l'impression d'être foutrement déloyal. Et il détestait ça.

Simon souffla bruyamment, et Kurt osa lui jeter un rapide coup d'œil. Il n'y avait aucun reproche dans son expression.

— Je suis désolé, Kurt. Nous ne pouvons pas toujours bien nous entendre avec notre partenaire, mais je pense que toi et moi allons bien ensemble, tu sais ? Ben était peut-être un bon flic, mais il y a plein de bons flics qui ne sont pas nécessairement des personnes irréprochables. Tu ne peux pas te sentir responsable pour ça.

— Mais... mais... je me sens si déloyal.

Il baissa les yeux à nouveau.

— Quoi, tu n'as jamais connu personne qui ait demandé un transfert ? Demandé un nouveau partenaire ? Tous les gens ne s'entendent pas. Pourquoi te sentir déloyal ? Je n'ai pas entendu un seul commentaire négatif sur Ben, ce qui veut dire que tu n'as parlé à personne de vos problèmes... même si tu aurais probablement dû. Je pense que ton sens de la loyauté est plus développé que la plupart des gens. Et c'est pourquoi c'est si douloureux pour toi.

Vraiment ? Un peu de la tension accumulée dans sa poitrine s'évanouit.

— Euh, merci, murmura-t-il.

— Sens-toi libre de me parler de ce que tu veux. Parce que je finirai probablement par t'en raconter plus que tu ne voudras en entendre à mon sujet. Je veux devenir ami avec mon partenaire. En fait, je dirais même que nous sommes déjà amis.

Kurt se détendit davantage. Il prit une nouvelle gorgée de sa bière sans se presser.

— Donc, y a-t-il quelque chose que tu veuilles me dire à propos de Tiffany et qui te soulagerait ?

Oh, seigneur. Tiffany. Il ne voulait vraiment pas que qui ce soit soit au courant de ça, mais il ne savait pas avec qui d'autre il pouvait en parler. Sa relation avec Ben l'affectait encore plus qu'il ne le pensait. Il avait réprimé beaucoup de ses problèmes personnels. Même s'il était enclin à supporter les taquineries auxquelles il pouvait s'attendre de la part de ses frères, il avait cessé de se confier à eux depuis longtemps, sa relation professionnelle avait débordé sur sa vie personnelle. Merde. Si Ben avait encore été en vie, Kurt aurait pu le frapper. Il n'allait certainement pas en parler aux autres gars du bureau, et Davy ne pourrait probablement pas apporter un avis sur la question.

Il haussa les épaules en évitant à tout prix de regarder Simon dans les yeux.

— Nous sommes allés chez elle. Nous avons tous les deux pensé à coucher ensemble, mais je… je n'ai pas pu.

— Tu ne voulais pas d'un coup d'un soir ? Il n'y a rien de mal à ça.

— Non, je veux dire je n'aipaspubander.

Il prononça les quatre derniers mots rapidement, les noyant ensemble dans l'espoir de cacher leur véritable signification.

Bien sûr, il avait entendu que cela arrivait parfois aux hommes, mais il n'avait jamais eu de problème auparavant.

— Quoi ? Oh…, dit Simon alors qu'il déchiffrait les mots de Kurt. Eh, ça peut arriver.

Seigneur, il était tellement minable.

— Ça t'est déjà arrivé ?

— Eh bien, une fois quand j'étais vraiment bourré.

Bien sûr. Kurt grimaça. Il n'avait même pas cette excuse. Il avait bu davantage maintenant qu'il ne l'avait fait la nuit de son rendez-vous. Le dîner avait été beaucoup trop rapide, Tiffany apparemment désireuse de l'emmener chez elle. Mais il n'avait pas eu un seul soupçon d'intérêt sous la ceinture.

— Et puis, reprit Simon, si ça avait été Tiffany, j'aurais probablement eu le même problème. Mec, elle peut être vraiment agaçante.

Kurt ne put s'empêcher de sourire devant l'effort apparent de Simon pour le réconforter.

— Donc, rien ? Du tout ? demanda Simon après avoir pris une gorgée de sa propre bière.

Kurt secoua la tête.

— Pourquoi es-tu parti avec elle, alors ? Je veux dire, elle est agréable à regarder, mais comme je viens de le dire, agaçante.

— Je voulais qu'il se passe quelque chose. N'importe quoi.

Simon le regarda pensivement.

— C'était quand la dernière fois qu'il s'est passé… quelque chose ?

À quand remontait la dernière fois ? Le sexe représentait souvent plus de travail que de récompense alors qu'utiliser sa propre main… Mais, en y repensant, il n'avait pas l'impression d'avoir utilisé sa main depuis… depuis…

— Avant la mort de Ben.

Oh, bordel. Presque quatre mois. Au début, il avait supposé que c'était à cause des médicaments. Mais il n'en avait pas pris depuis des semaines. En fait, c'est dans la putain de douche de Davy qu'il avait été le plus près de la lever. Peut-être aurait-il dû se l'astiquer, puisque apparemment c'était devenu si rare.

Simon hocha la tête comme s'il venait juste de révéler les secrets de l'univers.

— Bon, je ne suis pas psychologue ou quoi que ce soit, mais tout le monde pleure la mort de quelqu'un à sa manière. Je suppose que la perte d'intérêt pour, euh, le sexe, fait partie du processus de guérison de ton esprit. Maintenant que tu penses à nouveau à ça, et que tu en as envie, ça reviendra. Ne te pousse pas. Je m'assurerai que Jen te fiche la paix avec ses coups montés, parce que je crois qu'elle a une liste de femmes en tête pour toi.

Et bien, c'était probablement la chose la plus embarrassante que Kurt ait jamais eue à dire ou à entendre, et à en juger par les joues roses de Simon, il ne s'en était pas sorti entièrement indemne. Mais à sa grande surprise, il se sentait vraiment plus léger. Il avait failli mourir, il avait découvert des choses très troublantes sur lui-même et son partenaire, sans compter que le fait de savoir que l'homme qui avait tué Ben marchait toujours librement dans les rues le stressait énormément. Se mettre la pression pour une partie de jambes en l'air exacerbait le problème. Simon avait raison. *Cela* reviendrait suffisamment tôt, et il pouvait bien attendre jusque-là pour plonger à nouveau dans la piscine infestée de requins spécialistes du flirt.

— Merci, mon vieux. Je me sens un peu mieux.

73

— Parfait. Tu veux venir voir le match jeudi ? Je promets qu'il n'y aura que toi, moi et Jen.

— Non, merci, j'ai des projets pour ce soir-là. Mais j'apprécie l'offre.

Cela faisait trop longtemps qu'il n'avait pas été en mesure de se détendre et de regarder un match avec Davy. Malgré les étranges événements récents, la maison de Davy était confortable et relaxante – cela lui manquait de traîner avec son ami.

Simon leva son verre pour porter un toast, et Kurt fit tinter le sien. La discussion dériva sur des sujets moins personnels alors qu'ils finissaient leur bière.

KURT APPORTA à nouveau de quoi manger, mais Davy avait surgelé plusieurs portions de choux farcis qu'il proposa de servir pour le dîner. La première manche avait à peine commencé quand ils finirent de manger et de faire la vaisselle.

Davy se recroquevilla sur le canapé, les jambes repliées contre sa poitrine.

— Tu as froid ? Si tu ne veux pas réparer le thermostat, pourquoi n'attrapes-tu pas une couverture ?

Sans un mot, Davy détala et se précipita dans l'une des chambres. En quelques secondes, il revint avec une couette d'une couleur extravagante, une que Kurt pensa reconnaître et qui provenait du placard aux trésors cachés.

Il y eut une soudaine chaleur dans la pièce stérile qui n'avait rien à voir avec la température. Davy devait l'avoir senti, lui aussi, parce qu'il lui sourit.

— Tu supportes à nouveau les Jays ? demanda Davy.

— Bien sûr, pourquoi ?

Pour une fois, Davy allait peut-être rester éveillé pendant tout le match.

— Je suis pour les yankees aujourd'hui.

Kurt mit la main à sa poitrine comme s'il était mortellement blessé.

— Pourquoi ? Pourquoi voudrais-tu faire une chose pareille ?

Son regard diabolique fût adouci et atténué par la couette, le faisant ressembler à un enfant espiègle. Le haussement d'épaules fut lui aussi à demi camouflé.

— Sais pas. Parce qu'ils sont meilleurs.

— Ils ne le sont pas.

Davy roula des yeux.

— Bien sûr qu'ils le sont.

D'accord, maintenant Davy devenait obstiné. Kurt le savait, mais cela ne l'empêcha pas de relever le pari de Davy.

— Très bien. Qu'est-ce que tu paries qu'ils perdent ?

— Le perdant paie des bières au gagnant pour tout le mois prochain.

— Pari tenu.

Kurt n'avait jamais pris autant de plaisir à regarder un match avec quelqu'un qui soutenait l'équipe adverse. À chaque fois que les yankees faisaient quelque chose de bien, Kurt s'attendait presque à voir Davy lui tirer la langue. Il avait aperçu des soupçons de cette espièglerie avant. Entre ça et la bataille de tomates, la combativité naturelle de Davy reprenait le dessus.

Pendant la dernière séquence du match, les yankees marquèrent trois points et remportèrent la victoire, et Davy se leva d'un bond, abandonnant la couette sur le canapé.

— Oh, ouais ! Je t'avais dit qu'ils étaient meilleurs !

La danse de la victoire de Davy était hilarante, mais Kurt se mordit la lèvre et le plaqua au sol, luttant avec lui comme il l'aurait fait avec l'un de ses frères.

Davy poussa un cri, les yeux écarquillés, les muscles tendus, la panique traversant son visage jusqu'à ce que Kurt se mette à rire et frotte ses jointures dans ses cheveux. Il était allongé, appuyé sur ses bras, au-dessus de Davy, mais ne le retenait plus.

— D'accord, tu gagnes le pari, dit Kurt, feignant la contrariété.

— C'est comme ça que tu te comportes chez toi avec tes frères ?

— Absolument, s'ils ont le mauvais goût de soutenir quelqu'un d'autre que les Jays. Mais ils opposent une meilleure résistance que toi au combat, dit-il en souriant.

Vivre avec trois frères plus âgés impliquait qu'il avait probablement connu davantage de bagarres que la plupart des gens. Et, de ses trois grandes sœurs, il avait appris comment donner des coups en traître. Il ne semblait pas que Sandra ait prodigué les mêmes enseignements à Davy, cependant.

Davy éclata de rire, un son doux et musical. De profondes et adorables fossettes apparurent de chaque côté de sa bouche. Comment avait-il pu connaître Davy depuis si longtemps et ne jamais les avoir vues ?

Sa queue gonfla et il haussa les sourcils. Avec toute la dignité qu'il put rassembler, il se redressa rapidement et s'éloigna aussi nonchalamment que possible vers la salle de bains. Il se regarda dans le miroir avant de baisser les yeux vers son pantalon. Bordel, c'était quoi ça ? Bien sûr, il avait déjà bandé en regardant du sport de haut niveau par le passé. Cela arrivait, à cause de brusques montées d'adrénaline. Mais il n'arrivait pas croire que sa queue ait choisi cet instant pour se réveiller de sa torpeur, alors qu'il tenait un autre homme sous lui. Là encore, peut-être que s'il recommençait à ressentir des choses, n'importe quoi aurait pu servir de déclencheur. Il n'y avait aucune raison de s'inquiéter. C'était comme la puberté qui recommençait.

Après avoir tiré la chasse d'eau et s'être lavé les mains, il retourna dans le salon. Davy s'était réinstallé sur le canapé et avait changé de chaîne pour en choisir une qui diffusait un match de la côte ouest. Il avait aussi apporté des bières fraîches.

Rien n'avait changé. Il soupira de soulagement et se laissa tomber sur le canapé, seulement quelques minutes avant que son téléphone ne sonne. Le boulot, merde.

— Je dois y aller, Davy.

Davy hocha la tête et s'enfonça à nouveau dans le canapé, sachant désormais que Kurt veillait toujours à bien fermer la porte derrière lui.

— Fais attention à toi.

Kurt se demanda, et pas pour la première fois, si Davy disait cela à Ben à chaque fois que ce dernier recevait un appel du travail.

SEIGNEUR, LES heures supplémentaires le tuaient. Il était complètement épuisé. La prolongation de ses horaires avait été une bonne chose autant qu'une mauvaise. Bonne parce qu'il avait eu l'occasion de rendre visite à Davy seulement trois fois depuis leur pari, et à chaque fois il avait été brusquement appelé pour travailler et avait donc pu éviter de penser à une quelconque maladresse potentielle. Mauvaise parce que cela lui manquait de passer du temps avec son ami. Simon devenait un bon ami, lui aussi, mais Kurt n'arrivait pas à comprendre pourquoi ce n'était pas suffisant.

Son téléphone sonna, un numéro inconnu s'afficha sur l'écran. S'il ne s'était pas emmerdé si fort, il l'aurait laissé basculer sur la messagerie.

— O'Donnell, aboya-t-il.

— Est-ce que c'est Kurt ?

Il ne reconnut pas la voix.

— Oui.

— Oh, salut. Je ne sais pas si vous vous rappelez de moi, mais je suis Jon, l'ami de Davy.

Un éclair de mémoire lui montra un bel homme blond dans un costume coûteux.

— Jon, oui, je me rappelle.

— Bien, très bien. Nous avons essayé de faire sortir Davy pour son anniversaire samedi, mais il dit qu'il n'est pas prêt pour une nuit en ville, donc nous avons pensé faire quelque chose chez lui. Je sais qu'il est ami avec vous… Cela vous dirait-il de vous joindre à nous ?

— L'anniversaire de Davy est samedi ?

Pourquoi ne savait-il pas cela ?

— Non, en fait c'est le mardi suivant.

— Oh, c'est vrai. Ouais, bien sûr, je serai là si je peux.

Si tant est qu'aucune de ses affaires n'explose.

— A quelle heure ? Je dois amener quelque chose ?

— Venez aux environs de vingt heures. Comme je connais Davy, il aura préparé la nourriture, mais s'il y a quelque chose que vous voulez boire en particulier ou si vous avez de la bière, amenez ça.

— Bien sûr, merci, Jon. J'apprécie l'invitation.

Kurt raccrocha, souhaitant déjà être samedi. Samedi était censé être son premier jour de congé depuis deux semaines, et il serait foutrement déçu si quelque chose venait tout gâcher maintenant. Bien sûr, il devrait trouver un cadeau pour Davy. Merde, qu'allait-il donc bien pouvoir trouver ? Il faudrait de la couleur dans son cadeau. Davy avait semblé si vivant enveloppé dans sa couverture, et Kurt n'avait pas été capable d'effacer de sa mémoire le patchwork de couleurs caché dans son placard.

— Eh, mec, on y va, dit Simon, le faisant sursauter. Perdu dans tes pensées, pas vrai ?

— Impatient d'être à samedi, c'est tout.

— Comme si je ne le savais pas. Tu as des projets ?

— J'en ai maintenant.

— Un rendez-vous ? demanda Simon.

Si cela avait été quelqu'un d'autre, le mot aurait pu contenir une pointe de moquerie, mais Simon était simplement concerné.

Kurt sourit.

— Non. Juste une petite fête d'anniversaire pour un ami.

Le vendredi, il sortit avec Simon pour déjeuner, mais il ne put se concentrer sur la conversation. Kurt n'avait toujours aucune idée de cadeau à offrir à Davy pour son anniversaire. Leur amitié avait évolué pour dépasser le stade de la tragédie, et il ne savait pas quel genre de cadeau lui plairait. Généralement, les cadeaux pour ses collègues de travail étaient soit de l'alcool, soit une collecte d'argent où quelqu'un d'autre était l'ultime responsable du choix du cadeau.

En tant que benjamin, sa famille avait pris l'habitude de lui dire quoi acheter pour un autre membre de sa tribu, et très franchement, cette habitude était restée. Du moins il espérait que c'était cela et non une quelconque idée fausse au sujet de ses capacités.

Quoi qu'il en soit, il avait commencé à considérer cette pratique comme acquise. Ce serait la première fois qu'il achèterait un cadeau pour quelqu'un sans conseil, et il était complètement perplexe. Il n'avait jamais eu de petite amie assez longtemps pour lui acheter un cadeau non plus.

Kurt et Simon dépassèrent la devanture d'un magasin dont l'aspect brillant et multicolore n'avait jamais attiré l'attention de Kurt avant aujourd'hui.

Il s'arrêta de marcher.

La vitrine était envahie de lampes étranges, de chaises en plumes et fausse fourrure, de cadres stylés, et de bols kitch à mourir. Il n'était pas sûr de ne pas faire des suppositions stéréotypées fondées sur ce placard et la sexualité de Davy. Pouvait-il trouver quelque chose que Davy aimerait dans cet endroit ? Ses doigts tâtonnèrent sa poche, voulant appeler quelqu'un – Jon – pour l'aider. Mais Jon n'était que récemment revenu dans la vie de Davy après une longue absence.

— Hé Kurt, appela Simon presque à un pâté d'immeubles plus loin. Tu viens ?

Kurt jeta un dernier regard à la devanture et rattrapa Simon.

— Voulais-tu t'arrêter dans ce magasin ? Je peux attendre.

— Non, c'est bon. Je n'avais simplement jamais remarqué cet endroit avant.

Simon arqua les sourcils mais il préféra se remettre à marcher plutôt que de questionner le manque d'observation de Kurt qui déambulait à ses côtés. Kurt était fatigué de penser à ça, mais qu'il soit damné s'il se mettait aussi à parler de ce sujet-là avec Simon.

VIII

KURT SE tenait sur le seuil de la porte devant chez Davy, la bouche sèche, les paumes moites. Sa prise sur le pack de douze bières belges ne s'était pas relâchée, mais ça n'allait pas tarder. Mais putain, pourquoi était-il si nerveux ? Il avait eu des couilles d'acier quand il avait débarqué chez Davy pendant son deuil, mais sa fête d'anniversaire le rendait aussi nerveux qu'une vierge nue dans une pièce pleine de mecs bourrés, appartenant à une fraternité. Bon sang, même quand il avait complètement dépassé toutes les bornes de la politesse et commandé des courses pour Davy, il ne s'était pas senti si mal à l'aise.

De la musique en sourdine et une explosion de rires étouffés filtra à travers la porte. Il fourra le paquet enveloppé sous son bras, prit une profonde inspiration et sonna à la porte.

Quelques secondes plus tard, un Jon souriant, au visage rouge, ouvrit la porte.

— Kurt, salut, allez entre.

KURT TIRA une bouteille du pack de bière et se tourna pour prendre note de la grande quantité de snacks sur le comptoir et sur la table de la cuisine. Il avait commencé à avoir faim un peu plus tôt, mais il ne se sentait pas tout à fait en état de manger. La chemise avait été une erreur. On pouvait bien être en automne, mais entre le surplus de personnes à l'intérieur et ses stupides nerfs, il faisait sacrément chaud. Posant bière et cadeau sur le comptoir, il roula ses manches avant d'attraper les deux à nouveau et de se diriger à grandes enjambées vers le salon.

La tête de Davy se leva à son entrée et il eut droit à un large sourire faisant apparaître ses fossettes – merde, ces fossettes. Davy n'avait pas été aussi heureux depuis longtemps, mais Kurt savait maintenant que ces fossettes étaient le test décisif.

— Salut, Kurt.

— Salut, Davy. Joyeux anniversaire en avance.

Il offrit son cadeau, espérant que Davy ne l'ouvrirait pas. Il ne serait certainement pas comparable à aucun de ceux que ses autres amis avaient apporté.

Davy se leva du canapé et prit le paquet, déchirant le papier. Les oreilles de Kurt s'enflammèrent. Il aurait dû retourner au magasin à côté de son boulot, au lieu de se dégonfler et de reporter son choix sur l'une des grandes librairies.

— Tu as dis que tu aimais cuisiner et tout ça…

— Hamburgers pour Gourmets, hein ?

Davy feuilleta le livre de cuisine.

— Ça a l'air super. Merci beaucoup !

Davy lui donna une rapide étreinte, trop rapide pour que Kurt ait même le temps de se raidir ou de s'inquiéter de sa réaction. Il n'y avait aucune déception dans les yeux bruns de Davy ou dans son large sourire, ce qui le fit lui sourire en retour. Au moins, cette étape était passée.

— Qui est ce beau mec ? Et est-ce que je peux l'avoir ?

La rougeur de Kurt revint en un éclair. Il ne s'était pas attendu à ce que les mecs présents lui fassent du plat. Un petit blond s'approcha de lui, dans une pause décontractée de manière à ce que ses hanches soient mises en avant de façon suggestive.

— Tais-toi, Rick. C'est Kurt. Tu ne peux pas l'avoir, dit Davy.

— Oh, est-ce que tu le revendiques ?

Les mots sensuels furent accompagnés d'une petite caresse de la main, le long de l'avant-bras de Kurt.

Quelqu'un allait devoir baisser la température ou ouvrir une fenêtre, parce que maintenant, Davy et lui étaient tous les deux en train de rougir.

— Rick, il est hétéro ! protesta Davy.

Jon éclata de rire, les deux mains sur le ventre.

— Non, dis-moi que ce n'est pas vrai !

Rick continua de caresser son bras. La sensation était bizarre parce que Rick était bien un homme ; il n'y avait aucun doute sur le fait que cette caresse soit prodiguée par la main d'un homme, mais la taille de ce dernier, sa minceur et son tee-shirt pourpre et brillant rappelèrent beaucoup à Kurt les nombreuses filles avec lesquelles il était sorti.

— Désolé, Rick.

— Et ses frères ? Est-ce que tu as des frères, Kurt ?

— J'ai des frères, mais aucun n'est gay.

Rick lui dédia un froncement de sourcils féroce et une autre caresse rapide. Kurt aurait dû s'écarter. Il ne savait pas pourquoi il laissait Rick le toucher, si ce n'est parce qu'il avait grandi dans une famille très démonstrative. Les limites de son espace personnel étaient moins étendues que celles de la plupart des gens. De toute façon, Davy éloigna Rick de force.

— Rick, tiens-toi bien. Je t'ai dis qu'il était hétéro.

— Oui, oui. Je parie qu'il aime les pipes autant que n'importe quel mec. Et je suis foutrement bon à ça.

Kurt ne put s'empêcher de rire. Rick était le genre de mec qui avait besoin d'être le centre d'attention dans toutes les situations, mais ses commentaires ne dérangeaient pas Kurt.

Davy le présenta rapidement aux deux autres hommes présents, un couple, Keith et David. Il apprit que Jon, Davy et David étaient des amis de Lycée et que c'était son amitié avec David qui avait poussé Davy à réponde au nom de Davy. David était certes un chouette prénom, mais ces fossettes-là étaient plus adaptées à un Davy.

La dynamique de la soirée aurait été étrange si Jon et Rick avait été un couple, eux aussi, mais ce n'était pas le cas ; Keith et David étaient le seul couple présent.

Kurt s'assit dans le fauteuil en cuir et écouta les autres bavarder et se rappeler leurs souvenirs. Il n'était pas capable de dire si les trois étaient liés par leurs intérêts communs ou parce qu'ils étaient tous gays, et il ne posa pas la question. C'était le genre de curiosité qu'il réservait pour le boulot.

Les mains de Davy s'agitaient tandis qu'il parlait, sa joie et son animation étaient évidentes. Kurt ne crut pas une minute que Davy était complètement sorti d'affaires, mais il avait déjà fait des progrès.

Les margaritas étaient variées, mais Kurt s'en tint à la bière. Il ne savait pas quoi attendre d'une fête avec une brochette d'homosexuels, mais il se détendit quand il se rendit compte que ce n'était rien d'autre qu'une fête comme celles auxquelles il avait déjà pu se rendre, avec un peu plus de grossièretés et de commentaires grivois.

— Est-ce que nous jouons ce soir ? demanda Jon.

Un jeu ?

— Je peux mettre le match de hockey pour toi, Kurt, offrit Davy.

Davy n'allait pas regarder le hockey ? Cela devait être un sacré jeu – Davy adorait le hockey bien plus qu'il n'aimait le base-ball, ainsi que Kurt l'avait découvert quand la saison de hockey avait démarré. Kurt préférait lui aussi le hockey.

— Vous allez jouer au Twister à poil ?

— Non, bredouilla Davy.

— Oh, si !

Rick tourna vers lui, ou plutôt vers son entrejambe, un regard appuyé.

Kurt leva les yeux au ciel.

— Au Jeu de la Bouteille alors ?

Secouant la tête, Davy laissa échapper un petit rire.

— Est-ce qu'on peut ? risqua Rick.

— Au Strip Poker ? tenta encore Kurt.

— Non ! répondit Davy qui accentua la dénégation d'un rapide mouvement de la main.

— S'il te plaît ?

Ce Rick était persistant.

Alors Davy éclata de rire. Et continua de rire. Il tomba sur le canapé, les yeux larmoyants tandis qu'il s'étouffait. C'était peut-être les margaritas. Ou la compagnie. Kurt se fichait complètement du comment ou du pourquoi. À en juger par les regards d'indulgence sur les visages de ses amis, eux aussi.

— A quel genre de jeu tu t'attendais au juste ? hoqueta Davy alors que son rire s'apaisait.

— Eh bien, je n'étais pas vraiment sûr. Mais si vous n'attendez pas de moi que je me mette à poil, je suis presque sûr de pouvoir faire face à n'importe quel jeu auquel vous allez jouer.

— Oh, chéri, je n'ai aucun doute là-dessus.

Etonnamment, Rick l'amusait davantage qu'il ne l'irritait.

— Mais je ne suis pas contre l'idée d'avoir le match de hockey en sourdine. Pour voir le score.

Davy alluma la télé en mettant le son au minimum tandis que Jon tirait quelques boites d'un sac.

— On commence avec un jeu de société ou deux, puis en général on passe aux cartes. Au poker, le plus souvent, ou au Trou de Cul.

Kurt haussa un sourcil.

— Vous voulez que je joue à un jeu qui s'appelle Trou de Cul avec vous tous ?

La réflexion ramena les fossettes sur le visage de Davy et son fou rire.

Ce n'était pas la peine de leur dire qu'il connaissait le jeu dont il parlait, ainsi que toutes les stratégies qui pouvaient influencer la victoire dans un jeu dépendant principalement de la chance. Le poker était davantage fait pour lui, cependant. De nombreux joueurs de poker amateur ne pouvaient pas bluffer aussi bien que certains des criminels qu'il avait interrogés.

— Je n'ai jamais entendu parler d'aucun de ces jeux avant.

Kurt fit un geste en direction des boîtes. Sa famille avait des tonnes de jeux de société – c'était une façon peu coûteuse de tenir sept enfants occupés. Mais c'était surtout des jeux courants auxquels tout le monde avait déjà joué au moins une fois ou deux.

Les jeux sur la table basse du salon étaient complexes et comportaient tout un tas de pièces, et si Kurt avait dû apprendre les règles par lui-même, cela lui aurait probablement pris des heures, rien que pour lire les manuels.

Alors qu'ils commençaient tous à jouer, les yeux de Davy prirent la même lueur que ceux d'un fanatique. Jon et David se révélèrent eux-mêmes rapidement d'aussi féroces adversaires, presque obsessionnels.

— Oh mon Dieu. Vous trois étiez des cracks à l'école, pas vrai ? Des mordus de jeu.

Davy leva les yeux de la lecture attentive du plateau de jeu, une pointe de rose envahit ses pommettes anguleuses, dignes de celles d'un top modèle et qu'il n'avait jamais associées auparavant à ces gamins intellos et bizarres qu'il avait admirés à l'époque.

— Oh. Euh. Ouais, en quelque sorte. Et je suppose que tu as toujours été un plaisantin ?

— Pas vraiment. C'est dur d'être catégorisé comme ça quand tous les 'rôles' habituels sont pris par tes frères et sœurs aînés. Mais je suis surpris que tu n'aies pas de console de jeu. J'adore les jeux vidéo.

Ian et lui s'étaient chamaillés et bagarrés des tas de fois au cours des années à propos de leurs scores aux jeux vidéo.

Contre toute attente, Davy se recroquevilla sur lui-même. Ce n'était pas physique. Pas vraiment. Davantage comme sa vitalité qui s'éteignait. Kurt aurait pu se donner des coups. Il aurait dû savoir que le très correct Ben n'aurait pas approuvé les jeux vidéo.

Tous les amis de Davy remarquèrent le subtil changement dans l'atmosphère, mais aucun d'eux ne sembla en deviner la cause. Kurt savait, comme si une enseigne au néon s'était allumée au-dessus de la tête de Davy – le spectre de Ben avait laissé un champ de mines tout autour des interactions sociales de Davy.

Merde. Il devait régler ça. Il passait un bon moment, mais plus important, Davy aussi. Si seulement il pouvait penser à quelque chose à dire qui n'empirerait pas les choses.

— Hé, qu'est-il arrivé à ton bras ? demanda Rick.

Super. Ce n'était vraiment pas le moment que quelqu'un remarque ces maudites cicatrices. Encore des souvenirs de Ben pour Davy.

— Rien, marmonna Kurt en baissant sa manche.

— Il a été blessé dans l'exercice de ses fonctions, ce ne sont pas tes affaires, répondit Davy, une pointe de mordant protecteur dans son ton. La détermination était peinte sur son visage, et il esquissa un petit sourire tremblant. Pas de fossettes, mais c'était un début.

Kurt lui sourit en retour, espérant que Davy puisse y voir ses excuses.

— À qui le tour ?

À LA surprise générale, ce fut Kurt qui remporta la première partie. Ils avaient éteint la télé à la moitié de la première période du match de hockey, quand il était devenu évident que le résultat allait être douloureux et déprimant. Avec de la musique en fond sonore, Kurt se jeta complètement dans la partie, mais il n'était encore qu'un simple débutant.

Anticiper le jeu, évaluer les meilleurs coups de ses adversaires et les contrer, était une seconde nature de son job qui devenait bien pratique pour le jeu. David et Keith n'avaient pas été enchantés de la facilité avec laquelle il avait assimilé les règles mais, pris en sandwich entre Davy et Rick sur le canapé, il eut également de nombreuses félicitations. Il pouvait même accepter les… eh bien, disons… 'câlins' de Rick, en l'absence d'un meilleur mot.

Jon rangea le jeu de société pour entamer un autre jeu, et Kurt s'enfonça dans le canapé. Davy se leva pour aller chercher une bière fraîche pour Kurt tandis que Rick servait une nouvelle tournée de margaritas pour tout le monde.

Rick prit la pose dans le champ de vision de Kurt, main sur la hanche et bassin en avant, mais il parla à Davy.

— Davy, tu sors avec nous pour Halloween ? Nous allons dans cette nouvelle boîte en ville, l'Empire.

Le côté du canapé sur lequel se trouvait Davy bougea légèrement alors qu'il haussait les épaules.

— J'en doute. Aller en boîte pendant Halloween, c'est un peu trop dingue pour moi.

— Oh, mais ce n'est qu'une partie du plaisir. Tous ces mecs jeunes et sexys, transpirants et à moitié nus dans des costumes coquins qu'ils auront choisis. Il y aura tellement de monde que tu ne pourras pas t'empêcher de toucher, et il y aura de la peau nue *partout*.

Rick dandina les hanches et jeta sa main libre sensuellement sur le côté de son torse.

Jon se lécha les lèvres.

— Ouais, tout ça en vaut largement la peine.

Keith et David ne faisaient pas attention à la conversation. David était assis sur les genoux de Keith et tous les deux s'embrassaient comme s'il n'y avait personne d'autre dans la pièce.

Davy grogna.

— Les mecs, nous sommes là parce que je ne peux pas encore tout à fait affronter une sortie en boîte pendant un week-end *normal*. Halloween est seulement dans deux semaines. On verra peut-être l'année prochaine. Bien que j'aurai alors trente-trois ans. Il se pourrait que j'aie moins d'énergie.

— Attends, tu vas avoir trente-deux ans mardi ?

Kurt pivota sur lui-même pour faire face à Davy, qui rougit.

— Je sais, je fais plus âgé, n'est-ce pas ?

Rick lui tapa légèrement le bras avant de se tortiller sur le canapé pour se placer à côté de lui.

— Chéri, tu vas lui donner un complexe, et alors il ne sortira *jamais* avec nous.

Il ne voulait pas ramener Ben sur le tapis étant donné que la luminescence de Davy s'était à peine estompée au cours de la nuit, mais la seule raison pour laquelle il avait présumé que Davy était beaucoup plus vieux, c'était parce que Ben avait quarante-cinq ans quand il était mort. Merde. Davy n'avait été qu'un bébé quand Ben et lui s'étaient mis ensemble.

— Honnêtement, Davy, tu as l'air…

Kurt n'avait aucune idée de la manière dont finir sa phrase. Ses sœurs l'auraient frappé pour avoir même évoqué le sujet. Davy avait l'air bien plus jeune que lui quand il prenait le repos dont il avait besoin.

— Oh, laisse ce pauvre hétéro respirer, Davy. Tu es en train de le mettre mal à l'aise, dit Rick.

Davy lui lança un sourire qui disait qu'il le taquinait. Ouf.

— Quel âge as-*tu*, chéri ? minauda Rick qui laissa son doigt cheminer le long de son biceps.

Au moins, ses tatouages étaient couverts, sinon Rick aurait probablement été en train de les lécher à l'heure qu'il était.

— Trente-et-un.

— Oh-oh, chanta Jon. Davy, tu n'es plus le bébé ici

Ah merde. Kurt était fatigué de toujours être le plus jeune.

— Oh, pratiquement un éphèbe, déclara Rick de manière suggestive.

Kurt n'allait certainement pas demander ce qu'était un éphèbe. C'est à ça que servait Internet.

Même David et Keith arrêtèrent de se lécher le visage pour rire à cette déclaration.

— S'il n'était pas hétéro, il serait quand même le moins éphèbe de nous tous, dit Davy.

Rick fit la moue, mais Kurt savait déjà que c'était plus pour l'effet que pour la pique elle-même.

— Alors, beau gosse, ça te dit de sortir avec nous pour Halloween ? Tu pourrais t'habiller en pompier sexy ou en ange déchu… Je pourrais te trouver un super costume.

— Rick ! (.

La voix de Davy contenait un avertissement.

— Il est flic, tu sais.

— Eh bien, je ne pensais pas qu'il voudrait venir déguiser en flic pervers – ça lui rappellerait le boulot et tout ça – mais c'est lui qui voit.

Kurt ne put retenir son éclat de rire.

— Aussi tentant que cela puisse paraître, je travaillerai certainement ou alors je donnerai un coup de main chez ma sœur pour distribuer des bonbons.

— Quelle charmante scène de famille. Quel gâchis, soupira Rick.

— Davy, est-ce que tu distribues des bonbons ici ? demanda Kurt, pensant que ce serait quelque chose que Davy aimerait faire.

Les yeux de Davy s'assombrirent juste un peu.

— Non. Je ne l'ai jamais fait, mais je vais chez Sandra pour l'aider. Connard de Ben.

— Prêts à jouer ? demanda Jon en poussant David qui avait recommencé à embrasser Keith.

DAVY GAGNA la seconde partie, ce qui enchanta tout le monde, et ils décidèrent de passer aux cartes.

— Mais d'abord, le gâteau, dit Jon.

Le gâteau. Kurt n'avait même pas pensé au gâteau. Généralement, c'était le domaine de sa sœur ou de sa mère. Jon et Rick se rendirent dans la cuisine pendant que David retournait sur les genoux de Keith. Mais leur baiser évolua rapidement vers quelque chose à la limite de l'obscène.

— Tu ne l'as pas fait toi-même, n'est-ce pas ? souffla Kurt, détournant les yeux de l'attouchement flagrant.

— Le gâteau ? Non, Rick l'a apporté. L'un des potes avec qui il baise est boulanger.

— Oh, d'accord.

Davy montra Keith et David d'un geste de la main.

— Essaye de les ignorer. Ils partiront certainement après le gâteau. Je te promets qu'ils ne vont pas – eh bien, qu'ils ne vont probablement pas – montrer leur peau. Ils aiment avoir un public.

Kurt haussa les épaules. Ils n'étaient pas le premier couple de gays qu'il avait vu faire, mais ils étaient les premiers qu'il voyait dans un cadre non professionnel. Il pensa qu'il aurait dû se sentir plus mal à l'aise, mais si Davy pensait qu'ils ne faisaient rien d'impoli, ou du moins ne semblait pas s'en soucier, alors Kurt non plus.

Le sourire sur le visage de Davy alors que Jon et Rick revenaient était plus lumineux que les bougies sur le gâteau. Davy ferma les yeux pendant une seconde avant de toutes les souffler. Sa main allait découper le gâteau quand Kurt l'arrêta. Sa mère et ses sœurs insistaient toujours pour faire une photo avec le gâteau à chaque anniversaire – c'était une sorte de tradition. En fait, vu le nombre de fêtes d'anniversaires dans sa famille, il était surpris que cela ne lui soit pas venu à l'esprit plus tôt.

— Que penses-tu de prendre une photo ?

— Bonne idée, mon cœur, ronronna Rick. Tu as un appareil ?

Comment Rick réussissait-il à rendre presque chaque mot aussi suggestif ? Mais Kurt n'avait pas d'appareil ; il ne lui était pas venu à l'esprit d'en amener un.

— Non. Attends, mon téléphone.

Kurt se leva et fit signe aux autres de se rassembler autour de Davy. Il prit une photo.

— Attends. Tu dois aussi être dessus, dit Davy. Est-ce que tu as un retardateur ?

— Je ne crois pas.

Et il avait bu assez de bière pour ne pas vouloir chercher et trouver.

Keith bondit.

— Je vais la prendre.

— Tu es sûr ? demanda Kurt qui n'était pas certain de savoir si la question s'adressait à Davy ou à Keith, mais Davy hocha la tête.

Rick remua ses sourcils et se déplaça afin que Kurt puisse prendre la place qu'il occupait, et le flash se déclencha. Keith lui rendit son téléphone, et Kurt le glissa dans sa poche.

À MINUIT, ils avaient mangé le gâteau et changé de jeu pour passer au poker. À deux heures du matin, lui et Jon se battaient encore pour savoir qui serait le vainqueur. Keith et David étaient partis après le gâteau comme Davy l'avait prédit, Rick somnolait sur le canapé, et Davy bricolait dans la cuisine, nettoyant et rangeant.

Combien de ces foutues bières avait-il bues ce soir ? Assez pour se féliciter d'être venu en taxi.

Kurt regarda ses cartes. Enfin de quoi tenter un quitte ou double. Il misa le tout pour le tout. Jon le regarda avec des yeux vitreux. Kurt était peut-être bourré, mais il n'y avait aucune chance pour que Jon soit suffisamment sobre pour ramasser la moindre mise. Le boulot de Kurt le rendait un peu trop bon à ce jeu. Il ne serait probablement plus invité à jouer à nouveau, mais même si Jon gagnait – et c'était peu probable – cela vaudrait la perte de ses vingt dollars. Son lit l'appelait à grands cris.

— Je suis.

Kurt retourna ses cartes.

— Merde, mec, la prochaine fois on jouera au Trou de Cul, dit Jon d'une voix pâteuse.

Kurt haussa les épaules et rassembla ses gains. Jon appela un taxi et commença à ramasser les jeux qui traînaient.

QUELQUES MINUTES plus tard, des feux apparurent par la fenêtre de devant.

— Allez, Rick. Le taxi est là.

Jon aida Rick à bouger, et les deux hommes titubèrent vers la porte.

— Tu veux prendre le taxi avec nous ? lui demanda Jon par-dessus son épaule.

— Nan, je vais rester ici encore un peu. Aider Davy à nettoyer.

Jon et Rick sortirent, accompagné d'un coup de vent d'un froid polaire. L'hiver arrivait.

88

Bizarrement, il y avait peu de désordre. Kurt rassembla ses bouteilles de bière et deux verres de margaritas et les emmena dans la cuisine. Bientôt, il y aurait assez de bouteilles de bière stockées chez Davy pour que cela vaille le coup d'aller les déposer et récupérer la consigne. Toute la nourriture était emballée et rangée, et à part les verres de margaritas, il ne restait aucune vaisselle sale.

Il sentit une petite pointe de culpabilité le traverser. Davy n'avait peut-être pas préparé son propre gâteau, mais il avait cuisiné et nettoyé pour sa propre fête d'anniversaire. Ce n'était pas juste. Entre son mal de crâne et ses membres qui devenaient de plus en plus lourds, il ne pouvait rien faire pour arranger les choses ce soir. Il était temps de rentrer chez lui. Il appela son propre taxi.

— Davy ?

Où était-il passé ?

Kurt ouvrit quelques portes.

— Davy ?

Davy était endormi, étalé nu sur le lit. Ses cheveux noirs ébouriffés, le visage caché dans son oreiller, un léger sourire aux lèvres seulement à moitié visible. Les lignes minces de son dos descendaient vers la courbe de ses hanches et de ses fesses, la peau brillait dans la lumière argentée du clair de lune qui traversait le lit. Dans le V de ses jambes, une bosse indistincte reposait. Le fait que Kurt soit en train de regarder filtra à travers les quantités de bière qu'il avait ingurgitées, et il se hâta de faire remonter son regard vers le nord.

Kurt ne savait pas ce que Davy avait bu de son côté – il n'avait pas non plus fait le compte de sa propre consommation – mais il soupçonnait que Davy s'en mordrait les doigts au réveil. Kurt dépassa le lit pour se rendre dans la salle de bain, où il remplit un verre d'eau.

En ouvrant la porte de l'armoire à pharmacie, la première chose qu'il vit fut une bouteille de lubrifiant. Il referma la porte.

Du lubrifiant. D'accord. Kurt avait lui aussi du lubrifiant, mais le voir dans la salle de bain d'un homosexuel lui renvoya l'image d'une utilisation alternative, et cela… le surprit, un peu.

Il rouvrit la porte et réussit à forcer son regard au-delà du tube jusqu'aux comprimés pour les maux de tête.

Attrapant les cachets, il les emporta ainsi que l'eau jusqu'au chevet de Davy. Il s'était retourné sur le dos, sa peau douce bleutée dans le clair de lune. Un bras plié au-dessus de sa tête et l'autre reposant sur sa poitrine, les doigts effleurant la pointe d'un mamelon comme s'il se caressait lui-même. En dépit de la résolution de Kurt, son regard dériva vers le bas.

Un puissant coup de klaxon le fit sursauter, et il courut hors de la maison, en s'assurant que la porte soit bien fermée derrière lui. Il ne voulait pas que le chauffeur de taxi réveille les voisins, mais il n'avait pas non plus l'intention de permettre à un voleur d'entrer chez Davy, encore moins quand celui-ci était ivre et endormi.

LE TRAJET en taxi jusqu'à son appartement dura assez longtemps pour lui permettre de reprendre son souffle. Après ces longues et difficiles semaines, il avait besoin de sommeil ; il se déshabilla donc et s'allongea sur le lit, jouant paresseusement avec sa queue à moitié dure tandis que la pièce tanguait doucement autour de lui.

Tendant la main vers la table de chevet, il sortit son propre tube entamé de lubrifiant. Ce n'était pas la même marque que Davy, mais bon, pourquoi cela l'aurait-il été ? Un orgasme l'aiderait à dormir.

La main glissante, il se caressa plus fermement. Le clair de lune qui jouait sur le plafond se transforma en la vision d'une peau douce couleur de marbre, tendue sur de longs os et des muscles fins. Dans son esprit, la main au repos de Davy s'anima, titillant le minuscule mamelon, la bouche tordue en un grognement vigoureux. L'image passa au jour où il avait plaqué Davy à terre, mais cette fois Davy était nu – ils l'étaient tous les deux – Davy se tortillant sous lui alors qu'il lui maintenait les bras contre le sol.

Sa main accéléra le mouvement, le son glissant de la chair lubrifiée contre sa main puissante résonnant dans ses oreilles.

Pendant une seconde – juste une seconde – il vit les jambes de Davy se relever alors qu'il se préparait à enfoncer sa queue dans l'ouverture étroite qui lui était offerte et il imagina ses lèvres bouger, formant les mots *Baise-moi*.

Avec un grognement, Kurt éjacula sur ses doigts et son ventre, une semence chaude et poisseuse qui se mélangea au lubrifiant.

Les doigts encore enroulés autour de sa queue épuisée, il glissa dans le sommeil.

IX

BORDEL DE merde. Combien de bières avait-il donc bues la nuit dernière ? Il poussa un cri alors qu'il cognait son tibia contre le bord de la baignoire. Chancelant, il plaqua une main contre le carrelage mural pour se tenir debout. Il porta son autre main à sa tempe tandis que l'écho de ses salutations bruyantes du jour résonnait dans son cerveau déshydraté.

Du sperme séché s'écailla sur son ventre alors qu'il se grattait distraitement. Une vision de lui-même en train de se branler – sur une image de Davy – lui revint. Il grogna. Beaucoup trop de bière. Ça devait être ça. Jamais plus.

Il tourna le robinet de la douche et avança sous le jet avant que l'eau ne soit chaude comme il l'aimait, et il fit disparaître les preuves.

Personne ne savait. Personne ne devait savoir. Les gens faisaient des choses stupides quand ils étaient bourrés. Il était assez vieux pour le savoir, mais il pouvait prétendre que cela n'était jamais arrivé. La mémoire avait des contours assez flous de toute façon.

— SALUT KURT, Comment vas-tu ? demanda Christa en souriant.

Oh. Si fort. Il était allé au restaurant familial, sa gueule de bois de la soirée d'anniversaire passée la veille chez Davy lui martelant toujours le crâne, et il avait été irrité de boire encore plus pour essayer de garder ses emmerdes pour lui. Il n'avait pas non plus voulu admettre à ses frères qu'il avait la gueule de bois – ou plus spécifiquement, pourquoi. Bon sang, il leur avait même dit qu'il avait passé la nuit de samedi à travailler. Il y avait bien longtemps qu'il n'était pas arrivé au boulot dans un état pareil, et cela ne se reproduirait jamais plus.

— Bien, Christa.

Il fit attention de ne pas sourire. Après la visite de Ian, il ne voulait pas donner à cette fille de fausses idées.

— Simon est là ?

— Oui, je pense qu'il est dans la salle de pause.

91

Du café. Oui. Kurt enroula sa main autour de son gobelet en carton chaud. Il s'était arrêté en chemin, impatient de s'offrir sa première dose de caféine de la journée. Il prit une pleine gorgée et l'avala, espérant que le café le réveillerait vite.

Son téléphone sonna, et il vérifia l'appel entrant. Juste un message de la part de sa sœur, Erin. Il le fit défiler. Rien d'important. Ses doigts hésitèrent au dessus des touches, essayant de se retenir de regarder ses photos. Comme hier – plusieurs fois – il échoua. Il n'avait que deux photos de samedi soir, mais celle que Keith avait prise était vraiment bien. Cela lui rappelait toutes ces photos heureuses cachées dans le placard aux trésors de Davy.

Les fossettes de Davy étaient profondes, et ses yeux brillaient et… Merde. Un autre souvenir refit surface, celui de Davy en train de cuisiner et de nettoyer. Un reproche familier de culpabilité l'assaillit. Peu importait quelle aberration avait fait qu'il… imagine ce qu'il avait fait samedi soir. Cela ne changeait rien au fait que Davy ne pouvait pas passer le mardi tout seul. Pas son premier anniversaire depuis la mort de Ben. Et ce n'était pas non plus à lui de faire tout le travail.

— Quelque chose d'important ? demanda Simon, en pointant son menton vers le téléphone de Kurt.

— Bon sang, ne te faufile pas comme ça derrière moi.

Kurt baissa les yeux, et appuya avec force sur son téléphone pour cacher la photo.

— Et non, juste ma sœur

— Tu vas bien ?

— Ouais, bien sûr. Désolé, juste un peu fatigué.

Merde.

MARDI, ALORS qu'il se tenait devant chez Davy en fin de journée, Kurt se sentait encore plus hésitant que le samedi soir. Davy serait-il capable de deviner ce que Kurt avait fait ?

Merde. C'était stupide. Bien sûr que non. En plus… ce n'était pas arrivé.

Il leva le doigt pour sonner quand la porte s'ouvrit. Sandra se tenait là, enceinte jusqu'aux yeux et un peu blême.

— Bonjour, Sandra.

Oh, seigneur. Il était stupide. Bien sûr que Davy ne passait pas son anniversaire seul.

— Salut, Kurt. Quoi de neuf ?

Kurt serra les poings et sentit du papier se froisser sous sa prise. C'est vrai. Le cadeau.

— Je passais juste déposer un cadeau pour Davy. Et j'ai pensé que je pourrais l'emmener dîner mais j'avais oublié que tu serais certainement là.

Un voile de transpiration se forma sur sa lèvre supérieure. Pourquoi avait-il admis cette dernière partie ?

Sandra inclina la tête de côté.

— Vraiment ? Parce qu'honnêtement je ne me sens pas bien. Je suis supposée me reposer au lit, mais je ne pouvais pas laisser mon petit frère tout seul aujourd'hui.

Elle se tourna.

— Davy ? Tu es d'accord si Kurt t'emmène faire un tour à ma place ?

— Kurt ? Pourquoi me parles-tu de lui ?

Ouais. Il aurait dû téléphoner d'abord. Même si cela aurait bien été la première fois.

— Parce qu'il est juste là dehors, chéri.

Seigneur, il voulait faire demi-tour et courir.

— C'est vrai ?

Davy jeta un œil au-dessus de l'épaule de Sandra et lui dédia un large sourire qui fit ressortir ces fossettes et calma les tremblements qui agitaient son estomac. Quels que soient les doutes qu'il avait, rien ne valait le sourire de Davy.

— Salut, toi. Soeurette, je sais que tu ne te sens pas bien. Ça ne me pose pas de problème de sortir avec Kurt ce soir.

— Merci, les gars. J'apprécie.

— Pouvons-nous déposer Sandra chez elle ? Je suis allé la chercher en revenant du travail.

— Bien sûr. Tiens, dit-il en poussant le paquet enveloppé de papier brillant dans les bras de Davy. Bon anniversaire.

David lui lança un regard étrange. Ce n'était pas surprenant, parce qu'il ne s'attendait probablement pas à recevoir un second cadeau de la part de Kurt. Mais hier après le déjeuner, Kurt était repassé devant cette devanture colorée, et un cadre d'un bleu vif aux contours ondulés et irréguliers se détachait dans la vitrine. Il l'avait acheté et avait fait imprimer la photo d'anniversaire de Davy dans un magasin de fourniture à proximité.

Le cadeau semblait s'accorder à sa personnalité et il était plus personnel que le livre de cuisine. Mais qui donnait deux cadeaux d'anniversaire à un ami ? Il n'avait pas anticipé à quel point cela était embarrassant.

— Est-ce que je peux l'ouvrir plus tard ?

Kurt haussa les épaules.

— Comme tu veux.

Le sourire de Davy s'estompa un peu et il retourna à l'intérieur. Kurt conduisit Sandra jusqu'à sa voiture et l'aida à s'installer pendant que Davy fermait la maison.

UNE HEURE plus tard, ils étaient garés à un pâté de maison du Lettie's. En fait l'emplacement était idéal, même si se garer là un mardi soir n'était pas exactement très recherché.

— Tu es sûr de vouloir retourner là ?

Leur dernière visite avait été… 'désastreuse' était peut-être un mot un peu fort, mais ce n'était certainement pas un grand souvenir, pour aucun d'eux. Même si cela avait ramené d'anciens amis dans la vie de Davy.

— Oui, je suis sûr.

— OK, c'est ton anniversaire, je te suis.

Kurt décida de ne pas commander de bière – sa gueule de bois d'hier étant toujours fraîche dans son esprit – mais il essaya d'encourager Davy.

— C'est bon, c'est moi qui offre, et je conduis. Commandes-en une si tu veux.

— Tu n'as pas besoin de m'inviter.

— Si, je le veux. Tu as fait tout le travail samedi et c'était ta propre fête.

Kurt le regarda sérieusement et Davy se mit à rire.

— D'accord, d'accord, mais pas de bière. Ça faisait longtemps que je n'avais pas eu de gueule de bois, et je n'ai pas besoin de réitérer cet exploit alors que je travaille demain. Au fait, que m'as-tu acheté ?

— Ouvre le paquet quand tu seras rentré et tu verras. Vraiment, ce n'est rien.

Il ne voulait pas en parler. Cela semblait tellement sentimental, et même s'il pensait que c'était parfait pour Davy, c'était peut-être bizarre pour un mec d'offrir ça à un autre mec.

— Comment va le boulot ?

Ils revinrent à leurs sujets de conversations traditionnels quand une main vint le frapper sur l'épaule.

— Kurt, comment vas-tu ?

Il leva haut la tête pour voir Simon – vêtu d'un costume trois pièces – debout à côté de lui. Dieu que ce mec était grand. Il jeta un œil à Davy, qui s'était fait tout petit dans un coin de la banquette, silencieux et cherchant vraisemblablement à essayer de se rendre le plus invisible possible.

— Simon, que fais-tu ici ?

— Jen et moi nous avons des billets pour aller au théâtre. Je t'ai entendu parler de cet endroit, donc nous avons décidé de l'essayer.

Un rapide coup d'œil autour de lui confirma à Kurt que Simon et Jen n'étaient pas les seules personnes à profiter de la bonne nourriture et du service rapide du Lettie's avant leur spectacle. La foule était mieux habillée qu'à l'accoutumée, mais Kurt venait rarement ici à cette heure de la journée.

— Simon, Jen, je vous présente un ami à moi, Davy. Davy, voici Simon, mon partenaire, et sa femme, Jen.

Simon ne dut pas remarquer le léger tressaillement de Davy à la mention du mot 'partenaire', et Kurt pensa un instant que Davy n'aller pas serrer la main tendue de Simon, mais il le fit.

— Salut, Davy. Heureux de te rencontrer.

Jen se glissa sur la banquette à côté de Kurt, et Simon s'assit à côté de Davy. Cela avait du sens, rapport à la taille de chacun, puisque Jen et Davy étaient minces tous les deux, beaucoup plus que Simon et lui, mais la proximité de Simon mettait Davy mal à l'aise et Kurt ne savait pas pourquoi.

— J'espère que cela ne vous dérange pas si nous nous joignons à vous, dit Simon en levant les yeux au ciel, sachant que c'était entièrement la décision de Jen.

— Oh, toi, chut, dit Jen en donnant une petite tape à Simon. Je n'ai pas vu Kurt depuis une éternité. En plus, nous avons juste le temps de prendre un en-cas. Avez-vous déjà commandé l'apéritif, les gars ?

Davy secoua la tête, se réchauffant face à l'effervescence de Jen.

— Parfait.

Elle regarda Simon qui leva immédiatement une grande main pour faire un signe à la serveuse.

Kurt savait que Simon n'était pas mené à la baguette par sa femme, ou dominé, ou quel que soit le nom peu flatteur que les gens donnaient aux hommes qui étaient simplement attentifs envers leur femme. En fait, il était jaloux de leur relation. Il avait trente-et-un ans. Quand allait-il trouver une personne comme ça pour lui-même ?

Ils commandèrent des nachos à partager pendant que Jen et Davy parlaient de leur travail respectif, puis des différentes pièces de théâtre qu'ils avaient vues tous les deux et de ce qu'ils pensaient d'elles. Kurt avait seulement entendu parler de quelques-unes d'entre elles – soit parce qu'il avait lu les pièces au lycée ou parce qu'une campagne de publicité avait pénétré sa conscience. Cela ne lui ferait probablement pas de mal d'en voir un peu plus, cependant. Ses sœurs lui avaient dit plus d'une fois que le théâtre à Toronto était… rustre mais de classe internationale ? Quelque chose comme ça. Il devrait peut-être en tirer avantage, et ce serait moins cher et plus facile que d'obtenir des billets pour un match de hockey des Leafs.

Quand les nachos arrivèrent, ils étaient tous assez affamés pour piocher dans le plat, créant une accalmie dans la conversation. Ce temps d'attente avait également permis à Davy de se détendre en cette compagnie inattendue. Davy lui sourit tout en suçant la sauce de son pouce et Kurt se mordit à lèvre. La première chose qui lui vint à l'esprit fut une image de Davy suçant tout autre chose, et Kurt poussa ses hanches plus loin sous la table.

Bordel mais qu'est-ce qui n'allait pas chez lui ? Pourquoi Davy, pour l'amour de Dieu ? Il avait besoin de s'envoyer en l'air. Et pas avec Davy, bon sang.

Il fit en sorte d'éviter son regard jusqu'à ce que Simon et Jen s'en aillent. Au moins, les hamburgers qu'ils avaient commandés en guise de repas ne devraient provoquer aucune pensée sexuelle vagabonde ou un quelconque mauvais tour de son esprit.

— Ils ont l'air gentil, commenta Davy alors que la serveuse déposait leurs hamburgers.

Davy poussa la moutarde vers lui.

— Je ne sais pas pourquoi tu n'aimes pas la moutarde, lui dit Kurt en badigeonnant la substance jaune et visqueuse sur son pain.

Davy frissonna de dégoût.

— Et je ne sais pas non plus pourquoi tu aimes ça. La couleur n'est pas naturelle et ça a un goût horrible.

— Oh, et le ketchup c'est tellement mieux ? Ce n'est que du sucre rouge et collant.

— C'est largement mieux que la moutarde.

96

Kurt rit alors que le nez de Davy pointait vers le plafond, soulagé que sa brève montée d'énergie sexuelle ait disparu. Elle avait disparu. Vraiment. Tout au moins, sa foutue queue se tenait bien.

— Alors, tu aimes le théâtre ?

Kurt reprit le fil de la conversation commencée avec Simon et Jen. Des billets feraient un bon cadeau pour son prochain anniversaire – il devrait se rappeler de l'ajouter à son calendrier.

— J'adore. Je ne suis pas… Je n'y étais pas allé depuis longtemps.

Une colère irrationnelle – ou peut-être pas si irrationnelle – monta dans les tripes de Kurt. La colère était une émotion plus acceptable, quoique pas familière. Il détestait la façon dont Davy avait presque été un prisonnier. Pas durant les dix années entières de sa relation, cependant ; d'après ce qu'il avait entendu, le comportement de Ben avait empiré au fil du temps, particulièrement après son quarantième anniversaire. Voir un conseiller pourrait aider Davy mais Kurt n'amènerait certainement pas le sujet le jour de son anniversaire. La prochaine fois qu'il irait chez lui, peut-être. Il ne voulait pas être celui qui balayerait la joie de son visage, la conversation qui l'attendait était potentiellement truffée de mines, comme l'histoire des jeux vidéo le jour de sa fête.

— Waouh, je suis repu.

Davy repoussa son assiette, le hamburger à moitié mangé et les frites intouchées. Kurt, lui, mangeait toujours – il s'était habitué à l'appétit d'oiseau de son ami.

— Tu veux aller voir un film ? C'est moi qui régale.

Kurt joua des sourcils, faisant rire Davy.

— Il est presque vingt heures. Il n'y aura pas beaucoup de choix.

— Et alors ? Nous irons voir le film de la prochaine séance, quel qu'il soit.

Kurt n'était pas prêt à rentrer chez lui. Vieillir l'emmerdait déjà bien assez sans qu'il doive rentrer chez lui après un repas d'anniversaire et avant vingt-et-une heures en plus. Vingt-et-une heures ! Davy méritait de faire une pause dans sa vie d'adulte responsable, mais il n'était pas sûr que l'accompagner chez lui soit une bonne idée.

— O.K. mais je parie que quelque soit le film de la prochaine séance, il sera nul.

— Et alors ? C'est mon argent. En plus, nous pouvons toujours jeter du pop-corn sur l'écran.

— Jeter du pop-corn ? Est-ce là le comportement approprié d'un parfait inspecteur de police intègre ?

Un grognement amusé ruina le discours sévère de Davy.

— Hé, tant que tu ne le dis à personne, ça devrait aller.

Davy sourit encore.

— Marché conclu. Et j'ai un *je-te-l'avais-bien-dit* en poche, prêt à l'emploi. Mais laisse-moi payer, au moins.

— Pas question, c'est ton anniversaire. Prêt ?

Davy hocha la tête, et Kurt laissa quelques billets sur la table tandis qu'il se glissait hors de la banquette. Un petit coup sur sa manche le fit s'arrêter.

— Merci, Kurt.

Un remerciement sincère brillait dans les yeux de Davy. Celui-ci le remerciait pour davantage que ce simple dîner, et la dernière pointe d'anxiété de Kurt disparut. Il ne pouvait pas laisser tomber Davy.

— Quand tu veux. Tu le sais, n'est-ce pas ?

Les yeux un peu brillants, Davy sourit. Pas de larmes ce soir, Dieu merci. Ce serait vraiment de la malchance que de pleurer le jour de son anniversaire.

POP CORN et verres en mains, ils se glissèrent dans leur siège deux minutes avant le début du film. Aucun d'eux n'en avait entendu parler, mais c'était la dernière séance de la soirée.

— Es-tu sûr que c'est la bonne salle ? demanda Davy en jetant un coup d'œil autour de lui.

— Oui. C'est la numéro huit. Ce n'est quand même pas difficile à ce point de retenir ça ?

— Mais il n'y a personne d'autre ici.

C'était bizarre. Les mardis n'étaient pas toujours complets, mais Kurt se serait quand même attendu à un public plus large – que seulement eux deux – pour un film d'horreur quasiment à la veille d'Halloween. Mais bon, peut-être que personne n'avait entendu parler de ce film.

Le générique d'ouverture commença à défiler et Davy scruta l'écran avec un regard exagéré, d'une telle attention que Kurt ne put s'empêcher de rire. Le film était aussi terrible que Davy l'avait prédit. Le gore n'était pas du tout crédible, et les procédures de police étaient, au mieux, risibles. Dès que Davy lançait un commentaire sarcastique et moqueur à propos d'un des personnages ou de leurs réactions et conclusions ridicules, Kurt répliquait avec sa propre dénonciation cinglante de l'application de la loi. Parfois, ils riaient si fort que Kurt était sûr qu'il manquait une partie des dialogues guindés et figés, ce qui n'avait aucune importance pour la compréhension de l'intrigue.

La dernière scène du film laissait typiquement la voie ouverte à une suite, même si Kurt n'avait aucune idée de qui serait assez fou pour s'en charger.

Davy se tourna vers lui.

— Ça doit être un film à dix pipes, au moins.

Le seul fait d'entendre Davy prononcer ces mots envoya une vague de chaleur au creux de ses reins.

— Quoi ?

— Dix pipes. Tu sais, combien de fellations a-t-il fallu pour convaincre quelqu'un de faire ce film.

Kurt se mit à rire si fort qu'il faillit presque s'étouffer sur la dernière gorgée de sa boisson, et ses côtes lui faisaient déjà mal depuis la moitié du film.

— Dix. Vraiment ? J'aurai dis cent. Peut-être cinq cent.

Davy se mit à rire avec lui.

LE TRAJET de retour chez Davy ne fut pas assez long pour que les côtes de Kurt arrêtent de le faire souffrir, en partie parce que Davy continuait de lui remémorer quelques-uns des moments les plus drôles. En s'arrêtant dans l'allée, la tentation presque irrésistible de l'embrasser l'envahit. Seigneur. Ils n'étaient pas à un putain de rendez-vous. Kurt agrippa fermement ses mains sur le volant et regarda devant lui.

— Merci encore, Kurt. J'ai passé un bon moment, dit Davy en lui donnant une petite tape sur l'épaule avant de sortir de la voiture.

Kurt aussi s'était amusé. En dépit du film lui-même, c'était probablement le meilleur moment qu'il avait jamais passé au cinéma.

DE RETOUR chez lui, dans son lit, il imagina le mouvement du cul de Davy alors qu'il marchait pour rentrer chez lui. Merde. Tout ça commençait à lui échapper. Il n'était pas gay. Il n'avait jamais pensé aux mecs avant. Davy n'était pas efféminé non plus, donc cela n'expliquait pas sa fascination.

Bien sûr, il était mince, mais il avait l'ombre d'une barbe naissante, de grandes mains et il était plus grand que lui, bon Dieu.

Pourtant, ses lèvres roses étaient un tourment. Imaginer les lèvres de Davy sur sa… N'importe où… le fit se sentir bien à l'étroit dans sa peau et son pouls bondit alors même que cela le faisait complètement paniquer. Son esprit se remplit de davantage de petits films sensuels de Davy. En particulier Davy à genoux, le suçant. Bordel, il ne serait jamais capable de dormir sans se branler.

Il saisit sa queue déjà dure et douloureuse. Pourquoi imaginer la bouche de Davy sur son corps lui faisait-il cet effet ? Putain, sa queue montrait plus d'intérêt pour les fossettes de Davy que pour la poitrine dénudée d'une Tiffany, il n'avait qu'à se donner la peine de la prendre en main.

Non. Non, il pouvait dormir sans ça. Il pouvait. Il dénoua ses doigts un à un, souhaitant que son érection disparaisse. Il essaya de ne pas penser à Davy se glissant sous la table chez Lettie's pour dézipper sa braguette. Il essaya de ne pas penser à Davy se penchant sur ses genoux dans la salle obscure du cinéma. Il essaya de ne pas s'imaginer recevant une fellation illégale pendant qu'il conduisait. Même ce scénario incluait les cheveux sombres de Davy – et ceux de personne d'autre – lui chatouillant le ventre. Ses mains se crispèrent sur les draps de lit tandis que ses hanches remuaient. Se soulevaient du lit en une supplication.

— Merde !

Son cri perça le silence de la chambre, mais les murs étaient en béton épais – il n'avait pas à s'inquiéter de réveiller les voisins.

Il roula sur le côté et attrapa le lubrifiant sur la table de chevet. Il ne l'utilisait pas si souvent, mais ce soir, il le voulait. Enduisant ses mains, il en plaça une sur sa queue et l'autre autour de ses couilles. Il gémit de pur plaisir au contact.

Commençant doucement, comme il aimait, Kurt caressa toute la longueur de sa queue, donnant une petite torsion à la pointe avant de faire redescendre sa main jusqu'à la base, puis de répéter le mouvement, prétendant que la moiteur glissante était la bouche de Davy dégoulinante de salive. Pendant tout ce temps, il massa ses couilles et s'imagina en train de baiser la bouche de Davy.

Avant de s'en apercevoir, Kurt s'imagina au-dessus de Davy, dont les jambes étaient écartées, ouvertes et en attente. Son sexe reposait lourd et en érection sur son ventre, le gland épais pointant vers son menton. Maintenant

100

frénétique, sa main bougea plus vite sur sa queue et son autre main glissa plus bas, un doigt s'insinuant de lui-même à l'intérieur de son cul, là où rien n'avait jamais pénétré avant. Le film dans son esprit vit sa queue disparaître dans le corps de Davy, et il poussa son doigt plus profondément, imaginant la même chaleur et la même étroitesse autour de son sexe. Pour son plus grand choc, il ressentit une immense plénitude. Son doigt le caressait au rythme de son poing autour de sa queue mais ce fut la pensée de Davy jouissant partout sur lui, Kurt profondément ancré dans son corps, qui le fit basculer dans le plaisir avec un gémissement soutenu.

Haletant, il resta allongé là, son sperme refroidissant sur son ventre, son doigt toujours fermement logé à l'intérieur de son corps. Il ferma les yeux. Qu'il aille se faire foutre. Il n'était pas gay, n'est-ce pas ? Il arrivait parfois que des mecs fantasment sur d'autres mecs, non ? Cela ne lui était jamais arrivé avant…

Il libéra son doigt et sa queue tressaillit à cette sensation supplémentaire. Il sauta hors du lit et alla se doucher, faisant disparaître les preuves, mais à sa grande horreur, il se retrouva appuyé contre le carrelage mural, le doigt à nouveau enfoncé en lui et caressant follement sa queue sur une image mentale de Davy. Alors qu'il éjaculait dans sa main, il se rendit compte que cette fois, il ne pouvait même pas blâmer la bière.

Oh seigneur.

X

— COMBIEN DE temps avant l'attaque ?

Kurt s'installa sur une chaise pliante près de la porte, Erin dans un siège identique en face de lui. Les deux filles d'Erin et ses autres neveux et nièces étaient partis faire du porte à porte, lançant leur 'un-bonbon-ou-un-sort', avec le mari d'Erin et le reste de ses frères et sœurs mariés. Kurt avait presque été submergé par toutes les démonstrations d'affection du petit groupe qu'ils formaient. Les bouts de chou étaient tous vêtus de leurs costumes, emmitouflés dans leurs volumineuses parkas de dernière minute ; exactement comme quand il était enfant. Cette maudite vague de froid arrivait toujours quelques jours avant Halloween, gâchant tout le concept d'un costume prévu depuis l'été.

— Je pense que nous avons dix, peut-être quinze minutes avant l'arrivée du premier enfant.

Erin déballa une mini tablette de chocolat qu'elle venait de prendre dans un bol à ses pieds et la glissa dans sa bouche.

— Hé, sœurette, retiens-toi. N'avale pas tout avant que les gosses n'arrivent ici.

Erin lui jeta une des barres à la tête, qu'il évita en riant.

— *J'allais* dire que c'était sympa de traîner avec mon petit frère. Mais je pense que j'ai changé d'avis. Comment se fait-il que tu ne sois pas de sortie ? Puisque tu ne travailles pas, tu aurais pu aller avec Ian et Dylan.

Kurt haussa les épaules. Il était sûr que la fête à laquelle ses frères célibataires se rendraient serait toute aussi folle que la boîte où les amis de Davy avaient prévu d'aller. Il aurait eu la garantie de s'envoyer en l'air, c'était du moins ce que Ian lui avait assuré. Mais...

— Je peux toujours être appelé. C'est pour ça je suis ici à faire le pied de grue avec toi.

Il lui tira la langue et Erin lui lança une autre mini barre de chocolat sur lui. Qu'il attrapa et mangea, cette fois.

Ils furent interrompus par la sonnette de la porte d'entrée et Erin se leva pour aller brailler sur les gamins.

Il s'était demandé ce que cela aurait donné de prendre Rick au mot à propos de son invitation... Si Davy y allait lui aussi. Il y avait bien longtemps qu'il n'était pas allé danser, et l'idée de regarder Davy se trémousser était une tentation séduisante et mystérieuse. Il avait fait des descentes dans quelques clubs gays à ses débuts dans la police, mais même en service, il avait remarqué que l'atmosphère était emprunte de sexe. Davy était-il un bon danseur ?

Le choc d'une barre chocolatée sur son crâne le fit pousser un cri.

— C'est pour quoi ça, merde ?

— Surveille ton langage, minus.

Erin le foudroya du regard.

— Mer... Pourquoi tu as fait ça ? demanda Kurt en se frottant le front.

— Je ne sais pas où tu étais, mais ce n'était sûrement pas ici. Comment elle s'appelle ?

— Qui ?

— Tu devais être en train de penser à une fille. Tu affichais un sourire un peu idiot, et tu étais complètement perdu dans tes pensées. Quand est-ce que tu nous la présentes ?

Pas moyen, putain.

— Peu importe. Ce n'est rien.

— Oh, d'accord. Pourtant, tu ne réponds pas quand je t'appelle. Deux fois. Ça doit vraiment être quelqu'un.

— Laisse tomber, Erin.

Il utilisa sa voix de flic la plus sévère et la plus directe, combinée à un regard de colère, mais une femme qui avait changé ses couches ne réagissait comme aucune autre personne ne l'aurait fait. Il était toujours le petit garçon qui ne pouvait pas prendre soin de lui-même. Le minus.

Elle leva les yeux au ciel et l'effleura en le dépassant.

— Je vais chercher quelques trucs *bons pour la santé* à grignoter. Tu t'occupes du prochain groupe.

La sonnette retentit, noyant son dernier mot, et Kurt se leva d'un bond en espérant qu'elle n'ait pas remarqué la rougeur sur son visage. Seigneur. Si Erin le soupçonnait d'avoir une petite amie, sa mère se mettrait sur l'affaire. Et il ne pouvait pas leur dire qu'il était tout retourné à cause d'un mec. D'autant plus qu'il ne s'agissait que d'une phase passagère dont il allait se remettre. C'était un attachement né de la façon peu commune dont il avait rencontré Davy. Une fois que Davy aurait complètement récupéré, tout cela serait du passé. Et puis, sortir en société avec des hommes gays, régulièrement, était nouveau pour lui, il pouvait donc être excusé pour ses quelques pensées vagabondes.

Erin revint avec un plateau qu'elle posa sur la petite table de l'entrée. Il y trouva des bâtonnets de légumes avec un accompagnement de sauce.

— Merci, Erin.

Il venait juste de prendre un bâtonnet de carotte quand la sonnette résonna à nouveau, en même temps que son téléphone vibra dans sa poche.

— Je dois décrocher.

Erin hocha la tête et se dirigea vers la porte, alors qu'il s'en allait plus loin dans la maison pour échapper à l'agitation des enfants surexcités par les bonbons.

— Salut, Davy. Quoi de neuf ?

— C'est Sandra. Je suis chez Sandra.

La panique dans le filet de voix rauque de Davy était audible même par-dessus les cris des enfants.

— Calme-toi. Qu'est-ce qui ne va pas ? .

C'était sa voix de flic anti-panique. Ce soir, il utilisait tous les tons officiels de son répertoire.

— Prends une grande inspiration et retiens-la pendant une seconde.

Kurt écoutait attentivement, s'assurant que Davy suive ses instructions.

— Bien, relâche-la lentement, dit-il, puis il attendit un moment. Maintenant, qu'est-ce qui ne va pas ?

— Sandra. Elle saigne et elle a de fortes contractions. C'est trop tôt pour le bébé. Elle ne doit pas accoucher avant deux semaines.

— As-tu appelé le 911 ?

— Non, pas encore.

La chaleur se répandit dans la poitrine de Kurt quand il sut que Davy l'avait appelé en premier, attendant de lui qu'il l'aide ou parce qu'il savait qu'il prendrait les choses en main. Davy ne pensait pas qu'il était un minus inutile.

— Ça va bien se passer. Le bébé n'est pas si en avance, mais Sandra va probablement passer un moment difficile, dit-il en espérant qu'il ne mentait pas à propos du *tout va bien se passer*. Je vais raccrocher maintenant, et appeler le 911. Je parlerai au répartiteur pour savoir dans quel hôpital elle sera emmenée et je te retrouverai là-bas, d'accord ?

La respiration de Davy s'accéléra à nouveau.

— Davy. Respire. Lentement. Sinon tu vas t'évanouir et tu dois aider Sandra.

Il n'aimait pas utiliser un ton si tranchant avec Davy, mais il devait couper court à sa panique.

— Très bien. Je raccroche maintenant. Ils seront bientôt là.

Kurt attrapa son manteau et ses clés puis il dépassa Erin.

— Je dois y aller, soeurette. On discutera plus tard.

Beaucoup, beaucoup plus tard, si elle devait le passer au grill au sujet d'une petite amie imaginaire.

Son travail avait au moins l'avantage d'éviter les questions et les protestations quant à son départ. Il démarra sa voiture tout en aboyant des instructions dans le téléphone.

Quelques minutes plus tard, il se dirigeait vers l'hôpital, en gardant un œil vigilant sur les enfants dans les rues.

LE TRAFIC était dingue, ce n'était pas une nuit pour conduire ni pour avoir besoin des services d'urgence. Bien qu'il soit encore tôt pour que les Urgences soient débordées par les mésaventures d'ivrognes et les overdoses. Pour l'instant. Quand il débarqua finalement à l'hôpital, l'impassible infirmière de l'accueil dirigea Kurt vers la pièce où Davy attendait. Celui-ci était presque aussi pâle que le jour où Kurt avait posé les yeux sur lui pour la première fois.

— Hé, tu as des nouvelles ?

Davy tourna de grands yeux vides vers lui. Il lui fallut une seconde avant qu'une pointe de reconnaissance n'apparaisse dans son regard. Le soulagement envahit son visage et il fit un pas vers Kurt avant de s'arrêter, les poings serrés de chaque côté de son corps.

— Ils l'ont amenée ici très vite. Elle est avec le médecin pour l'instant. Je... je ne sais rien d'autre.

— Viens par ici. Assieds-toi avant de t'effondrer.

Kurt guida Davy vers une chaise et s'assit à côté de lui. Il voulait le prendre dans ses bras. Il l'aurait fait avec chacun de ses frères dans la même situation, mais il se méfiait d'autre chose que la simple réaction de Davy. Il n'était pas sûr de pouvoir se faire confiance et de ne pas transmettre son étrange obsession à tout le monde.

Pour la première fois, il ressentit une sympathie réticente pour Ben et la manière dont il avait géré sa relation avec Davy. Mais Ben était gay. Si Kurt était gay, il n'aurait aucun problème à l'admettre.

Ou pas ? Il avait réussi à éviter toutes pensées sexuelles concernant Davy – récemment. C'était un bon signe, pas vrai ?

Davy se mit à trembler. Kurt laissa ses soucis de côté et passa un bras autour de ses épaules, les pressant brièvement.

— Je vais aller te chercher un café. Pour te réchauffer un peu, dit Kurt en regardant autour de lui. Où est ton manteau ?

Davy tourna la tête, perdu.

— Je ne sais pas. Je ne pense pas que j'en portais un.

— D'accord, on s'inquiétera de ça plus tard. Mais il te faut absolument quelque chose de chaud à boire. Je reviens dans une minute.

Kurt s'en alla vers la cafétéria et revint. Les urgences n'étaient pas encore surchargées, donc même si Sandra avait été admise tout de suite, son état ne devait pas être aussi grave que Davy le craignait.

Il poussa le gobelet en carton contre les doigts exsangues de Davy, qui s'enroulèrent autour de lui mécaniquement.

Inclinant sa tête au-dessus du gobelet, Davy inspira la vapeur parfumée avant de prendre une gorgée prudente. Il grimaça.

— C'est très sucré.

— Tu as besoin de sucre. Alors bois. En plus, j'ai déjà pris un café ici. C'est vraiment de la pisse de chat, donc crois-moi, plus il y a de sucre, mieux c'est.

Ses paroles amenèrent un sourire fugace sur les lèvres de Davy, et son regard de petit garçon perdu s'estompa. Après qu'il eut avalé quelques gorgées supplémentaires, Kurt l'interrogea un peu plus.

— As-tu eu l'occasion d'appeler le mari de Sandra ? Ou ses amis ?

Ils n'avaient pas souvent parlé de la sœur beaucoup plus âgée de Davy, mais Kurt savait que son mari, William, était basé à l'étranger, et que d'autres femmes de militaires l'aidaient pendant sa grossesse difficile.

— William est censé être en permission dans deux semaines.

Mais Davy comprit la suggestion tacite de Kurt et sortit son téléphone. Il prit le café fermement dans une main et pressa le téléphone sur son oreille avec l'autre.

Kurt erra dans la pièce, ramassant des magazines et les feuilletant pour donner un peu d'intimité à Davy. Lorsqu'il rangea son téléphone dans sa poche, Kurt revint s'asseoir à côté de lui.

— Je n'ai pas réussi à joindre William, mais j'ai laissé un message à son commandant. Et j'ai appelé la meilleure amie de Sandra, Liz. Hum...

Davy baissa la tête, essayant de cacher son visage du regard de Kurt.

— Quoi ?

— Elle m'a demandé si j'avais besoin d'elle pour me soutenir,. dit Davy en parlant à une plante en pot dans un coin de la pièce. Je lui ai dit que ce n'était pas la peine, et que je l'appellerai quand j'en saurai plus. Tu... tu n'es pas obligé de rester. Je suis heureux que tu sois là, mais je ne veux pas gâcher ta soirée. Il se peut que je sois là pour un moment.

— Je ne vais nulle part, Davy.

Kurt enleva son manteau et le déposa sur le dossier de sa chaise.

Davy ferma les yeux et se mordit la lèvre avant de laisser échapper un énorme soupir.

— Merci.

— Quand tu veux, Davy, tu le sais.

Davy lança un rapide coup d'œil autour de lui. Il tapota le bras de Kurt pendant une brève seconde avant de retirer sa main avec un autre regard coupable. Personne ne faisait attention à eux, chacun étant plongé dans ses propres soucis. Ils s'installèrent pour regarder les idioties qui passaient à la télévision fixée au mur.

DEUX HEURES plus tard, Davy s'était endormi contre son épaule. Le stress et l'ennui étaient une combinaison mortelle. Les yeux de Kurt étaient eux aussi un peu fatigués, même si les séries télé étaient légèrement plus intéressantes que de rester assis à attendre sans rien faire.

Un jeune médecin en blouse violette parla rapidement à une infirmière au bureau d'enregistrement, qui montra Davy du doigt. Le médecin se dirigea vers eux, et Kurt réveilla Davy, soulagé de voir un sourire sur le beau visage du médecin.

— Monsieur Grey ? Vous êtes le père ?

— Non, non je suis le frère de Sandra, Davy Broussard.

Davy serra la main du docteur, qui tourna alors un regard interrogatif vers Kurt.

— Pas moi non plus. Je suis juste un ami.

Il attendit un moment, mais Davy n'offrit aucune explication supplémentaire.

— Le mari de Sandra est à l'étranger. Même s'il obtient une permission d'urgence, il mettra plusieurs heures à arriver.

Le médecin montra un visage compréhensif.

— Et bien, Monsieur Broussard, votre sœur va bien. Nous avons dû pratiquer une césarienne d'urgence, et nous devrons la garder au moins quelques jours. Elle vous demande, même si elle est encore un peu groggy.

— Et le bébé ? demanda Davy.

— Il va bien. Vous devriez pouvoir le voir demain, une fois qu'il sera installé dans la nursery. Il restera en observation un petit peu plus longtemps que votre sœur.

Le sourire de Davy revint en force, ses fossettes illuminant son visage. Kurt n'avait pas de réel 'radar à gay' – il n'en avait jamais eu besoin – mais il ne manqua pas le regard appréciateur du médecin sur la bouche de Davy. La simple pensée que Davy puisse également être intéressé par le médecin fut suffisante pour planter un coup de poignard de jalousie dans son abdomen. Il n'avait jamais été jaloux de quiconque dans sa vie, et cela le secoua.

Davy se tourna vers Kurt et ouvrit la bouche.

— Ne t'inquiète pas, le coupa Kurt, je vais attendre ici le temps que tu rendes visite à ta sœur.

Parce que Davy aurait besoin qu'on le raccompagne chez lui, et qu'il n'allait pas le laisser prendre un taxi dans ce froid, sans manteau.

Davy hocha la tête et suivit le médecin de l'autre côté d'une porte coulissante.

DIX MINUTES plus tard, Davy revint, l'air plus détendu que Kurt lui avait vu depuis longtemps.

— Tout va bien ?

— Oui, tout va bien. Liz ou moi viendrons la chercher quand elle aura reçu l'autorisation de sortir. Je suis impatient de voir mon neveu.

Davy était plein d'énergie, ce qui était contradictoire avec les cernes sombres qu'il avait sous les yeux. Il avait vraiment besoin de sommeil. Mais Kurt se rappela la première fois que l'une de ses sœurs avait accouché… Il se rappelait de tout, en fait. Il y avait là-dedans quelque chose de spécial, quelque chose qui rendait humble, et il n'allait pas en vouloir à Davy d'être excité.

— Comment s'appelle-t-il ? Ont-ils déjà choisi un prénom ?

— Oh, oui. Oliver Alain, pour nos parents. Maman s'appelait Olive et papa, Alain.

Davy ne parlait pas beaucoup de ses parents. Kurt savait qu'ils étaient morts dans un accident de voiture quand il était adolescent, et Sandra, de onze ans plus âgée, avait été désignée tutrice de Davy. La douleur de cette perte s'était probablement estompée, comparée à la perte plus récente de Davy, mais c'était l'absence d'un réseau de proches pour le soutenir – en particulier quand Sandra avait ses propres problèmes à gérer – qui avait réellement inquiété Kurt quand il avait rencontré Davy pour la première fois.

— J'ESPÉRAIS QUE tu te montrerais ce soir.

— Oh ?

Le cœur de Kurt accéléra alors qu'il dénouait son écharpe. Il était resté à l'écart pendant treize jours après l'admission de Sandra en salle d'urgence, et il se détestait d'avoir compté ces putains de jours. Quand il n'avait pu le supporter plus longtemps – ce qui s'était en fait produit trois jours plus tôt – il lui avait encore fallu trouver une excuse, et il n'y avait pas eu de match de hockey retransmis à une heure raisonnable jusqu'à aujourd'hui.

Davy ne devait jamais savoir ce à quoi il pensait au milieu de la nuit. Bon sang, Kurt essayait de ne pas y penser non plus. C'était de la curiosité ou une fichue toquade incontrôlable. Ça passerait. Peut-être. En tout cas, il n'était pas prêt à renoncer à son amitié avec Davy parce que sa queue était subitement devenue imprévisible dans ses préférences.

— Ouais, j'ai acheté des trucs pour faire quelques-uns de ces hamburgers du livre de cuisine que tu m'as offert.

— Oh, génial.

Il avait pensé que c'était un cadeau stupide, mais ils aimaient tous les deux les hamburgers.

— Installe-toi confortablement. Je vais aller préparer tout ça.

Kurt vagabonda dans le salon et alluma la télévision. Alors qu'il s'installait sur le canapé, un éclair de couleur taquina le coin de son œil. Il se releva pour inspecter la cheminée.

La chaleur s'insinua dans ses joues, mais cela ne l'empêcha pas de sourire. Le cadre qu'il avait offert à Davy, avec la photo de sa fête d'anniversaire, occupait une position centrale au sommet de la cheminée. Davy avait l'air si foutrement heureux.

Et cette photo n'était pas la seule. Kurt inspecta les autres, disposées sans aucune symétrie apparente. Il ne reconnut personne à part Davy et Sandra, mais c'était réconfortant de voir Davy ressusciter certains de ses biens les plus précieux. Il y avait une photo d'un petit bébé rougeaud, que Kurt supposait être le nouveau neveu de Davy, Oliver, mais, malgré sa propre expérience avec ses neveux et ses nièces, il n'était toujours pas capable de distinguer les bébés. Pour lui, ils se ressemblaient tous, et les photos que Davy lui avait déjà envoyées par texto ne l'aidaient pas.

Au moins, le mari de Sandra était finalement revenu. Il était rentré chez lui six jours après Halloween, retardé par plusieurs tempêtes hivernales, ici et là dans toute l'Europe. Même avec l'aide des amis de Sandra, Davy avait été débordé avec le nouveau-né.

Kurt avait eu du mal à s'associer à la joie fatiguée de Davy, et cela lui avait permis d'éviter de le voir. Mais il aurait dû demander à ses sœurs, sa mère et sa belle-sœur de l'aider. Elles l'auraient fait, à la simple demande de Kurt, mais à chaque fois qu'il sortait son téléphone, la honte et la culpabilité luttaient contre la peur que sa famille ne découvre qu'il tenait à Davy plus qu'il ne l'aurait dû.

Se retournant, il contempla la pièce. La couverture en patchwork de Davy, que sa mère avait faite, était drapée sur le dos du canapé. Celui-ci arborait également deux gros oreillers rouges duveteux que Kurt n'avait jamais vus auparavant. La bibliothèque contenait maintenant plusieurs livres, au lieu du catalogue stylé rempli de babioles. A voir la tranche des livres bien usés, il était évident que Davy aimait lire. Kurt ne se souvenait pas d'avoir jamais parlé littérature avec Ben.

Il marcha à grand pas vers les étagères pour parcourir les titres. Il y avait des livres de cuisine, et un espace visible, au milieu, de la taille de celui sur les hamburgers qu'il avait offert à Davy. Il y avait des romans, d'auteurs qu'il reconnut, et d'autres qu'il ne connaissait pas. Principalement du genre fantastique, de science-fiction, et un peu de suspense. Il sortit un titre d'un auteur qu'il ne reconnaissait pas. Son visage rougit quand il vit deux hommes torse nu sur la couverture. Il le remit en place avec précaution et s'éloigna des étagères.

La pièce s'était transformée en une salle de séjour où quelqu'un vivait réellement. Les couleurs vierges et stériles des murs et des meubles étaient en quelque sorte atténuées par les nouvelles touches que Davy avait ajoutées à la pièce. Cela devait être un signe de guérison – l'endroit n'était plus le sanctuaire où Ben avait voulu rester caché. C'était bien pour Davy.

Ajouter un feu de cheminée serait une belle touche. Davy avait-il du bois de chauffage ?

Davy entra dans la pièce avec empressement, portant deux bouteilles de bière.

— Voilà, le dîner sera prêt dans dix minutes environ.

— Ça sent bon.

Et c'était vrai. Kurt ne parvenait pas à distinguer les odeurs, mais Davy traînait dans son sillage le délicieux fumet de viande cuite. Davy sourit et ses fossettes illuminèrent son visage, provoquant une montée de chaleur inattendue et indésirable dans l'aine de Kurt. Bon sang. Cela allait-il arriver de plus en plus souvent à mesure que Davy redeviendrait heureux et retrouverait le sourire ? Il n'était pas prêt de dépasser cette folie ; à en juger par le nombre de nuits où il s'était branlé en pensant à Davy, la situation ne faisait qu'empirer.

Non. N'empirait pas exactement. Suivait simplement son cours. Empirait, avant de s'améliorer.

Kurt et Davy s'assirent sur le canapé et écoutèrent les commentateurs annoncer la composition de l'équipe.

Puis s'ouvrit une page de pub. Il y avait toujours beaucoup trop de ces fichus trucs.

— Tu as du bois de chauffage ?

— Du bois de chauffage ? Non, tu as froid ?

— Pas vraiment, je me demandais simplement si tu avais déjà utilisé la cheminée.

— Jamais. Ben n'aimait pas la fumée – trop salissante – et il disait que le bois était rempli de bestioles.

Un muscle de la mâchoire de Kurt se tendit. Qui n'aimait pas les feux de cheminée ? Ils étaient particulièrement bienvenus les jours où il neigeait, quand il faisait froid et venteux dehors sans qu'il y ait cependant suffisamment de neige pour nécessiter un déblayage. Les jours où il n'y avait nulle part où aller et rien d'autre à faire que se détendre. Au moins, il y avait un pare-feu et un serviteur avec les accessoires nécessaires, mais cela semblait être un gaspillage inutile si personne ne s'en servait.

— Il faudrait contrôler le conduit de cheminée afin de s'assurer qu'il n'est pas obstrué, mais si tu en veux un, dis-le moi. Mon frère Dylan possède un ranch en dehors de la ville et il a toujours du petit bois pour le chauffage.

Kurt regarda le doux tapis blanc en face du canapé. Pour une raison inconnue, Davy n'aimait pas avoir une table basse devant le canapé, de sorte que la table qu'ils utilisaient lorsqu'ils en avaient besoin occupait un coin de la pièce avec deux chaises, créant une petite alcôve à côté de la bibliothèque. Comme aucun d'eux n'avait encore déplacé la table en face du canapé, l'espace devant de la cheminée était ouvert. Kurt eut la vision d'une chaude lueur orangée émanant du foyer de la cheminée, du blanc cru du tapis adouci par la lumière du feu. Contre sa volonté, il imagina un Davy nu et mince allongé sur le tapis, se prélassant dans la chaleur. Oh, bon sang. Il fallait vraiment que ça s'arrête.

Il se pencha en avant, les coudes sur les genoux, espérant cacher le soubresaut de sa stupide queue sans cervelle. Bien sûr, il supposait que Davy regardait. Ce qui n'était pas le cas. Davy était en deuil, et il n'avait jamais donné à Kurt aucune raison de croire qu'il était attiré par lui le moins du monde. Ce qui était bien. Ça l'était. Davy savait que Kurt était hétéro.

— Merci, je vais y réfléchir.

En entendant un bip aigu, Davy claqua sa bière sur la table à côté du canapé et se précipita hors de la pièce. Kurt laissa échapper un soupir. Peut-être que le truc du feu de cheminée n'était pas une bonne idée. Pas tant qu'il n'était pas sorti de cette phase, de toute façon. En tout cas, il n'allait certainement pas remettre le sujet sur la table. Le dîner était presque prêt, il se leva donc et déplaça la table pour la mettre en face du canapé. Heureusement, elle n'était pas trop lourde.

Se laissant retomber dans le canapé, Kurt jeta un œil à la télé, mais sans vraiment la voir. Le bruit d'un plateau heurtant la table le fit sursauter.

—Eh, j'aurais pu t'aider avec ça, dit Kurt.

Davy haussa les épaules.

— Pas de problème. J'avais l'habitude de m'occuper du service et des tables pendant mes études à l'université, comme toi. Je n'ai jamais vraiment perdu la main.

— Alors, qu'est-ce qu'on mange ? demanda Kurt.

Davy arrangea les assiettes à sa façon, comme il lui plaisait. Kurt aimait manger devant la télé, et il pariait que Ben ne l'aurait jamais permis.

— Hamburgers à la grecque. Agneau haché, farcis avec de la feta et garnis de tomates et d'une sauce tzatziki fortement assaisonnée à l'ail.

La salade d'accompagnement avait vraiment l'air grecque elle aussi, avec des olives, des tomates et de la feta.

Ooh.

— Du tzatziki maison ?

Davy hocha la tête.

Fantastique. A chaque fois que Kurt allait dans un restaurant grec, il badigeonnait tout avec la savoureuse sauce au yaourt et aux concombres.

Davy attrapa une bouteille en plastique jaune.

— Bon, j'ai aussi apporté ça pour toi, mais pourrais-tu au moins essayer de goûter d'abord sans mettre de moutarde ?

Kurt grogna.

— Ok, ok, je sais que j'aime la moutarde sur les hamburgers. Mais la plupart des restaus où je vais n'ont pas de sauce tzatziki.

Il aurait pu mettre quand même un peu de moutarde, juste pour exaspérer Davy.

Davy déposa la bouteille à contrecœur sur la table, semblant prêt à l'arracher des mains de Kurt si ce dernier tentait le moindre mouvement.

— Du calme. Ça sent super bon, dit Kurt en prenant une bouchée. C'est vachement bon, Davy, marmonna-t-il entre deux bouchées.

Davy était un grand cuisinier. Entre un accès libre aux petits plats cuisinés de sa mère chez Finn's et les petits plats de Davy, Kurt était gâté. Et il devrait aller au club de gym plus souvent.

Se détendant, Davy s'attaqua à son propre plat, et quand le match commença, il n'y avait plus rien d'autre à faire que manger et crier sur l'écran.

KURT S'ASSIT à son bureau en attendant que Simon revienne de réunion. Il parcourut la dernière série de photos de bébé que Davy lui avait envoyées. Il aurait presque pu croire que Davy était le père d'Oliver, et non son oncle gâteux, mais après tout, Davy avait eu terriblement peur de perdre une autre personne qu'il aimait, et ce n'était pas un crime d'aimer sa famille. Kurt aimait sa famille, même si elle le frustrait parfois.

La naissance du bébé de Sandra avait eu un effet secondaire imprévu. Davy se sentait maintenant assez à l'aise pour lui envoyer des textos. Souvent. Cela rappela un peu à Kurt les petits papiers qui s'échangeaient en classe, mais cela ne l'empêchait pas de vérifier impatiemment son téléphone à chaque fois qu'il bipait pour lui signaler un message entrant. Et il les sauvegardait tous, les relisant, comme un idiot obsédé. Cette situation devait cesser au plus vite. Le problème, c'était qu'il ne savait pas comment la stopper sans couper complètement les ponts avec Davy, et il ne pouvait se résoudre à faire ce pas.

— Hé. Tu as quelque chose de sympa là-dessus ?

Le téléphone tomba bruyamment sur le bureau après un cafouillage coupable.

— Non, juste les photos de bébé d'un ami.

Kurt s'obligea à ne pas rougir, mais il ne pensa pas y avoir vraiment réussi.

Simon roula des yeux.

— Ne montre pas ça à Jen. Elle me fait des histoires pour avoir un bébé. Je voudrais bien qu'on soit un peu plus installés d'abord.

Kurt glissa son téléphone dans sa poche

— En parlant de Jen... Vous êtes libres tous les deux samedi soir ?

— Peut-être. Pourquoi ? Tu veux sortir en couple ?

Si Kurt n'avait pas rougi tout à l'heure, il était sûr que maintenant c'était le cas. Surtout parce qu'il se rappelait du soir où il était sorti avec Davy pour son anniversaire. Avec Simon et Jen présents, cela aurait pu être un double rendez-vous.

Simon se pencha et baissa la voix.

— Désolé mec, je n'aurais pas dû.

Kurt secoua la tête.

— Non, euh, mes parents organisent une fête dans leur restaurant pour l'anniversaire de mon frère. Ils adoreraient vous rencontrer, Jen et toi.

— Oh, super. Ouais, je vais voir ce que nous pouvons faire. Tu es prêt à partir ? J'ai reçu des adresses que nous devons vérifier.

Dieu merci. Plus de discussion à propos de rendez-vous. Entre Tiffany et Davy, sa tête était tellement embrouillée.

— Allons-y.

Kurt attrapa son manteau et suivit Simon jusqu'au parking.

XI

KURT VIT Simon dès qu'il franchit la porte, couvert de neige. Il était plus grand que toutes les personnes présentes dans la pièce. Il supposa que Jen se trouvait à côté de lui, mais elle était si petite qu'elle était engloutie par la foule. Finn's était toujours bondé le samedi.

Il agita un bras au-dessus de la foule et Simon hocha la tête avant de se diriger vers lui. C'était salle comble ce soir, mais la plupart des autres invités avaient participé suffisamment souvent à ce genre d'évènement pour savoir que la fête se déroulait dans l'arrière-salle.

— Hé, comment ça va ? C'est donc l'entreprise familiale.

Simon donna une tape sur l'épaule de Kurt.

— C'est un endroit formidable, déclara Jen alors qu'elle se penchait pour l'embrasser.

— Ouais, c'est une ancienne brasserie que mes parents ont achetée peu de temps après avoir émigré ici. Ils l'ont réaménagée et baptisée du nom de mon grand-père. Ils n'ont jamais eu l'idée d'en faire autre chose. Mais c'était chiant de grandir ici parce qu'on était toujours enrôlés comme serveurs ou commis. Quand les affaires se sont stabilisées, mes parents ont pu embaucher du personnel régulier, et maintenant on donne un coup de main de temps en temps seulement, surtout pour permettre à maman ou papa de faire une pause.

Kurt se retourna et les conduisit vers l'arrière-salle.

— Oh, Kurt, mon petit, qui voilà donc maintenant ?

Comme toujours, sa mère fut la première à repérer un nouveau visage.

— Voici mon partenaire, Simon, et sa femme, Jen. Simon, Jen, je vous présente ma mère, Deirdre.

Simon attira la mère de Kurt dans une étreinte d'ours. Elle eut l'air surpris, mais gloussa de rire quand même. Jen roula des yeux, mais elle n'était pas du tout agacée.

— Ravi de vous rencontrer, Mme O'Donnell, dit Simon en reposant la mère de Kurt sur ses pieds.

— Oh, non, vous n'avez pas entendu mon petit ? C'est Deirdre.

— Deirdre. C'est noté, répondit Simon en souriant.

115

Toute la famille de Kurt remarqua l'arrivée de Simon – comment auraient-ils pu faire autrement ? Mike fut le premier de ses frères et sœurs à venir à leur rencontre. Sa mère était en train de discuter avec Jen quand Mike arriva.

— C'est ton nouveau partenaire, minus ?

—Minus ? demanda Simon, un sourcil levé.

Jen étouffa un rire avec son poing.

— Simon, Jen, je vous présente mon grand frère Mike, c'est son anniversaire. C'est un vieil homme aujourd'hui. Quarante-trois ans.

Mike plissa les yeux, mais accepta gracieusement les voeux d'anniversaire de Simon et Jen.

— Minus, alors ? demanda Simon à nouveau.

Kurt gémit, et Mike rit.

— Ouais, eh bien, nous pensions tous que le dernier de la portée serait un avorton, mais il a fini par nous prouver que nous avions tort. Il s'est révélé être le plus fort du lot.

— C'est juste parce que c'est moi que maman aime le plus.

Kurt tira la langue, et Mike fit un geste pour le saisir par le cou, prélude à un 'shampouinage' en règle incluant les poings, mais il s'arrêta et opta pour une rapide pression sur la nuque.

Kurt espérait que c'était plus par sens des convenances qu'à cause d'une séquelle persistante suite à son expérience de mort imminente six mois plus tôt.

— Comment tu te sens, minus ? Je ne t'ai pas vu beaucoup par ici ces derniers temps.

Nan, ce n'était pas par sens des convenances.

— Je vais bien, Mikey. Vraiment. Regarde, complètement guéri.

Il remonta sa manche pour révéler la cicatrice sur son bras. Seule restait une traînée rose de sa récente blessure.

— Ok, ok.

Kurt la fixa un instant, se rappelant les doigts de Davy la parcourant, son léger soupir, et il sourit avant de redescendre sa manche.

— Je suis sûr que ce beau jeune homme prendra soin de mon bébé, dit sa mère en pressant l'avant-bras de Simon.

Kurt avait peine à croire à la différence de dynamique entre sa famille et son nouveau partenaire, comparé à leurs précédentes – et rares – interactions avec Ben.

— Bien sûr, m'dame.

— Charmant garçon. Maintenant, Mikey, je sais que c'est ton anniversaire, mais pourrais-tu s'il te plaît emmener Simon et Jen prendre un verre ? Et les présenter au reste de la famille ?

— Oooh. Tu es dans le pétrin maintenant, chanta Mike à Kurt tandis qu'il emmenait Simon et Jen – tout sourire – vers le bar.

Au lieu de le réprimander, comme Mike s'y attendait clairement, sa mère étreignit de nouveau Kurt, comme elle l'avait fait quand il était arrivé.

— Alors, quand est-ce que je la rencontre ?

— Qui ?

— Ton amie.

— Mer… Je veux dire, mince. Maman, tu as parlé à Erin ? Je n'ai pas de petite amie.

— Non, je n'ai pas parlé à Erin à ce sujet, mais je vais le faire maintenant. Tu es en train de me mentir, petit. La seule fois où j'ai vu ce regard chez l'un de mes fils, Mike venait juste de commencer à sortir avec Heather. J'ai su à ce moment là qu'il allait lui demander de l'épouser.

— L'épouser ! Bon sang, maman, je ne sors même pas avec quelqu'un !

Tant que personne ne comptait les dîners et les soirées qu'il avait passés avec un homme et qui étaient plus amusants que n'importe quel rendez-vous auquel il s'était jamais rendu.

Sa mère leva la tête pour le regarder dans les yeux, et posa sa main sur son avant-bras entaillé.

— Oh, mon bébé. Je me moque de savoir si tu sors avec elle. Tu l'as rencontrée. Quelque chose à propos de cette cicatrice t'a fait penser à elle. Et je peux le voir aussi clairement que le jour. Mon bébé est amoureux.

C'était un *lui*. Et Kurt n'était pas amoureux, merde. Sa mère devait être folle. Ou elle avait trop bu.

— Je ne le suis pas, maman, je te le jure.

Kurt espérait que sa mère ne saurait pas comment interpréter le grincement de panique aigu qui précéda ses mots. Elle devait le croire.

— D'accord, bébé, d'accord, ne t'inquiète pas. Elle reviendra vers toi. Tu es une belle prise pour n'importe quelle femme.

Merde. Elle l'avait entendu.

— Rappelle-toi seulement que tu peux toujours me parler. Je suis peut-être ta vieille maman, mais j'en sais beaucoup sur les femmes.

Kurt laissa échapper un petit rire amer. Elle n'aurait pas été si prompte à le voir s'installer si elle savait ce qui se passait dans sa tête. Sa mère était

117

une bonne catholique. Elle le détesterait, au lieu de lui offrir des conseils, si elle savait. Sa famille entière le détesterait.

— Hé, minus, dit Ian en s'approchant de lui et en lui mettant une bière dans la main – la seule raison pour laquelle il n'eut pas droit à un regard meurtrier *et* à un doigt d'honneur. J'ai rencontré ton partenaire. Il a l'air d'être un chic type.

Dylan, qui se tenait derrière lui, hocha la tête.

— Viens. On l'a défié au billard, et on a besoin d'un quatrième.

Kurt se laissa entraîner, heureux de s'éloigner de l'effrayante perspicacité de sa mère. Seigneur. Si elle n'avait ne serait-ce qu'un soupçon qu'il s'était entiché d'un autre homme – et non pas tombé amoureux, bon sang, il n'était pas gay – et qu'il fantasmait sexuellement sur lui, elle paniquerait. Et le renierait probablement. Comme le reste de sa famille.

— Hé, mec, qu'est-ce qui se passe ? Je ne t'ai jamais vu si épouvanté, dit Ian.

— Maman me parlait de mariage, de m'installer.

— Oh, merde, ça craint. Pourquoi voudrais-tu faire ça ? Il reste tant de femmes à tester.

— Et ce n'est pas faute d'avoir essayé, hein ? grogna Dylan. Vraiment. Une seule femme pour le reste de ta vie ? Peut-être que je serai prêt pour ça dans quelques années.

Kurt avait beau être le bébé, Dylan et lui n'avaient que trois ans d'écart, et Ian tombait presque exactement au milieu. Ils avaient tous encore beaucoup de temps devant eux avant de penser à s'installer.

— Tu n'aurais pas une petite amie dont tu ne nous aurais pas parlé, n'est-ce pas ? demanda Ian.

— Non.

Kurt avait besoin d'arrêter de parler de ça, maintenant.

Ian et Dylan échangèrent un regard amusé. Oh, bon sang. Ils ne se doutaient pas de quelque chose, n'est-ce pas ? Comment le pourraient-ils ?

— Alors... billard...

SIMON ÉTAIT presque aussi bon qu'eux trois, ce qui en disait long parce qu'ils s'étaient entraînés sur cette table depuis qu'ils étaient assez grands pour voir ce qu'ils faisaient. Mais d'autres attendaient, et après avoir rapidement débarrassé la table, ils s'éloignèrent, laissant la place à d'autres de leurs amis.

Jen s'approcha tranquillement, une bière à la main pour Simon.

— Merci, chérie.

Il se pencha pour lui donner un tendre baiser.

— J'aime ta famille, dit-elle à Kurt.

— Merci. Je l'aime aussi, la plupart du temps.

Jen sourit et Ian lui donna un léger coup sur l'épaule.

— On revient dans une seconde, dit Dylan, alors que Ian et lui inspectaient leurs bouteilles de bière vides.

— Ramenez-en une pour moi, lança Kurt.

Ian se retourna pour lui faire un doigt d'honneur.

— Je suis désolée, j'aurais dû t'en prendre une, déclara Jen.

— Non, bien sûr que non. Je vais aller en chercher une dans une minute. Il fait juste le con.

Caitlyn, une autre de ses sœurs, s'empressa vers leur table.

— Vous voilà, dit-elle à Jen. Allez viens, amène Simon.

Elle fronça les sourcils en se tournant vers Kurt.

— Tu aurais dû me dire que tu connaissais Jen.

— Quand et pourquoi aurais-je dû faire ça ?

Kurt ne pensait pas qu'il était déraisonnable d'être agacé face à son ton accusateur. C'était avec les jumelles qu'il passait le moins de temps – elles faisaient toujours des trucs ensemble dans leur propre petit noyau familial.

— Nous venons juste de commencer à travailler ensemble. Je ne m'étais pas rendue compte jusqu'à ce soir que Simon et toi étiez partenaires, répondit-elle.

— Oh, et bien sûr j'aurais dû savoir vous travailliez ensemble.

Le sarcasme débordait des paroles de Kurt, mais sa sœur était, comme toujours, insouciante. Kurt l'aurait probablement su, si Caitlyn ne changeait pas d'emploi plus souvent que certains ne vidangeaient leur voiture. Comment était-il supposé suivre ?

— Allez-y, dit Kurt en voyant Simon hésiter à partir. Je vais au bar.

Il prit une autre bière et s'appuya contre le mur le plus proche. Il y avait des couples tout autour de lui. Ses sœurs avaient invité quelques amies célibataires, mais Kurt ne pensait pas que sortir avec elles valait mieux que de sortir avec quelqu'un du boulot.

— Salut. Vous devez être Kurt.

Une petite femme brune, généreusement dotée, se tenait devant lui... beaucoup trop près pour une personne qu'il ne connaissait pas. Elle était très jolie, cependant, et avec sa taille, il avait une vue imprenable sur son décolleté plongeant, duquel dépassait une pointe de dentelle rose.

— C'est moi.

— Je suis Heidi. Une amie de Heather.

— Ravi de vous rencontrer, Heidi.

— Heather m'a dit que vous étiez flic.

Heidi se pencha davantage vers lui et posa doucement le bout de ses doigts fins sur son biceps. Kurt pensa alors qu'il devrait également s'abstenir de sortir avec les amies de sa belle-sœur.

— Vous devez être très courageux, reprit Heidi. Et vous êtes à l'évidence très fort, murmura-t-elle en lui serrant le bras.

Kurt but une longue gorgée de bière pour éviter de lever les yeux au ciel.

Pourtant... il essaya de s'imaginer en train de se pencher pour l'embrasser. De la déshabiller. De sentir le poids de ses seins dans ses paumes. Et il n'y arriva pas. Pas même le moindre signe d'intérêt dans son bas-ventre – encore moins que quand il était sorti avec Tiffany.

Oh putain.

Il essaya encore. Cette fois, en les mettant ensemble au lit, nus. Mais elle n'était pas assez grande. Elle n'avait pas de fossettes.

Oh putain. Il se mit soudain à transpirer, et il essaya de s'échapper, mais le mur empêchait sa fuite.

— Ah, te voilà.

Simon fit irruption dans sa rêverie. Heidi s'était collée à lui, ses doigts enfouis sous son pull tandis que ses seins pressaient contre ses abdos.

— Désolé, mademoiselle, j'ai besoin d'emprunter Kurt un moment.

Simon lui sourit, dégagea sa main, et entraîna Kurt vers la table de billard.

— Merci pour le sauvetage.

Kurt pouvait à nouveau respirer. Il s'était dirigé vers une répétition de la débâcle qu'il avait connue avec Tiffany, et il ne pensait pas que son ego pourrait subir un autre coup de ce genre.

— Ne me remercie pas, remercie Jen, dit Simon en l'indiquant du pouce et Jen leur fit un signe de la main, un sourire de sympathie sur le visage. Elle a dit qu'elle reconnaissait un requin quand elle en voyait un.

Un requin, hein ? Lui aurait dit qu'elle avait plutôt compris à quel point il était paniqué. Super. Vraiment foutrement génial. Il ne pouvait pas lui en vouloir, cependant. Il préférait voir Jen le sauver plutôt que de devoir résister au rentre-dedans lourd et si peu original de Heidi.

— Tu veux faire une autre partie ? Jen et moi contre toi ?

— Non, jouez tout les deux. Je vais regarder.

Kurt s'assit sur un tabouret, le dos appuyé contre le mur. Il avait une vue parfaite sur la table de billard, mais le jeu ne retint pas son attention.

Son frère Mike, un sourire heureux sur le visage, embrassait sa femme, Heather. Son père déchargeait sa mère d'un lourd plateau, en souriant. Le mari d'Erin remettait tendrement une mèche de ses cheveux derrière son oreille. Simon enlaçait Jen par derrière sous prétexte de lui montrer comment réaliser un tir difficile, mais son petit rire étouffé racontait une autre histoire.

Il était entouré par ses amis et sa famille, qui l'aimaient, et il ne s'était jamais senti aussi seul. Il n'aurait pas dû laisser sa peur l'empêcher d'inviter Davy. En fait, les raisons pour lesquelles il ne l'avait pas fait lui rappelaient tellement Ben que la honte l'envahit. Il savait que Davy se serait bien entendu avec sa famille. Ils l'auraient aimé, et Davy lui aurait tenu compagnie toute la soirée. Simon était un bon ami, mais il avait Jen. Ian et Dylan étaient supers, mais ils avaient déjà quitté la fête, probablement à la recherche de 'rendez-vous' pour plus tard. Eux non plus n'aimaient pas pêcher dans un étang trop proche de leur maison.

Mais il ne pouvait pas avoir Davy ici avec lui, même s'il le voulait. Il ne pouvait risquer que qui que ce soit devine ou spécule.

Jen frappa une boule qui atteint sa cible et poussa un cri aigu, attirant à nouveau l'attention de Kurt sur la table. Elle avait gagné, ce qui, compte tenu des compétences de Simon, ne devait probablement pas arriver si souvent.

— Hé, mec. Nous allons rentrer, dit Simon, un bras autour des épaules de Jen. Merci de nous avoir invités.

— Quand tu veux. Ma famille vous aime beaucoup. Je suis heureux que vous ayez pu venir.

Jen l'étreignit et, alors qu'ils partaient, Kurt regarda sa montre. Minuit passé. Il pouvait partir, lui aussi. Bien qu'il ait voulu boire beaucoup plus, il n'avait pris que deux bières – il pouvait encore conduire.

Il salua sa famille, à l'exception de Ian et Dylan, qui étaient toujours aux abonnés absents et quitta la fête pour traverser la foule dans la zone publique du restaurant.

Quelqu'un attrapa son bras et il se raidit avant de réaliser que c'était seulement Ian.

— Où vas-tu ? La nouvelle serveuse sexy vient de nous inviter à une fête plus tard. Ses amies sont strip-teaseuses, siffla Ian. Et elles sont vingt.

Ian lui envoya un regard de connivence.

Bon sang. Une fête remplie de femmes agressives comme Heidi. Des femmes avec des attentes qu'il ne serait pas capable de – qu'il ne voudrait pas – satisfaire. Au vu et au su de ses frères aux mœurs légères. Il préférait qu'on lui crève les yeux avec une cuillère à cocktail. Son appartement merdique, vide et solitaire, avec sa bouteille presque pleine de vodka, l'appelait.

— Pas ce soir, Ian. Je suis fatigué. La semaine a été longue.

— Le meilleur remède contre une longue semaine, c'est une baise rapide avec un mensonge facile, répondit Ian avec un sourit carnassier.

Kurt secoua la tête. Il y avait presque une pointe de désespoir dans les actions de Ian. Peut-être qu'il vivait une crise précoce de la quarantaine.

— Fais attention que maman n'entende pas un truc pareil. Et je ne t'accompagne toujours pas.

— Très bien. On déjeune ensemble cette semaine ?

— Bien sûr, ouais, appelle-moi pour me dire quel jour te convient.

Ian s'en alla, et Kurt resta planté là à se demander s'il avait pris la bonne décision. Il parcourut le bar des yeux, se demandant de quelle serveuse Ian avait parlé, quand un homme blond et mince attira son attention. Kurt promena son regard sur la silhouette de l'homme ; sa carrure et son profil étaient si semblables à ceux de Davy que s'il n'avait pas eu des cheveux blonds, Kurt l'aurait pris pour Davy. Le blond se retourna et croisa son regard. Kurt observa l'homme pendant quelques secondes, qui leva un sourcil et se lécha les lèvres, envoyant un éclair de désir inattendu dans les tripes de Kurt, son sang affluant tout droit vers le sud. Cet homme avait réussi à 'l'exciter' davantage en quelques secondes que plusieurs minutes passées avec la poitrine généreuse de Heidi plaquée contre lui.

Oh putain.

Il boutonna son manteau et fendit la foule pour se retrouver dehors, dans le froid mordant de fin novembre.

XII

IL ÉTAIT trop tard pour sonner à la porte. Mis à part les joyeuses lumières de Noël rouges et vertes qu'il apercevait par la fenêtre de devant, la maison de Davy était sombre. Kurt ne savait même pas pourquoi il était assis là dans sa voiture, sauf que deux bières n'avaient pas suffi à enfouir en lui le besoin irrésistible d'être près de Davy. Tous ces couples heureux chez Finn's – il se sentait si seul. Davy aurait probablement détesté la foule, mais Kurt était stupide de ne pas l'avoir invité. Il était stupide pour de nombreuses raisons, parce qu'aucune femme ne l'avait jamais fait se sentir si entier. Et s'il voulait voir comment Davy s'intégrait au reste de sa vie, il avait besoin de mûrir un peu et de le laisser entrer. Partager, mais ne pas pousser. Parce que Davy avait toujours un travail de guérison à faire sur lui-même. Kurt n'était pas prêt à franchir ce pas – c'est à dire mettre Davy ou quelqu'un d'autre au courant de l'appétit sexuel qu'il s'était récemment découvert. Il ne faisait toujours pas confiance à ce désir. Mais, reconnaître complètement Davy en tant qu'ami ? Ça, il pouvait et devait le faire.

Kurt frotta les doigts de ses mains ensemble, son souffle s'échappant dans un nuage blanc.

C'était stupide. Il était assis là, dehors, comme s'il était en planque, sauf que jamais auparavant il n'avait bu avant une surveillance. Merde. Il avait probablement l'air complètement louche, et il n'aurait pas été surpris de voir une voiture de patrouille arriver pour lui demander ce qu'il était en train de faire. L'inspecteur Nadar l'aurait copieusement engueulé pour son numéro. D'autant plus qu'il n'aurait pas pu l'expliquer sans admettre des choses qu'il ne voulait pas dire tout haut. Des choses qu'il n'était pas sûr de pouvoir s'avouer à lui-même.

Une petite voiture noire s'avança dans l'allée de Davy et le moteur s'éteignit. Un homme de taille moyenne, habillé tout en noir, sortit du côté conducteur.

Avant même d'avoir pris une décision consciente, Kurt sortit de sa voiture et coupa la rue pour l'intercepter. Il n'y avait aucune bonne raison pour que quiconque se dirige vers la maison de Davy alors qu'il était clairement endormi.

A ce moment là, la porte passager s'ouvrit et Davy apparut. Kurt s'arrêta, comme s'il avait reçu un seau d'eau froide sur la tête, et resta pétrifié dans un coin d'ombre du trottoir. Il se trouvait seulement à quelques pas de l'allée de Davy, mais aucun des deux hommes ne l'avait remarqué.

Le froid de ses doigts s'étendit à tout son corps, bien que Kurt soit quasiment certain que ce n'était pas physique.

Il ne reconnut pas l'homme. Le murmure de voix masculines lui parvint alors qu'ils se tenaient tous les deux debout devant la porte, et que Davy se tourna pour parler après avoir déverrouillé la porte.

Davy sourit, faisant ressortir ces fossettes une fraction de seconde avant que le blond ne prenne ses joues en coupe et ne plante ses lèvres sur les siennes.

Kurt dégela instantanément alors que sa colère explosait, bouillante et diffuse, dans sa poitrine. La neige craqua sous ses pieds quand il se mit à courir à travers la pelouse devant chez Davy. Il grimpa d'une traite les marches du porche et arracha l'étranger du corps de Davy. Son Davy.

L'étranger poussa un cri et retomba contre la fenêtre avec un bruit sourd.

Davy regardait, sans comprendre, tandis que la poitrine de Kurt se soulevait comme un soufflet de forge, les poings serrés de chaque côté du corps.

— Bordel, que se passe-t-il ? demanda Kurt d'une voix à peine reconnaissable.

L'étranger récupéra rapidement.

— Qui êtes-vous ? lança-t-il à Kurt.

— Merde, qui êtes vous, *vous* ? Davy, tu étais à un putain de *rendez-vous* ?

Kurt n'était pas sûr de savoir comment exprimer la colère qui courait en lui sans les accuser agressivement, et même si cet enfoiré n'était plus en train d'embrasser ou de toucher Davy, sa fureur s'amplifiait.

— Mais c'est quoi ton problème, Kurt ? intervint Davy.

— Hé, mec, je ne savais pas que tu avais un ex jaloux.

— Je n'en ai pas.

Les mots qui sortaient de la bouche de Davy étaient comme des balles. Kurt n'avait jamais vu Davy aussi hargneux, et il le devint à son tour.

— Alors qui est ce connard ? répliqua l'homme

Kurt reporta son attention sur l'étranger.

— Personne qui te concerne, mec.

Le regard furieux de Kurt s'intensifia, et le blond s'alarma de cette soudaine escalade de colère.

— Est-ce que tu veux que j'appelle la police, Davy ?

— Non, il *est* la police. Rentre chez toi, Andrew.

Andrew. Kurt fut balayé par un nouveau flot de haine envers *Andrew*.

— Tu es sûr ? demanda-t-il, incertain.

Andrew passa loin de Kurt, le contournant comme un animal sauvage. Kurt aurait dû se méfier, mais il n'avait pas peur. Il était prêt à jeter ce connard hors du porche, la tête la première dans la congère la plus proche.

— Oui. Rentre chez toi, lui répondit Davy en employant le même ton tranchant que Kurt, qui ne l'avait jamais entendu parler ainsi avant.

Bien. Andrew marcha vers sa voiture.

Davy ouvrit la porte et franchit le seuil alors que la voiture s'éloignait.

— Entre, ordonna Davy. Je ne vais pas crier sur le perron alors que les voisins peuvent nous entendre.

Kurt le suivit dans le salon où Davy défit son manteau pour le jeter sur une chaise.

— Merde, mais qu'est-ce que c'était que ça ?

Le ton brusque et coupant de Davy n'avait pas faibli du tout.

— Et enlève tes foutues bottes. Tu mets de la neige partout.

— Est-ce que tu as déjà des putains de rendez-vous galants ? Comment peux-tu ?

Kurt jeta ses bottes dans un coin. Quelque part dans un profond et sombre recoin de son esprit, il pensa qu'il tenait là sa chance de découvrir ce qui se passait dans sa fichue tête et qu'il n'aurait plus à se soucier que Davy avance de son côté – en n'ayant plus besoin de lui.

Davy s'en décrocha la mâchoire.

— Je n'ai pas à te donner d'explications, mais non, je n'ai pas de *putain de rendez-vous galants*, dit-il, les mots sortants en une parodie moqueuse de ceux de Kurt. Pas encore.

Il était supposé avoir six mois de plus devant lui avant que Davy ne se mette à sortir à nouveau. C'est ce que les conseillers disaient concernant ce genre d'évènement, non ? Un an de deuil ? Il lui restait donc six mois de plus pour décider s'il voulait Davy pour lui ou s'il voulait purger cette stupide obsession de son système.

— Pas encore ? répéta Kurt.

Les mots de Davy auraient dû l'apaiser, mais ce ne fut pas le cas. Il commençait à vibrer du désir refoulé de remettre un peu de bon sens dans l'esprit de Davy. Ces yeux brillèrent sombrement, reflétant les illuminations de Noël sur la fenêtre ; il n'avait pas pris la peine d'allumer en entrant. Ce qui était très bien. Ils n'avaient pas besoin de lumière pour ça.

— Donc, si tu n'as pas de rendez-vous, pourquoi était-il en train de t'embrasser ?

Davy le foudroya du regard et lança ses propres bottes mouillées en direction de Kurt.

— Oh, pour l'amour du ciel. C'est un ami de Jon, nous étions à une soirée, et Andrew a offert de me reconduire à la maison. Oui, il a fait un geste. Mais je dois te demander... Qu'est ce que ça peut te foutre ?

Kurt se rapprocha, raccourcissant la distance autant que possible. Bien sûr, Davy avait quelques centimètres de plus, mais Kurt était plus large et il avait beaucoup d'expérience dans l'intimidation. Davy carra les épaules, plissa les yeux, et resta immobile ; il ne baissa même pas le regard.

— Je ne l'aime pas.

— Et alors quoi ? Tu n'as pas besoin d'aimer les gens avec qui je sors. Tu n'as pas besoin d'aimer les gens avec qui je baise.

— Les gens avec qui tu *baises* ?

Les mots le poignardèrent tout net, directement dans l'estomac. La douleur lui fit perdre son souffle.

Davy lui lança un regard noir.

— Pas *encore*. Idiot.

La douleur dans son ventre fut instantanément dissoute. Kurt prit une profonde inspiration, prêt à lancer une autre attaque, quand le parfum propre de citronnelle de Davy, combiné à celui chaud et musqué de sa transpiration, lui chatouilla le nez. Sa queue revint de façon immédiate et presque douloureuse à la vie. Se battre avec Davy était la dernière chose qu'il voulait faire.

Saisissant les épaules minces de Davy, il l'attira plus près de lui et colla, pour la première fois de sa vie, ses lèvres sur celles d'un homme.

Davy se raidit pendant un moment tandis que Kurt savourait la douceur inattendue de sa bouche. Il glissa ses mains sur ses joues et l'abrasion de sa barbe naissante contre ses paumes lui arracha un gémissement du plus profond de sa poitrine. Il lécha ses lèvres, souhaitant désespérément aller plus loin. Pendant une terrifiante minute, il pensa que Davy le refuserait, mais sa bouche s'ouvrit en même temps qu'il glissait ses bras autour de la taille de Kurt.

Oh mon Dieu. Le goût de Davy. La chaleur de la bouche de Davy. Cela lui appartenait, pas à ce salaud d'Andrew. Il le fit reculer vers le canapé et utilisa la force de son corps pour faire le faire basculer d'une manière agressive qu'il n'avait jamais utilisée – pris la peine d'utiliser – avec une femme.

Une dernière poussée et il fut au-dessus de lui, sexe contre sexe, bouche contre bouche. Un autre gémissement leur échappa ; Kurt pensa qu'il venait peut-être de lui. La nouveauté d'une érection massive pressant contre la sienne, des hanches ondulant contre les siennes, était incroyablement excitante. Jamais il n'avait été aussi physiquement proche d'une femme ; comment l'aurait-il pu ? Les plats fermes de son corps s'ajustaient à ceux de Davy comme s'ils étaient faits pour eux. Le baiser s'adoucit comme son attention voyageait entre toutes les sensations inhabituelles et conflictuelles qu'il ressentait, et sa queue qui pulsait de désespoir, cherchant davantage de pression, de peaux, de frictions.

Davy s'accrocha à lui, le poussa, lutta contre lui, et coinça sa langue dans la bouche de Kurt comme s'ils étaient en train de se battre, et non de s'embrasser. Se retrouver aux prises avec quelqu'un dont la force approchait la sienne était fascinant et avait plus d'attrait qu'il l'imaginait.

— Qu'est-ce que tu fous, bordel ? haleta Davy en arrachant sa bouche à son emprise.

— Je t'embrasse.

Ou peut-être était-ce, je te dévore.

— Pourquoi aurais-tu le droit de m'embrasser et pas Andrew ?

Les mots n'étaient pas une simple question, mais une moquerie méprisante.

La colère de Kurt revint en force et ses mains se déplacèrent dans les cheveux de Davy, tirant sa tête en arrière pour avoir accès plus facilement à sa bouche.

— Tu es à moi, grogna-t-il avant d'enfouir à nouveau sa langue dans la bouche de Davy.

Davy n'était pas prêt à se rendre ; il le repoussa et mordit sa lèvre. Kurt recula sous le coup de la douleur, même si ce n'était pas totalement désagréable.

— Conneries.

Davy lui jeta un regard furieux, mais poussa ses hanches avec force vers le haut, la friction des deux jeans entre leurs queues dures faisant haleter Kurt.

La pièce pencha soudain alors que Davy profitait de sa distraction momentanée. Kurt se retrouva par terre, le souffle coupé, le tapis doux amortissant sa chute. Davy se pencha au-dessus de lui, les cheveux en bataille, les lèvres gonflées, le visage rouge. Avant ce soir, jamais un homme n'avait lancé de regard concupiscent à Kurt – pour ce qu'il en savait – mais il n'y avait aucun doute sur l'émotion qui brillait dans les yeux de Davy. Et il n'y avait pas un soupçon de la tendresse qu'il avait pu voir dans les yeux des femmes qu'il avait connues.

Davy se jeta sur lui, tirant sur sa braguette d'un geste vif et lui arrachant son jean. La queue de Kurt jaillit, désireuse de jouer. Davy ne perdit pas de temps, l'engloutissant tout entier dans le feu humide et chaud de sa bouche qui embrassait si bien. Kurt cria, cambrant les reins, essayant de s'enfouir lui-même dans la gorge accueillante de Davy.

Davy suça, lécha et mordilla – laissant Kurt impuissant sous son attaque féroce et sensuelle. Jamais personne ne l'avait sucé avec autant d'enthousiasme et de compétence. Seigneur.

Davy libéra sa queue avec un pop sonore et Kurt baissa les yeux. Pourquoi s'était-il arrêté ?

Avec un sourire démoniaque, Davy ondula sur son corps, relevant le pull de Kurt sur sa poitrine puis au-dessus de sa tête, sa langue traçant un chemin humide le long de la peau révélée. Kurt se tortilla, essayant de libérer ses bras du pull. Son désespoir fut accru par une main sur sa queue et des lèvres sur son mamelon.

Davy stoppa tout contact alors qu'il relevait la tête et regardait Kurt droit dans les yeux. Son expression était sérieuse, et Kurt sut qu'il était toujours en colère, et excité dans la même mesure.

— Non. Tu en veux plus ? Tu devras rester comme ça.

Oh bon sang. Il n'aurait pas dû aimer autant ça. Et il aurait fait n'importe quoi pour que Davy continue de le toucher. Il s'immobilisa autant que possible, mais il ne put empêcher ses hanches de pomper, de chercher la main de Davy dans l'air vide.

Il le regarda dans les yeux. Il ne pouvait pas se résoudre, et bien, à supplier. Mais Davy devait avoir vu la prière dans ses yeux. Pas complètement heureux, il eut un sourire narquois, ces fossettes semblant diaboliques – et délicieuses. En quelques secondes, ils furent nus tous les deux, mis à part le pull empêchant Kurt de toucher Davy.

Nu. Avec un autre homme. Il ne s'était jamais trouvé aussi près de l'érection d'un autre homme avant, et l'énormité de la situation ouvrit un abîme à ses pieds, l'invitant à y sauter à pieds joints. Sa queue n'y pensa pas à deux fois, mais sa respiration s'accéléra – un peu trop – pour une simple excitation. Malgré cela, il ne put détacher ses yeux de Davy. Ou de sa queue. Elle était longue, plus longue que la sienne, mais beaucoup plus fine, tout comme Davy. Le contraste de couleur était significatif contre la peau pâle de son ventre et ses cuisses, et la petite tache sombre de poils pubiens qui l'encadraient attirait le regard.

De l'humidité perla sur la pointe, et alors que son propre sexe sursautait en une réponse joyeuse ; ses inspirations, elles, étaient beaucoup trop rapides, et sa vision commença à se brouiller. Jusqu'à ce que la bouche de Davy retrouve sa queue, la suçant avec une force presque punitive, et que le monde tourne à nouveau sur lui-même. Davy se retira à nouveau, prodiguant à la pointe une torsion avec sa langue comme personne ne le lui avait jamais fait. Un bras fouilla dans la petite table à côté du canapé.

Davy se glissa entre ses jambes et Kurt les écarta comme si ce n'était pas la première fois qu'il avait un homme agenouillé entre ses cuisses, comme si ce n'était pas la première fois qu'il jouissait des choses interdites et fantastiques que la bouche de Davy lui faisait. Un petit bruit sec se fit entendre par-dessus leur respiration difficile, mais Kurt ne sut pas de quoi il s'agissait avant qu'un long doigt fin et froid entre en lui. Du lubrifiant. S'il n'avait pas déjà essayé d'insérer un doigt en lui-même, et aimé cela, il se serait crispé. Peut-être aurait-il dû de toute façon, mais il était déjà trop loin, et c'était un million de fois mieux de voir Davy prendre le relais. Ses cuisses s'écartèrent davantage, et un gémissement s'échappa de sa gorge.

Grondant en réponse autour de sa queue, la vibration se réverbéra dans les couilles de Kurt. Le doigt de Davy glissa dans un mouvement de va-et-vient, et Kurt bougea ses hanches au même rythme. C'était la seule chose qu'il pouvait faire pour se rapprocher de l'orgasme.

Mais Davy n'était pas prêt à le laisser jouir, et la succion magique cessa alors qu'il poussait un autre doigt en lui. Kurt haleta à la brûlure inattendue. Ce n'était pas douloureux, pas exactement, mais cela repoussa son orgasme imminent. Cependant, il ne pouvait garder ses hanches immobiles.

— C'est ça, comme ça, murmura Davy.

Alors qu'il ajoutait un doigt supplémentaire, Kurt cria et se figea, la brûlure devenant plus ardente et plus intense. Pourquoi Davy faisait-il ça ? Kurt ouvrit la bouche pour lui demander d'arrêter, quand la bouche de Davy attaqua de nouveau la pointe de sa queue et qu'il caressa en même temps quelque chose en lui avec ses doigts.

129

'Oh mon Dieu', fut en fait ce qui lui s'échappa des lèvres. Quelques secondes plus tard, c'était 'encore, s'il te plaît, encore'.

Davy releva la tête, les lèvres brillantes dans la lueur rouge et verte des lumières de Noël, les doigts toujours enfouis en Kurt. Il découvrit ses dents, et retira ses doigts.

Vide. Tellement vide. Kurt gémit et regarda Davy.

— Ce n'est pas ce que j'ai dit, haleta-t-il.

— Des plaintes ?

Davy se pencha sur lui en un éclair, sa bouche coupant court à ses protestations. Cette fois, il avait un goût salé et Kurt réalisa avec un sursaut qu'il goûtait sa propre saveur sur les lèvres d'un autre homme.

Alors, ses désirs furent exaucés tandis que Davy l'embrassait. Sa queue pressa à l'endroit où s'étaient trouvés ses doigt quelques instants plutôt, la pointe passant facilement son ouverture étroite, et les bras de Kurt se tordirent au-dessus de sa tête, la panique et la luxure l'envahissant. La langue de Davy refusait de libérer ses exclamations de peur, de détresse et – oui, d'extase. Il voulait hurler, crier, gémir, mais il ne pouvait rien faire d'autre qu'accepter la lente et implacable poussée à l'intérieur de son corps.

Bien en place, Davy se redressa, sa queue emplissant Kurt mais ne poussant pas. Il ressemblait à un ange vengeur, et Kurt vit la sauvagerie dans ses yeux, le besoin de bouger.

Kurt haletait, essayant d'assimiler les sensations et les émotions qui le bombardaient. Des muscles durs, des os saillants, des poils collants, pressaient de façon non familière entre ses cuisses. Le poids doux et léger des couilles de Davy contre son cul le chatouillait un peu. Il était plus vulnérable qu'il ne l'avait jamais été pendant un rapport sexuel, mais quand il se raidissait autour de la queue plantée en lui, les faisant gémir tous les deux, c'était si bon, si incroyablement naturel.

Davy se retira presque entièrement avant de s'enfoncer à nouveau.

Un liquide transparent suinta de la queue de Kurt.

— Encore, murmura-t-il à nouveau.

Un gémissement étouffé s'échappa de sa gorge alors que Davy accélérait le rythme, le claquement de la peau contre la peau presque aussi excitant que le va-et-vient sauvage dans son corps, caressant, titillant sa prostate. La queue de Davy le poussait de plus en plus vers la jouissance, le crucifiant d'une manière qu'il n'aurait jamais imaginée – Kurt aurait voulu que cela ne s'arrête jamais.

— S'il te plaît, s'il te plaît.

Il était si près, supplier semblait être le moyen le plus efficace et le plus rapide d'obtenir ce qu'il voulait. Et il voulait jouir. Il en avait besoin. Ses couilles allaient vraiment exploser de plaisir.

Davy saisit sa queue et le branla au même rythme frénétique qu'il le baisait. Kurt inspira, grogna et éjacula, son sperme jaillissant partout sur son ventre et dans la main de Davy. Le visage de Davy se crispa, et il continua de pousser alors que les convulsions presque vicieuses de Kurt continuaient de le secouer.

Puis, il poussa sa queue en Kurt aussi loin qu'il le put.

—Oh, putain, murmura-t-il.

Les mots se noyèrent dans un gémissement alors que Davy se déchargeait en lui, sa semence chaude emplissant Kurt tandis que Davy frémissait au-dessus de lui, les yeux fermés.

Davy s'effondra sur lui, haletant. Kurt prit quelques inspirations profondes, profitant du sentiment de satisfaction. Il n'avait jamais connu un tel plaisir, jamais aussi fantastique et il ignora délibérément les implications qui rôdaient dans son esprit. Il aurait le temps de s'inquiéter de cela plus tard, quand il se serait un peu remis de ce qui venait d'arriver. Il libéra facilement ses mains de son pull, maintenant que la luxure ne lui brouillait plus le cerveau, et il fut capable de savourer la douceur de la peau de Davy sous ses paumes. Il caressa le dos glissant de sueur de Davy, se rappelant un jour, plusieurs mois auparavant, où ces os étaient plus proéminents et effrayants, où il avait eu si peur pour la vie et la santé mentale de Davy. Maintenant, ces mêmes crêtes étaient moins évidentes et foutrement plus sexy.

Kurt bougea pour embrasser la tempe de Davy, mais ses lèvres touchèrent à peine sa peau que Davy se redressa en sursautant, soulevant sa poitrine de celle de Kurt. Il se cala au-dessus de lui comme s'il allait faire des pompes, et baissa les yeux vers l'endroit où ils étaient toujours joints. Il fit glisser sa queue facilement hors du corps de Kurt. Puis ramena son regard sur son visage, le contemplant… de façon horrifiée – ce fut le seul terme qui lui vint à l'esprit. Kurt essaya de l'atteindre, mais Davy sauta au loin et commença à rassembler ses vêtements, gardant son regard par terre.

— Tu dois partir, Kurt.

— Quoi ? Pourquoi ?

Kurt attrapa son propre jean, ignorant le fluide visqueux entre ses cuisses du mieux qu'il put. L'ambiance de la pièce avait changé de manière significative. Il ne savait pas pourquoi, mais il pensa qu'il serait plus facile de faire face à la situation s'il était habillé. Quel que soit ce dont il s'agissait, cela n'attendrait pas qu'il prenne une douche rapide, et cela aurait facilité les choses si Davy avait bien voulu le regarder.

— Va-t-en. Cela n'aurait pas dû arriver.

— Pas question, rétorqua Kurt.

Il saisit Davy par les épaules et essaya de l'embrasser. Cette fois, cependant, Davy se battit réellement, et Kurt recula. La dernière chose qu'il voulait était laisser Davy dans cet état.

— Casse-toi, putain !

— Davy, je suis désolé, mais pourquoi ? C'était bien, n'est-ce pas ?

S'il vous plaît, faîtes que Davy ait pris son pied. Parce que cela avait été incroyable pour Kurt.

Davy ouvrit la bouche. La ferma. Une rougeur de colère envahit ses traits et il envoya un coup de poing au visage de Kurt. Qui ne toucha pas sa cible – heureusement que Kurt était entraîné – mais il en fut complètement abasourdi.

Davy arracha son poing de la prise de Kurt et recula, des larmes dans les yeux.

— Ça n'aurait pas dû arriver. Je ne suis pas prêt. Et même si je l'étais, je ne m'engagerais jamais avec toi.

La vie de Kurt avait été complètement bouleversée depuis qu'il avait rencontré Davy, et en quelques mots, Davy venait de le mettre en pièces. Le sang pulsa dans ses tempes, et Kurt voulut de toutes ses forces frapper Davy à son tour, mais il envoya son poing contre le mur à la place. Quelques connexions dans son cerveau reconnurent que ses articulations seraient en piteux état demain, mais pour l'instant, il n'en avait rien à foutre.

— Et pourquoi non, bordel ?

— Parce qu'il est hors de questions que je sorte avec un autre putain de flic gay qui ne veut pas se l'avouer ! Je viens de passer dix ans à me cacher, et tu ne vas pas me ramener à ça ! J'ai trop perdu. Plus jamais.

La perte de Davy frappa Kurt en pleine face. Dans sa stupeur post-orgasmique, il avait, d'une certaine manière, oublié que le mec était toujours en deuil.

— Davy, je ne suis pas Ben. Et ce n'est pas le meilleur moment, mais je pense que si tu voyais un conseiller…

Un livre vola jusqu'à sa tête, lui coupant la parole.

132

— Va te faire foutre. Et toi dans tout ça ? Etais-tu simplement là-dehors en train d'attendre que je rentre chez moi ? Est-ce que ça ne fait pas un peu harcèlement ?

— Je n'attendais pas vraiment. Je me suis juste arrêté après la fête d'anniversaire de mon frère.

Davy serra les lèvres.

— Et… est-ce que j'ai rencontré un seul membre de ta famille ? As-tu parlé de moi ce soir ? Est-ce qu'ils savent que tu es ami avec moi ?

Kurt ne savait pas quoi répondre. Mais apparemment, son silence était suffisamment éloquent.

— Exactement, cracha Davy. Exactement comme cet enfoiré de Ben. Ça me va quand nous sommes seuls, mais ça ne me va pas que tu refuses de laisser qui que ce soit savoir que nous sommes *amis*.

Davy prononça le dernier mot avec une pointe d'amertume.

— Et pour Simon et Jen ? lança Kurt.

— M'aurais-tu présenté s'ils ne s'étaient pas invités à s'asseoir à notre table ? Je ne pense pas. Bon sang, je ne sais même pas où tu habites – tu ne m'as jamais invité dans ton appartement. Es-tu trop gêné à l'idée que tes voisins me voient ?

Un autre livre vola par-dessus sa tête.

— Ce n'est pas ça.

Bien sûr que non.

— Non, maintenant tu veux que nous soyons des amis qui couchent ensemble en secret.

L'amertume dans les mots de Davy écorcha le cœur de Kurt, même s'il ne pouvait lui en vouloir. Ce qu'ils avaient fait était trop bon pour être étiqueté d'une façon aussi moche.

— Ce n'est pas vrai. Je…

— Tu… tu es gay maintenant ? Tu vas le dire à tes amis et à ta famille ? A ceux qui ne savent même pas que j'existe ? Tu vas admettre que tu as embrassé un homme ? Baisé un homme ? Et tes copains flics ? Tu penses qu'ils accepteront de travailler avec un pédé ? Ben n'y croyait pas.

Kurt ne savait pas comment réagir face à cette avalanche. Tout était arrivé trop vite, et il n'avait pas eu l'occasion de réfléchir à toutes ces choses, et même s'il ne le regrettait pas, il n'avait pas de réponse pour Davy. Il n'était même pas sûr de pouvoir s'appeler lui-même gay ou simplement curieux. Mais les mots méchants effacèrent la dernière trace de contentement et pour laisser place au désespoir.

133

— Je veux simplement t'aider. S'il te plaît.

— Je n'ai pas besoin de ton aide, bordel. Arrête d'essayer de prendre soin de moi. Je peux le faire moi-même. Et je peux le faire sans toi. Maintenant fous le camp – et ne reviens pas – sinon j'appelle les flics.

Davy courut dans sa chambre et claqua la porte derrière lui.

Abasourdi, Kurt resta là, son pull dans la main. Il voulait suivre Davy, mais il ne savait pas quoi dire. Une petite part de lui voulait blesser Davy aussi durement que Davy l'avait blessé lui. Mais il ne voulait pas risquer de mettre Davy plus en colère. Et le vide douloureux qu'il ressentait en lui le rendait… imprévisible. Il respirait difficilement à cause de la douloureuse brûlure dans sa poitrine, luttant contre l'envie furieuse de réduire quelque chose en poussière.

Le surplus d'oxygène ne clarifia pas beaucoup plus son esprit. Il avait besoin de se calmer davantage, de plus de temps. Malgré la baise fabuleuse qu'il venait de connaître, peut-être que Davy avait raison quand il disait que c'était une erreur. Il enfila son pull, sans se soucier qu'il soit à l'endroit où à l'envers. Peut-être que les mots de Davy le guériraient de sa toquade passagère.

Claquant la porte derrière lui, il courut jusqu'à sa voiture, grimaçant alors que la flexibilité de son corps lui rappelait bien trop vivement ses récentes activités.

APRÈS S'ÊTRE douché et avoir fait disparaître les preuves de la nuit, Kurt appuya ses mains sur le comptoir de la salle de bains. Il inspira avant de lever la tête et de se faire face dans le miroir. Il n'avait pas l'air différent. Il n'y avait pas de lumière clignotante au dessus de lui disant qu'il avait baisé avec un mec. La couleur rose sur son menton due à l'abrasion de la barbe naissante de Davy aurait disparu avant le matin.

Un rire amer le surprit. Il avait perdu une virginité ce soir, et tout s'était passé si vite. Il aurait préféré qu'il n'y ait pas cette dispute et… Merde. Davy ne pensait pas ce qu'il avait dit, n'est-ce pas ? Il était juste en colère. Il n'avait pas complètement écarté Kurt de sa vie, pas vrai ?

Kurt avait peur. Qu'est-ce que cela signifiait pour l'avenir ? Il ne s'était jamais senti aussi peu sûr de lui. Aurait-il à nouveau des relations sexuelles avec Davy ? Kurt pouvait-il le permettre ? Seigneur, pouvait-il s'empêcher de le vouloir ?

— Je suis gay, murmura-t-il en regardant droit dans ses propres yeux.

134

Son estomac se souleva.

— Je suis gay, répéta-t-il plus fort, s'imaginant lui-même dire ces choses à sa mère.

Ses paumes devinrent moites.

Il imagina le dire à son frère, Ian. Sa respiration s'accéléra.

Son père. Son cœur palpita et il s'accrocha au lavabo alors que sa vision se brouillait.

— Je ne peux pas. Je ne peux tout simplement pas être gay. Je ne le suis *pas*.

Quelques respirations difficiles plus tard, il alla à la cuisine et sortit la vodka d'un placard. Il en restait assez dans la bouteille pour laver ses souvenirs, au moins temporairement. Il ne voulait pas se rappeler Davy le baisant. Pas tout de suite. Il ne voulait pas risquer d'être excité par quelqu'un qui détestait ce qu'ils avaient fait ensemble. Kurt devrait détester cela, et Davy aussi. Il aurait dû se sentir violé.

Ce n'était pas le cas. La brûlure, même maintenant, était un rappel agréable du meilleur orgasme qu'il avait jamais eu. Mais il ne pouvait pas gérer toutes les choses qui allaient avec.

Parce qu'il ne pouvait pas être gay.

XIII

CELA FAISAIT plus de deux semaines. Sans aucun doute la plus longue période qu'il avait passé sans voir Davy depuis qu'ils s'étaient rencontrés. Kurt s'affala dans sa chaise et fit tourner son téléphone sur son bureau à côté d'un dossier qu'il avait ignoré durant ces deux dernières heures.

Davy avait coupé toute communication. Ils se parlaient rarement au téléphone avant, mais maintenant il n'envoyait plus aucun message non plus. Plusieurs fois, Kurt était passé devant la maison de Davy – les jours de match – mais sa voiture n'était pas dans l'allée, et la maison était sombre, même les lumières de Noël étaient éteintes.

Aussi tenté qu'il soit de s'asseoir devant la maison de Davy, et d'attendre de voir s'il revenait en compagnie d'Andrew – pour qu'il puisse lui coller une raclée – il parvint à se retenir et à continuer de conduire. Quelque part, il pensait que tout redeviendrait comme avant. Mais cet espoir s'amenuisait un peu plus chaque jour.

Kurt n'avait pas appelé ni envoyé de messages lui non plus. Les questions difficiles que Davy avait soulevées tournaient en boucle dans sa tête. Elles devenaient plus assourdissantes quand Kurt était seul, mais la vodka les atténuait un peu. Aussi agonisant que cela soit d'entendre constamment la voix de Davy dans son cerveau, jusqu'à ce qu'il ait des réponses, il ne pensait pas avoir le droit de le contacter. Cela ne l'empêchait pas de penser que Davy cèderait, donnerait un répit à cette torture.

Seize jours. Cela le tuait de ne pas savoir si Davy allait bien. Détestait-il Kurt ? Ou ne ressentait-il aucune perte ? Kurt n'avait peut-être pas laissé un trou béant dans sa vie, comme Davy l'avait fait dans la sienne.

Un soupir particulièrement lourd fit lever les yeux de Simon du rapport qu'il écrivait. Kurt avait complètement foiré l'écriture de ce rapport – il n'avait pas été capable de se concentrer – et Simon avait pris le relais sans un mot.

— Tu es sûr que tu ne veux pas venir dîner ce soir ? Jen se pose des questions à ton sujet.

— Non, merci. Je ne serai pas de très bonne compagnie.

Simon serra les lèvres et retourna à son rapport sans répondre. Kurt lui en fut reconnaissant. Il avait une dette envers lui, Simon lui apportait un soutien inconditionnel. Kurt devrait accepter l'invitation. Aller dîner chez Simon, avec ou sans quelques-uns de leurs autres amis, était devenu une habitude hebdomadaire. Une tradition. Comme pour se faire encore plus de mal, Kurt était rentré dans son appartement silencieux toutes les nuits depuis deux semaines. Il regardait la télévision et buvait, le téléphone à ses côtés, faisant semblant de ne pas être en train d'attendre que Davy l'appelle.

— Peut-être la semaine prochaine, offrit Kurt.

Peut-être que la semaine prochaine il pourrait prétendre être heureux.

Simon lui adressa un rapide sourire, mais l'expression de ses yeux disait à Kurt qu'il ferait mieux de s'en sortir bientôt, sinon Simon allait vouloir une explication.

Christa s'approcha de son bureau et se pencha vers lui, son parfum fleuri trop doux pour ses narines.

— Salut, Kurt.

— Hé, Christa. Qu'est-ce que je peux faire pour toi ?

Kurt avait appris à ne pas demander ce dont elle avait besoin. Il n'aimait pas le regard langoureux de biche qu'il obtenait en retour.

— J'ai du courrier pour toi.

Christa lui tendit une enveloppe blanche de taille standard avec une adresse manuscrite.

— Merci.

L'adresse de retour était celle du domicile de Davy. Et Christa qui ne voulait apparemment pas lui foutre la paix, était en fait en train de lui sourire, dans l'expectative.

— Tu ne l'ouvres pas ?

Quel était son problème ? Bien sûr, il ne recevait jamais de courrier personnel au boulot, mais bon, comme Davy le lui avait fait remarquer, il ne savait pas où il vivait, et en tant qu'inspecteur de police, il prenait grand soin de s'assurer que son adresse personnelle ne puisse pas être trouvée par de simples recherches sur Internet.

— Ce n'est rien.

Kurt glissa l'enveloppe dans la poche de son manteau et reporta son attention sur son ordinateur. Christa haussa les épaules et retourna s'asseoir à son bureau.

La peau de Kurt le démangeait. Il avait besoin de voir ce qu'il y avait dans cette enveloppe plus qu'il n'avait besoin de respirer. Mais si Christa ne le regardait pas, Simon le faisait. Ou son patron. Ou ce mec, Ivan, de la brigade des stupéfiants, qui était gay lui aussi. Non, pas *aussi*.

Et qu'est-ce que c'était que tout ça de toute façon ? Emettait-il des vibrations qui pouvaient être captées par un radar à gay ? Ou était-il simplement plus sensible maintenant ? Ou... Merde... est-ce qu'Ivan *connaissait* Ben ?

Les deux dernières semaines au boulot avaient été révélatrices. Maintenant qu'il y faisait attention, il entendait assez d'insultes et d'insinuations pour se rendre compte que tout le monde n'était pas aussi ouvert qu'il le devrait au sujet des policiers qui étaient de l'autre bord. Kurt espérait pour ces mauvaises langues que Nadar n'entende pas parler d'elles, mais cela ne semblait pas arrêter certains des pires détracteurs – au moins c'était tous des types dont Kurt pensait déjà qu'ils étaient des cons. Cela ne changeait rien au fait qu'admettre quoi que ce soit l'aurait soudainement placé dans la catégorie des 'eux'. Ce qu'il ne souhaitait absolument pas.

Ivan marcha vers lui et se pencha, sa bouche proche de l'oreille de Kurt.

— Hé, mec, je pensais juste que tu aimerais le savoir, nous sommes sur le point d'arrêter Novi.

Sa voix était basse, mais audible.

Il lui fallut une minute pour se rendre compte qu'Ivan n'était pas en train de lui proposer un plan cul, ici, devant tous leurs collègues, et pour laisser sa panique disparaître.

— Sérieusement ?

— Ouais. Garde-le pour toi, cependant. Je ne suis pas supposé parler de ça, mais j'ai pensé que tu avais le droit de savoir. Nous allons avoir ce connard.

— Merci, j'apprécie.

Et c'était vrai. Kurt n'avait jamais vraiment eu de raison de parler à Ivan, mais c'était un mec bien. Il ne méritait pas la merde dans laquelle on le mettait parfois.

Bordel. Il remuait sur sa chaise. S'agitait avec des stylos sur son bureau. Faisait défiler ses e-mails sans rien voir. Qu'y avait-il dans cette foutue enveloppe ?

Simon lui jeta un regard soupçonneux.

— J'ai presque terminé le rapport. Je vais me chercher un café et ensuite nous sortirons. Tu en veux un ?

— Bien sûr.

Le café ne faisait pas bon mélange avec la vodka qu'il utilisait pour dormir la nuit, mais puisqu'il s'évanouissait plus qu'il ne dormait, il avait besoin de café. La nourriture ne faisait pas non plus bon mélange avec l'alcool ; il n'arrivait pas à se rappeler s'il avait mangé quelque chose aujourd'hui.

Simon s'éloigna, et pour une fois, les yeux de Christa n'étaient pas fixés sur lui. Déplaçant son corps loin d'elle, il tira prudemment l'enveloppe de la poche de son manteau. Chaque petite déchirure de papier résonnait comme un coup de feu, mais Kurt savait que les bruits de l'étage couvraient tous les sons compromettants.

À l'intérieur il y avait une unique feuille de papier pliée. Kurt la déplia mais il lui fallut quelques secondes pour comprendre de ce qu'il avait en face des yeux.

Des tests sanguins. Une copie des résultats des tests sanguins de Davy… datés de deux jours après qu'ils aient baisé. Négatifs.

De l'acide brûla sous son sternum. Pas une fois il n'avait considéré les implications de ce qu'ils avaient fait sur sa santé. Et bordel, il aurait dû. Il froissa le bout de papier et le fourra dans sa poche.

La réalisation de son imprudence le submergea, le secouant comme une bouée dans l'océan. Son estomac se souleva. Encore.

Kurt sauta sur ses pieds et courut vers les toilettes pour hommes, poussant la porte d'une stalle juste à temps pour vider son estomac dans les toilettes.

Non pas qu'il eût beaucoup à rendre. Il avait à peine mangé depuis l'anniversaire de Mikey. Mais il ne pouvait pas s'arrêter de vomir.

Des pas lourds déboulèrent dans la pièce, s'arrêtèrent, puis il entendit le bruit de la serrure se fermer.

— Bon sang, dit Simon derrière lui. Tu as besoin que j'appelle les urgences ?

— Non, haleta Kurt entre deux violentes nausées.

Finalement, fourbu, il glissa contre le mur de métal froid de la stalle dans laquelle il se trouvait. Faiblement, il tendit la main pour tirer la chasse. Simon avait disparu, mais il revint avec une serviette en papier imbibée d'eau. Kurt nettoya son visage et jeta le papier dans la cuvette.

— Tu as une sale tête. Ça fait deux semaines. Tu devrais vraiment rentrer chez toi, te reposer, et te débarrasser de ce virus ou quoi que ce soit.

Virus. Kurt en aurait ri si ses tripes ne le brûlaient pas. A la place, il hocha la tête.

— Tu as besoin que je te ramène chez toi ? Est-ce que tu veux que j'appelle un de tes frères ?

Oh bon sang, non. La dernière chose dont il avait besoin en ce moment était d'avoir sa famille aux petits soins pour lui. Il avait besoin d'être seul. En dehors de sa foutue blessure, il était rarement malade – il lui restait tout un tas de congés maladie à prendre.

— Tu as raison. Je rentre chez moi. Mais n'appelle personne, ça ira pour conduire.

— Tu en es sûr ?

Simon l'aida à se mettre debout, et il chancela vers l'évier.

Il avait effectivement une sale gueule. Après s'être rincé la bouche, Simon déverrouilla la porte.

— Hé, peux-tu me rendre un service ?

— Quand tu veux, Kurt. Tu sais ça ?

Kurt avait dit la même chose plus d'une fois à Davy, et il dut se mordre la lèvre pour lutter contre la douleur.

— Peux-tu aller chercher mon manteau et me retrouver à la voiture ? Je préférerais ne rencontrer personne pour l'instant.

— Ouais, bien sûr. Vas-y. je te rejoins là-bas en un rien de temps.

— Merci.

Simon avait l'air de vouloir prendre Kurt dans ses bras pour l'étreindre, mais heureusement, il s'écarta simplement de son chemin pour le laisser atteindre la sortie.

Cet après-midi là, après un arrêt prolongé au magasin d'alcool, Kurt s'assit avec plusieurs bouteilles de vodka et envoya un message à Davy.

Et encore un dix minutes plus tard.

Et un troisième après quelques verres supplémentaires de vodka. Dès qu'il eut décidé que Davy n'allait pas répondre, il téléphona au bureau pour prendre le reste de la semaine, espérant qu'il pourrait rester chez lui et se cacher sans alerter sa famille.

ALORS QUE Simon les conduisait sur la dernière scène de crime, le téléphone de Kurt bipa, les alertant d'un nouveau message. Des semaines plus tard, il espérait toujours que ce soit Davy. Mais, malgré le déluge de textos et occasionnellement de messages vocaux que Kurt avait envoyés juste après avoir reçu les résultats des tests, Davy n'avait pas rompu le silence. Pas une seule putain de fois. Kurt était passé devant chez lui plusieurs fois depuis, avait vu la voiture de Davy dans l'allée. Le courage qui l'avait fait débouler chez Davy ce premier jour l'avait complètement abandonné. Davy ne voulait pas le voir.

Kurt continuait de lui envoyer un message chaque jour, peu importait à quel point il savait que c'était futile et stupide. Et, à chaque fois qu'il recevait un message, une part de lui espérait toujours, priait que ce soit Davy.

C'était sa mère cette fois. Casse-pieds.

— Simon, toi et Jen vous voulez venir manger à Noël avec ma famille ? Tu as dit que tu ne rentrais pas voir tes proches cette année.

— Je demanderai à Jen, mais un repas de Noël ? Avec vous tous ? Es-tu sûr que ta mère veuille recevoir autant de monde ? Ou est-ce au restaurant ?

— Bien sûr que non. Maman ne tolérerait jamais que le repas de Noël se fasse au restaurant. Mais il n'y aura pas autant de monde que tu le penses. En fait il n'y aura que mes frères, la femme de Mike et leurs enfants. Les jumelles vont faire du ski avec Mark, Evan et leurs enfants, et Erin sera chez ses beaux-parents.

— Très bien, Jen et moi avions prévu un dîner tranquille, mais je suis sûr qu'elle adorerait venir.

Kurt transmit à sa mère l'acceptation provisoire de Simon. Elle répondit immédiatement, et Kurt dut répondre – fermement – qu'il n'amènerait personne de son côté. Seigneur. Que ferait sa mère s'il ramenait un homme à la maison ? Comment quelqu'un pouvait-il même sortir avec un homme sans se faire tabasser ou moquer ? Était-il trop vieux pour apprendre de nouvelles habitudes, de nouvelles règles ? Il s'inquièterait de sortir beaucoup, beaucoup plus tard. Il était toujours aux prises avec l'idée d'avoir perdu Davy et de *vouloir* sortir avec des hommes, sans avoir peur de le faire.

En outre, le repas de Noël était une occasion spéciale. Il aurait pu amener Davy, mais il ne pouvait simplement amener personne, homme ou femme.

IAN PASSAIT un chiffon sur le bar.

— Je ne peux pas croire que nous soyons resté coincé au bar un des jours les plus chargés de l'année.

141

Le jour de la Saint Valentin était toujours chargé, mais cette année, pour célébrer leur quarante-cinquième anniversaire de mariage, ses parents avaient décidé de faire une promotion spéciale. Ce qui signifiait un surplus de folie pour la journée.

— Hé, ça pourrait être pire, nous pourrions desservir les tables. Vraiment, ce travail ne me manque pas.

Kurt réarrangea les décorations devant lui. Il ne lui avait pas échappé que lui et Ian étaient les seuls membres de la famille qui travaillaient ce soir.

— Tu as un rencard ce soir ? lui demanda Kurt.

Cela pourrait expliquer le mécontentement de Ian.

— Est-ce que tu te fous de moi ? D'abord, il y a des moyens moins coûteux pour se retrouver sous les jupes d'une nana. Et deuxièmement, tu demandes à une fille de sortir avec toi à la Saint-Valentin et elle s'attendra à une demande en mariage, sans aucun doute.

Ian souffla et secoua la tête comme si Kurt était le mec le plus naïf de la planète.

Est-ce que les hommes attendaient les mêmes choses ? Est-ce que les gays célébraient aussi la Saint-Valentin ? Il ne le savait pas. Le manque de connaissance ne l'avait pas empêché d'acheter une unique rose rouge qu'il avait laissée devant la porte de Davy cet après-midi. Il avait soigneusement choisi un moment où Davy n'était pas chez lui et où il n'avait aucune chance de tomber sur l'un de ses petits copains, en supposant – craignant – que Davy en eût un.

Pathétique. Stupide et pathétique – tant son achat que son incapacité à faire face à Davy comme un homme. La symbolique de toute sa vie. Ses messages quotidiens à Davy s'étaient réduits à un par semaine, mais il n'était toujours pas capable de dire ce que Davy voulait entendre – qu'il était prêt à dire la vérité au monde sur ce qui était arrivé entre eux.

En fait, il s'était envoyé des verres toute la nuit, essayant d'étourdir la douleur qui l'attendait à la vue d'une pièce remplie de couples, heureux de célébrer leur amour.

— Dylan devrait être ici avec nous, dit Ian.

— Je sais. J'ai été surpris quand il nous a présenté une fille au dîner de Noël. Est-ce que tu savais quelque chose à son sujet ?

— Rien du tout. Il devait craindre que je lui fasse tourner la tête avant que ses sentiments ne soient sérieux.

Ian agita ses sourcils et se mit à rire.

— Dylan aime ses secrets.

— Comme toi, rétorqua Ian.

Son visage devint soudain sérieux, et l'air autour de Kurt se fit plus rare.

— Qu'est-ce… que tu veux dire ?

— Tu as évité la famille ces derniers temps, et tu as l'air… affamé. Est-ce que tout va bien ?

Kurt serra les lèvres. C'était exactement la raison pour laquelle il avait évité sa famille. Ils le connaissaient tous trop bien. Noël aurait pu être pire, mais avec ses sœurs absentes, seule sa mère avait vraiment prêté attention à lui. A ce moment-là, il n'avait pas encore perdu autant de poids.

Elle l'avait entraîné dans la cuisine et lui avait posé exactement la même question.

— Mon chéri, est-ce que tu vas bien ? As-tu été malade ?

Kurt n'avait pas été capable de la regarder dans les yeux. Il avait été effrayé de ce qu'elle pourrait voir – sa mère semblait toujours tout savoir de lui et des secrets de ses frères et sœurs. Mais il ne pouvait pas la laisser découvrir celui-ci. Pas question.

— Oh, mon bébé. Est-ce que c'est cette fille ? Toujours pas de chance ?

Sa mère l'avait prit étroitement dans ses bras, le haut de sa tête atteignant à peine son épaule. Kurt avait réussi à effacer une larme furtive avant qu'elle ne le laisse partir.

— Il n'y a pas de fille, maman.

Kurt espérait qu'elle n'interpréterait pas correctement le double sens de cette déclaration. Il pensa plutôt que c'était la plus proche qu'il serait jamais capable de fournir sur son état.

— Eh bien, tu ferais mieux de manger ce soir. T'affamer au point d'être malade pour une fille qui manque manifestement du bon sens que Dieu lui a donné… je ne comprends pas. D'autre part, si elle ne peut pas voir quel homme bien tu es, elle n'est pas une fille pour toi.

Pas pour lui. Les mots tranchèrent dans le vif, logeant la douleur un peu plus profondément dans ses tripes. Il mangea cette nuit-là, essayant d'être normal, mais ensuite il rentra chez lui, s'enivra à s'en rendre stupide, et vomit le tout quelques heures plus tard. Cela devenait bien trop fréquent, mais il ne trouvait pas les freins pour arrêter ce train fonçant à grande vitesse sur la mauvaise voie.

LE CLAQUEMENT d'une serviette humide contre son épaule le tira de ses souvenirs.

— C'était pour quoi ça, merde ?

Ian le regarda attentivement. Kurt ne se rappelait pas de la dernière fois qu'il avait utilisé des gouttes oculaires. Utiliser ce genre de chose pour cacher ses yeux injectés de sang était également devenu une habitude récurrente.

— Je t'ai demandé si tu allais bien, dit Ian. Et tu as complètement déconnecté. Qu'est-ce qui se passe ?

— Rien du tout. Mais qu'est-ce qui ne va pas avec vous tous ? Est-ce que je ne peux pas passer une putain de mauvaise journée de temps en temps ?

Kurt jeta le verre qu'il tenait dans l'évier où il se brisa. Les yeux de Ian s'agrandirent et bien qu'il sache qu'il le regretterait plus tard, il écarta son frère de son chemin et se dirigea vers la salle de pause. L'affluence au bar était passée, tout comme les clients du restaurant étaient maintenant plus occupés à rentrer chez eux et aller baiser à en perdre la tête – bordel de merde – qu'ils ne l'étaient à boire un verre de plus. Ian pouvait s'occuper seul de la fermeture, enfoiré de curieux.

Une minuscule morsure de culpabilité grignota sa conscience, mais elle ne suffit pas à couvrir le champ des sirènes provenant de sa cuisine avec son stock nouvellement approvisionné de vodka. Dans son appartement merdique, il pourrait finalement boire assez pour oublier. Au moins pour quelques heures.

KURT FRAPPA à la porte du bureau de l'inspecteur Nadar.

— Entrez

Après avoir refermé derrière lui, Kurt prit un siège. Assez de rumeurs circulaient dans tout le poste quand il était arrivé pour avoir des soupçons sur ce que Nadar allait lui dire.

— O'Donnell, je sais que les derniers neuf mois et demi ont été difficiles pour vous.

Kurt retint à peine son grognement de mépris.

— Je sais à quel point vous vouliez rejoindre l'équipe d'investigations sur la mort de Ben, mais vous étiez trop proches, et quand nous avons réalisé que Ben avait été tué par vengeance, en raison de son ancien poste à la Brigade des Stupéfiants, eh bien, il semblait simplement plus normal de leur renvoyer l'affaire. Mais c'est du passé tout ça.

Kurt se foutait de tout ça comme d'une guigne. En particulier si les rumeurs étaient vraies. Il n'avait jamais compris pourquoi Nadar tournait autour du pot sur certains sujets et était presque douloureusement direct sur d'autres.

— L'équipe envoyée pour appréhender Viktor Novikov tard la nuit dernière a essuyé des tirs et a été contrainte de répondre à la fusillade.

Pendant une demi-seconde, Kurt ne comprit pas que Nadar était en train de parler de Novi, l'Ours Russe.

— Novikov est mort à l'hôpital tôt ce matin, mais il ne fait de doute pour personne qu'il était responsable de la mort de Ben.

Bien qu'il fût assis là, heureusement sans expression, une joie sombre et amère l'envahit. Joyeuse Saint-Valentin à lui, avec un jour de retard. L'Ours avait eu ce qu'il méritait, néanmoins Kurt aurait voulu être celui à avoir délivré le coup fatal. Mais il avait une question importante.

— Monsieur, avez-vous informé…

— La famille de Ben ? Oui, dès que je l'ai su.

— Merci. Y a-t-il autre chose ?

— J'aimerais que vous preniez le reste de la semaine, que vous assimiliez la nouvelle.

Kurt haussa les épaules et quitta le bureau de Nadar.

— Hé, mec, tu vas bien ? Je viens juste d'apprendre.

Simon se précipita à sa rencontre.

— Tout va bien. Mais Nadar me renvoie chez moi jusqu'à lundi.

— C'est probablement une bonne chose. Appelle-moi si tu as besoin de quoi que ce soit.

Une bonne chose. Il ne voulait pas rentrer chez lui. Il commençait à détester son appartement, et il ne pouvait pas aller chez Finn's ou chez n'importe quel membre de sa famille. Ils l'étoufferaient. Au moins, il pouvait se consoler en sachant que Davy pourrait d'une certaine façon refermer le dossier de ce triste passé et n'aurait pas à faire ressortir toute cette douleur au procès. Égoïstement, la pensée lui était venue qu'il aurait eu une chance de voir Davy au procès, mais cela n'arriverait plus maintenant.

Kurt envoya un message de plus à Davy pour l'informer de la situation même si, comme pour les autres, il ne s'attendait pas à recevoir une réponse.

145

Dehors, dans la neige fondue et la lumière grise de ce jour de février, Kurt conduisit d'abord jusqu'au magasin d'alcool, juste au cas où il n'en aurait pas assez chez lui pour s'étourdir pendant les prochains jours et dormir. Parce qu'il n'avait pas l'intention de quitter son appartement jusqu'au lundi matin. Bon sang, peut-être même qu'il ne se laverait pas jusque-là, non plus.

KURT OUVRIT le frigo et contempla les bières pendant quelques minutes.

Merde. Il claqua la porte et attrapa la bouteille de vodka. Il ajouta des glaçons dans un verre et versa l'alcool par-dessus.

Il toucha le téléphone, mais il n'avait pas assez faim pour se donner la peine de commander quelque chose. En plus, une fois qu'il aurait ingurgité assez d'alcool, il n'aurait plus faim du tout.

Affalé sur le canapé, le verre à la main, il zappa sur un match de hockey. Il continuait de regarder à sa droite, comme si Davy allait apparaître. Mais alors, il ne pouvait imaginer Davy dans son appartement, sur son canapé, regardant sa télévision. Parce que Davy avait raison. Kurt avait fait irruption dans sa maison et dans sa vie, mais il n'avait jamais eu la courtoisie d'inviter Davy chez lui. Il était vraiment un moins que rien, et il détestait regarder un match tout seul.

Il pouvait toujours aller chez Finn's, mais pour cela il aurait fallu qu'il se douche. Et qu'il se rase. Cela faisait des jours qu'il n'avait fait ni l'un ni l'autre, et il n'avait aucune intention de le faire avant de devoir retourner travailler le lundi. En outre, la compagnie de sa famille ne l'intéressait pas, il préférait échapper à leurs questions indiscrètes.

À la télé, le gardien laissa passer un but spectaculaire. Davy aurait exulté et juré comme un charretier. Il s'animait en regardant le hockey, beaucoup plus que devant un match de base-ball.

Kurt continua de fixer l'écran, sans réellement voir aucun des jeux suivants, se remémorant le premier match de hockey qu'il avait regardé avec Davy. À la première décision discutable des arbitres, celui-ci avait sauté du canapé, en criant et jurant. Il avait fait tomber sa bière et regardé Kurt, complètement choqué et embarrassé. C'était... Putain... ça avait été si foutrement attendrissant. Kurt avait ri à n'en plus finir tandis qu'il aidait Davy à nettoyer la bière renversée.

Une acclamation provenant de la télé ramena son attention sur l'écran, et il essaya d'avaler une nouvelle gorgée, mais il ne restait rien d'autre dans le verre que les glaçons. Des larmes mouillaient son visage, et il les essuya d'un revers de la main.

— Fait chier tout ça.

Il envoya le verre contre le mur, où il explosa dans un fracas satisfaisant, les glaçons fondant sur les éclats de verre étincelant. Il attrapa une bouteille de bière qui se trouvait à proximité et l'envoya voler, ajoutant des éclats marron aux morceaux de verre transparents.

Après la fin du match – il n'avait aucune idée de qui avait gagné, et il n'était même pas sûr de savoir qui avait joué – il vacilla vers le mur pour nettoyer le verre brisé.

Du rouge se mélangea et tournoya dans l'eau. Kurt retourna sa main, la profonde coupure ne lui fit aucun mal jusqu'à ce qu'il arrache le morceau de verre. À ce moment-là, oui, ça lui fit un mal de chien.

Qui avait inventé cette expression d'ailleurs ? Cela n'avait aucun sens. La pulsation continue lui permit de rester plus ou moins concentré sur sa main et sur le filet écarlate qui coulait de la blessure. Il nettoierait cette merde le lendemain.

Il enroula une serviette à peu près propre autour de sa plaie et s'effondra sur le lit complètement habillé. Avant de sombrer dans le sommeil, il espéra seulement que la coupure aurait suffisamment guéri le lundi pour que personne ne lui pose de questions.

XIV

CELA FAISAIT deux jours que Kurt était retourné travailler et il était heureux que sa fureur se soit en grande partie apaisée. Il ne voulait pas vraiment parler de Ben ou de Novi ou de quoi que ce soit d'autre. Il préférait arpenter les rues qu'écouter les commérages au poste de police. Tout ce qui l'intéressait à cet instant était de faire parler ce fichu témoin. Vraiment dommage que ce Wally soit une petite frappe de toxicomane fainéante.

Il encastra Wally contre le mur de briques et se pencha pour lui siffler une menace.

Simon le saisit par l'arrière de son col, le tirant en arrière et le soulevant sur ses orteils. Connard de géant. Alors que Kurt ne représentait plus un danger, Wally glissa sur une plaque de neige fondue et tomba sur un genou.

— Merde, arrête ça, O'Donnell, siffla Simon à son oreille.

Pour un spectateur extérieur, il n'aurait probablement pas semblé que l'homme le plus grand des deux retenait activement l'autre, mais Kurt aurait dû fournir un gros effort pour se libérer.

— Tire-toi de là, Wally, ordonna Simon.

Le petit homme dépenaillé ne perdit pas son temps à suivre les instructions de Simon. Il se releva du sol et se mit à courir.

Kurt se tordit dans la prise de Simon, mais ne réussit qu'à s'étouffer lui-même.

— Mais qu'est-ce que tu fous ? Il s'enfuit !

Simon ouvrit la main et Kurt vacilla alors que tout son poids revenait sur ses propres pieds. Il se retourna pour faire face à Simon, seulement pour être accueilli par le regard féroce que celui-ci réservait aux suspects les plus récalcitrants. Ce qui l'enragea encore plus.

— Je l'avais. Merde, pourquoi tu as fait ça ?

— Si nous avions arrêté ce mec, tu aurais été suspendu.

En fait, Simon ne termina pas sa phrase avec les mots *espèce d'idiot*, mais Kurt les entendit dans son ton mordant de colère.

— Bordel, qu'est-ce que tu racontes ?

148

— Tu étais à la limite de la brutalité, et cette petite merde l'aurait crié à qui veut l'entendre à la seconde où il aurait mis un pied au poste. Qu'est-ce qui ne va pas chez toi ?

— Il n'y a rien qui cloche chez moi ! Pour qui tu te prends, ma mère ?

Kurt serra les dents, les poings, se balançant sur ses talons. L'adrénaline affluait, et il allait devoir décider – très vite – si ça valait la peine d'envoyer un coup de poing à son partenaire.

— Seigneur, Kurt. Monte dans cette putain voiture.

Simon ne lui laissa pas exactement le choix, et le força à s'asseoir sur le siège passager à l'aide de son énorme masse corporelle. Kurt ne souhaitant pas particulièrement être bloqué, ou contraint d'utiliser les transports publics, il boucla sa ceinture et croisa les bras.

— Et pour Wally ? demanda Kurt dès que Simon fut monté dans la voiture. Il est toujours suspect, et tu l'as laissé partir.

L'accusation fit tressaillir un muscle de la mâchoire de Simon.

— Il ne constitue pas une bonne piste et tu le sais.

Simon démarra la voiture et se mit en route.

Ils roulèrent en silence, le crépitement fort et intrusif de la radio entre eux. Quand Simon s'arrêta devant l'immeuble où se trouvait l'appartement de Kurt, sa colère s'était légèrement adoucie.

— Que fait-on ici ?

— Sors de la voiture.

Sans attendre de réponse, Simon se dirigea vers l'entrée du bâtiment et attendit qu'il le suive.

Le voile rouge de sa colère s'estompa, et Kurt dut admettre qu'il avait peut-être un peu dépassé les bornes. Mais ce n'était pas à Simon de le dorloter, ou de le protéger de ses propres actions. Simon était son partenaire, pas un parent à lui.

— Entre, dit Simon d'une voix toujours tendue.

Kurt ouvrit la porte de son appartement, enleva son manteau et se jeta sur le canapé comme un adolescent boudeur. Simon entra dans la cuisine… et revint aussitôt avec une bouteille de vodka vide. Il s'assit sur la table du salon face à Kurt et posa la bouteille de vodka – une des nombreuses que Kurt était sûr de ne pas encore avoir jetées – à côté de lui.

— Bon sang, Kurt.

La colère avait disparu, remplacée par quelque chose d'autre. De la pitié, peut-être. Kurt ne voulait pas l'entendre… ou la voir, donc il évita ses yeux. Il ne pensait cependant pas que Simon s'en irait s'il s'enfermait dans la salle de bains.

— Combien en as-tu bues ? Mais que se passe-t-il, bordel ?

Cette fois, il n'y avait pas d'agressivité dans ses mots pour hérisser les poils de Kurt.

— Je t'ai regardé t'enfoncer pendant des mois, mais je ne pensais pas que c'était moche à ce point.

Simon fit un geste de la main vers la cuisine. Kurt osa jeter un rapide coup d'œil ; l'inquiétude et la préoccupation se lisait sur le visage de Simon, mais il put à peine regarder son ami dans les yeux.

— Allez, Kurt. Parle-moi. Je suis ton partenaire. Je suis ton ami. S'il te plaît, laisse-moi t'aider, parce que tu ne peux pas continuer comme ça.

Kurt ouvrit la bouche, essayant de formuler les mots 'tout va bien', comme il l'avait dit et répété au cours des derniers mois.

A la place, il hoqueta, ses yeux se remplirent de larmes et le brûlèrent, et il déballa toute son histoire avec Davy. Chaque détail sordide et horrible, chaque sombre secret, ses peurs, son indécision, sa perte qui lui déchirait les entrailles.

Simon se leva seulement pour aller chercher un rouleau de papier toilette pour permettre à Kurt de se moucher. Autrement, il ne fit rien pour stopper le flot de paroles que Kurt avait gardées en lui depuis la mort de Ben. Comme pour n'importe quel débordement, une fois le barrage brisé, on ne pouvait plus endiguer le flot jusqu'à ce qu'il s'arrête de lui-même, emportant sur son passage des lambeaux de son âme pour le plus grand plaisir de Simon.

A la fin, Kurt regarda ses mains, tordant le papier toilette mouillé entre ses doigts. Sa gorge était irritée d'avoir trop parlé, comme s'il avait avalé du papier de verre, et la peau de son visage était tendue et douloureuse comme une prune sur le point d'éclater. Mais Simon n'était pas parti. Ne lui avait pas balancé son poing dans la figure. N'avait pas ri. Il n'avait pas non plus dit un mot depuis que Kurt s'était arrêté de parler, et le silence était suspendu, épais et lourd, au-dessus de son canapé bon marché. Kurt avait-il une fois de plus détruit une amitié ? Etait-il sur la bonne voie pour perdre tous les amis qu'il avait dans sa vie ? Pour quoi devrait-il vivre, alors ?

Simon prit une profonde inspiration et la laissa ressortir, envoyant voler les morceaux de papier toilette déchiquetés qu'il avait entre les mains.

— Ouf. Je comprends maintenant. Je vais juste te dire une chose, là, tout de suite. Je ne peux pas savoir à ta place si tu es gay ou non, mais je pense que si tu es honnête avec toi-même, tu connais déjà la réponse à cette question. Si tu décides que tu l'es, si tu décides de t'ouvrir… je suis ton ami. Je serai toujours ton ami. Et cela blesse les gens qui tiennent à toi de te voir te démolir comme ça, dit-il en haussant un sourcil. Bon, je ne pense pas que tu aies encore besoin de picoler, hein ?

Un demi-sourire étira le visage de Kurt. Jamais il n'avait ressenti un tel soulagement.

— Et je t'ai regardé boire ton poids en café chaque jour depuis des semaines. Est-ce que tu as du thé, peut-être ? Sinon je peux demander à Jen d'en apporter.

Précisément ce que sa mère aurait prescrit.

— Mes parents sont Irlandais. J'ai du thé, quelque part, coassa-t-il.

Simon frappa ses mains sur ses cuisses et se leva, surplombant Kurt.

— Reste assis. Réfléchis. Retourne tout ça dans ta tête, même. Mais ne t'inquiète pas, d'accord ?

Contre sa volonté, le demi-sourire revint, et il pencha sa tête en arrière contre les coussins du canapé, laissant le bruit familier de la préparation du thé l'apaiser et le détendre comme rien n'avait pu le faire depuis des mois.

Kurt avait dû s'assoupir un moment, parce que Simon était à nouveau assis en face de lui, une grande tasse fumante dans les mains. Sa mère avait dû le convaincre de garder du thé dans son appartement, mais elle n'avait jamais pu obtenir de lui qu'il ait des tasses à thé. Il prit le mug qui lui était offert, laissant la chaleur se diffuser dans ses mains froides, la vapeur soulageant sa peau gonflée.

Il attendit d'avoir pris plusieurs gorgées avant de parler.

— Tu t'en fiches vraiment ?

— Vraiment. Je connais des salauds qui t'en feront voir de toutes les couleurs. J'ai entendu que ce type, Ivan, à la Brigade des Stups, subissait pas mal d'emmerdes… Mais je n'ai jamais vu personne d'aussi confus que toi. Ce genre de secret t'embrouille la tête. Je sais également qu'Ivan a autant d'amis que de détracteurs.

— Je dois le dire à mes parents, n'est-ce pas ? Je ne sais pas si Davy me reparlera un jour, mais…

— Mais pour avoir ne serait-ce qu'une chance avec lui ? Alors oui, je pense que tu dois le dire autour de toi. Et rappelle-toi, ça ne fait même pas encore un an que Ben est mort. Vous avez besoin tous les deux d'un peu de temps pour rassembler vos esprits. Pour récupérer.

Kurt n'avait pas manqué de remarquer qu'ils étaient en train de discuter comme si Kurt était définitivement gay. Mais bon, comme Simon l'avait dit, s'il était honnête avec lui-même, il le savait déjà.

— Mais, et s'il ne...

Simon balaya l'air d'une main.

— Tu devras le laisser partir. Avancer. Mais cette inquiétude est pour plus tard. Tu as besoin de t'occuper de *toi*, d'abord. Ensuite seulement tu pourras te préoccuper d'une quelconque relation potentielle, d'accord ?

A l'idée de laisser partir Davy, Kurt sentit une sorte de vide douloureux brûler profondément en lui. Mais encore une fois, Simon avait raison. Une fois qu'il serait redevenu lui-même, il pourrait s'occuper de récupérer Davy. S'il ne pouvait pas être avec lui, alors au moins il essaierait de réparer leur amitié, d'une façon ou d'une autre.

— Une dernière chose, dit Simon. La boisson ?

— Je vais laisser tomber l'alcool. Je te le promets. Je ne suis pas alcoolique, je ne pense pas.

— Je ne le pense pas non plus. Mais si tu as le moindre problème à t'en débarrasser, dis-le-moi. Tu as compris ?

— J'ai compris. Merci, Simon.

Simon lui pressa l'épaule.

— Va dormir. Je parie que ça fait une paye que ça ne t'est pas arrivé.

Dans une transe semblable à celle d'un zombie, Kurt suivit la suggestion de Simon et alla se coucher. Alors qu'il tombait sur le matelas, le bruit des bouteilles tombant dans la poubelle et de la vaisselle s'entrechoquant dans le lave-vaisselle arriva jusqu'à lui. Avoir quelqu'un à ses petits soins n'était peut-être pas si mal... de temps en temps. Cela ne changeait rien au fait qu'il voulait être celui qui prendrait soin de Davy, même si cela ne serait peut-être jamais le cas. Une larme unique glissa sur sa joue alors qu'il sombrait dans le sommeil.

AVEC L'ANNONCE de l'arrivée d'une nouvelle unité opérationnelle interservices, Kurt fut suffisamment occupé au travail pour éviter toute discussion sérieuse – non liée au travail – avec qui que ce soit. C'est à dire qu'il put éviter de parler à ses proches de la révélation qu'il avait eue, le jour où il avait presque battu Wally. Simon n'évoqua plus jamais le sujet, sauf pour lui dire que Jen était au courant, et Kurt fut à nouveau capable de se détendre lors de ses dîners hebdomadaires chez eux. Jen rongeait toujours son frein pour le caser, cette fois avec des hommes avec qui elle travaillait, et il lui était reconnaissant pour sa retenue.

Il continuait d'envoyer des messages à Davy chaque semaine, mais chaque semaine sans réponse tuait une autre minuscule lueur d'espoir. Au moins, Davy n'avait pas demandé d'ordonnance restrictive contre lui. Il n'avait pas bu une goutte d'alcool depuis sa confession à Simon presque trois mois plus tôt, et heureusement, ne ressentait aucun manque.

Il était capable de se regarder dans le miroir et de dire 'je suis gay', sans grincer des dents ou rougir. Mais, s'imaginer le dire à sa famille lui donnait encore des suées.

Donc il faisait la seule chose qu'il pouvait faire. Les éviter. Par chance, Caitlyn et Colleen avait récemment annoncé qu'elles étaient enceintes toutes les deux, encore une fois en même temps. C'était suffisant pour éloigner l'attention de lui pendant un moment.

Ce soir, pourtant, il avait fini de se cacher. Ce soir, il n'avait pas d'excuses à donner à sa mère pour manquer sa propre fête d'anniversaire. Bien sûr, il n'allait pas gâcher la fête en révélant sa vérité à tout le monde, mais bientôt. Cela allait devoir être bientôt. Il était prêt.

Peut-être.

Il avait demandé au taxi de le déposer quelques pâtés de maisons avant le restaurant, espérant qu'une balade dans la fraîcheur de cette nuit de printemps l'aiderait à se calmer.

Cela ne fonctionna pas. Chaque contact, chaque étreinte le faisait tressaillir. Chaque mot était teinté d'insinuations imaginaires. Chaque regard était sournois et entendu.

Ses parents l'étreignirent, mais il y avait une lueur étrange dans les yeux de sa mère. Hantée, peut-être. Quoique ce fût cependant, il avait besoin de lui donner quelques explications, et bientôt.

Après quelques minutes passées à accueillir les invités, à se sentir comme un parfait hypocrite, il attrapa une bière et s'installa dans un coin, espérant que la nuit passerait vite.

Sa vie serait-elle différente aujourd'hui s'il avait simplement invité Davy à la dernière fête d'anniversaire ? Seraient-ils amis ? Amants ? Ils auraient peut-être assisté à l'anniversaire de Kurt comme un couple ouvertement reconnu. Il ne le saurait jamais, maintenant.

— Hé, par ici, mon frère.

La voix de Ian le fit sursauter, et il renversa sa bière.

— Oh, euh, salut.

Jusqu'à maintenant, sa tentative d'agir normalement était un échec total. Si ça avait été un job d'infiltration, il serait mort.

— Oh, euh, salut, se moqua Ian. C'est tout ce que tu as à dire ? Je ne t'ai pas vu depuis des mois. Pas depuis que tu m'as laissé tomber au bar le jour de la Saint-Valentin. Tu t'es fait séquestrer par une nana sexy ?

Au moins, Ian n'avait pas l'air trop en colère. Il ne gardait généralement pas rancune.

— Non, je suis juste occupé au boulot.

Ce qui n'était pas un mensonge, au moins.

— Excellent ! Tirons-nous d'ici dès que possible, j'ai un passe VIP pour ce bar chic sur Queen Street. Les filles sont super sexy. C'est un endroit idéal pour célébrer ton anniversaire, et hé, tu es le seul frère célibataire qu'il me reste. On doit en tirer le meilleur parti maintenant que Stéphanie semble avoir assagi Dylan.

Comme ce jour-là avec Simon, Kurt en eut assez. Plus de mensonges.

— Où est maman ?

— Quoi ?

— Peu importe. Je…

Faire semblant était trop dur.

— Je dois trouver maman.

Il laissa Ian bouche bée, mais c'était le moindre de ses soucis.

Il scruta la foule par-dessus les têtes, cherchant sa mère. Il la repéra, préparant le gâteau au bar, et se dirigea vers elle.

— Maman, j'ai besoin de te parler.

Elle jeta un œil au gâteau et à la foule.

— Maintenant ?

— S'il te plaît, dit-il, une prière dans les yeux.

Il pourrait ne pas avoir le courage plus tard.

— La salle de repos ? demanda-t-elle

La salle de repos était petite, mais privée, et il y avait une porte.

— Oui.

Elle pinça les lèvres, elle paraissait triste et résignée à la fois.

— Et ton père ?

Le petit garçon en lui trembla.

— Non, pas tout de suite. Seulement toi, s'il te plaît.

Si elle le détestait, il n'aurait pas de raison de risquer également de décevoir son père. Il partirait simplement, ferait une coupure nette. Sa mère fit passer un message silencieux à son père, quelque chose qu'il avait seulement commencé à remarquer chez les couples depuis sa rencontre avec Davy – et il avait commencé à vouloir ce genre de connexion pour lui-même.

Alors que sa mère se dirigeait vers la salle de repos, Kurt regarda par-dessus son épaule. Simon, qui le regardait droit dans les yeux, hocha la tête en signe d'encouragement. Jen était là elle aussi, même s'il ne pouvait pas la voir. Il avait au moins deux personnes qui le soutenaient, et cela devrait lui suffire pour l'instant.

Ils s'installèrent sur des chaises, et sa mère joignit ses mains. Kurt voulait faire de même mais il avait peur de casser sa bouteille de bière. Il but une gorgée, cherchant à gagner du temps, mais cela ne suffit pas à calmer les papillons ninjas qui avaient élu domicile dans son estomac.

— S'il te plaît, mon chéri, parle-moi.

Les yeux de sa mère se remplirent de larmes, et il réalisa que sa douleur avait été partagée, même s'il n'en avait pas eu conscience. Si elle le détestait… non. Il devait lui dire, lui donner une chance d'être la mère aimante qu'il avait toujours connue.

— Je suis gay, murmura-t-il.

Quelque part, il trouva le courage de continuer de la regarder dans les yeux. Parce qu'il devait savoir ce qu'elle pensait, ce qu'elle ressentait.

Les larmes contenues dans ses yeux roulèrent, mais elle sourit à travers elles. Elle était soulagée ?

Elle se jeta sur lui, l'étreignant, et il lui rendit son geste, sa coquille protectrice s'effritant un peu. Il espéra que cet aveu ne serait plus jamais aussi effrayant.

Reculant, elle embrassa son front, puis retourna s'asseoir sur sa chaise, retenant une de ses mains dans la sienne.

— Oh, mon bébé. J'avais peur que tu me dises que tu étais malade ou quelque chose de terrible.

— Ce n'est pas terrible ?

Kurt ne put s'empêcher de chuchoter.

— Non, mon chéri, non. Je t'aime. Je veux que tu sois heureux, et tu ne l'as pas été. Pas depuis longtemps.

Ses yeux s'agrandirent et elle le regarda intensément.

— Bébé. J'avais raison, cependant, n'est-ce pas ? Tu es amoureux.

Elle repoussa sa manche le long de son bras et toucha sa cicatrice.

— Qu'est-il arrivé ?

155

Oh, seigneur. Ses yeux étaient en train de brûler. Il espérait dévotement que c'était le tourment émotionnel de sa révélation qui faisait monter les larmes et non une quelconque prédisposition au fait d'être gay. Parce que c'était horrible.

— J'étais – je suis – amoureux. Mais il ne veut pas de moi.

Il avait déjà raconté toute l'histoire une fois, et il ne voulait pas recommencer. Même quand il en avait parlé à Simon, il ne lui avait en fait pas dit… ne l'avait pas admis pour lui-même… qu'il était tombé amoureux. Il savait pourquoi tant de gens déploraient et louaient leur premier amour. C'était plus beau qu'un lever de soleil, et plus douloureux que d'être consumé par les flammes de l'enfer.

Il eut droit à une nouvelle étreinte.

— Eh bien, s'il ne peut pas voir à côté de quoi il passe, il n'est pas assez bien pour toi. Sauf s'il est marié. Dans ce cas-là, il devrait être abattu.

Sa mère était réellement indignée pour lui, et son cœur s'allégea quelque peu.

— Non, il n'est pas marié. C'est principalement ma faute. Je n'ai pas été honnête avec moi-même et avec lui. J'essayais de me cacher.

— Et maintenant que tu as décidé de ne plus te cacher ?

— Je ne sais pas. C'est compliqué.

L'anniversaire de la mort de Ben était à peine deux semaines plus tard. Il espérait que Jon, ou même Andrew, serait là pour Davy, parce qu'il ne voulait pas que Davy traverse cette épreuve tout seul. Même s'il voulait être à ses côtés, lui dire qu'il était en train de s'ouvrir aux gens, il savait aussi qu'il ne pouvait lier son coming-out à son besoin de Davy. Révéler son homosexualité devait être un acte pour lui-même, pas pour Davy. Davy – et Simon – lui avaient montré qu'il devait d'abord être honnête avec lui-même, sinon il ne pourrait jamais l'être avec un amant.

— Est-ce que je connais ce jeune homme ? Comment s'appelle-t-il ?

— Il s'appelle Davy. Je te parlerai de lui un jour. Et pour le reste de la famille ?

Elle haussa les épaules.

— Tu devras leur dire. Tout le monde s'est inquiété à ton sujet. Tu n'as pas besoin de le faire ce soir. Sauf pour ton père. Il est si calme la plupart du temps, mais il voit tellement de choses. Il s'est inquiété autant que moi, sauf qu'il pensait que peut-être tu te droguais.

— Que je me droguais ? Pourquoi diable aurait-il pensé ça ?

156

C'était un peu trop proche de la vérité, pourtant. Ses parents avaient peut-être plus d'enfants que la plupart des couples, mais ils n'en négligeaient aucun, et ne l'avaient jamais fait. Ils considéraient chacun de leurs enfants en tant qu'individu, et n'étaient jamais trop occupés pour remarquer quand ceux-ci étaient en colère ou en souffrance.

— Comme il l'a dit, tu as un travail très stressant. Ce n'est pas rare pour des personnes stressées de recourir à l'aide de certaines substances.

Les joues de Kurt s'enflammèrent. Pas étonnant qu'il n'ait jamais été capable de s'en tirer comme ça quand il était enfant. Il les avait évités pendant des mois, et ils avaient toujours une longueur d'avance.

Les papillons revinrent en force.

— Est-ce qu'il va me détester ?

— Kurt Patrick O'Donnell. Ton père est un homme bien, et il t'aime, le sermonna-t-elle. Je te l'envoie, et ensuite nous mangerons ton gâteau d'anniversaire.

La pression rapide de sa main lui indiqua que sa mère savait à quel point il était terrifié.

IL ATTENDIT dans la salle de repos, alarmé par la similarité entre cette situation et toutes ces fois où, pendant son enfance, il avait été mis dans cette pièce pour un de ses nombreux méfaits, attendant que son père prononce la punition. En général c'était quelque chose d'horrible, comme nettoyer les toilettes du restaurant. Il souhaita ne pas avoir fait le parallèle entre les deux situations, parce que maintenant c'était encore plus dur d'imaginer comment tout cela pourrait bien finir.

La silhouette de son père emplit le cadre de la porte, rien de plus qu'une silhouette sombre au premier abord. Mais il n'était plus un enfant essayant de cacher ses transgressions. Il était un homme, et il n'avait aucune honte à avoir, même s'il craignait la réaction de son père.

Son père fit un autre pas, la lumière illuminant complètement son visage, des questions dans les yeux.

— Salut, papa.

— Kurt.

Son père s'installa dans la chaise que sa mère avait laissée vacante. C'était toujours un homme vigoureux et en bonne santé, mais l'inquiétude – qu'il éprouvait pour Kurt – était gravée sur son visage. En fait, il y avait peut-être quelque chose dont il pouvait avoir honte : il avait blessé ses parents. Pourtant… c'était peut-être la chose la plus difficile qu'il aurait jamais à dire à son père.

Ils étaient assis là en silence. Bien que son père ne parle pas beaucoup, il n'avait pas non plus la patience de tourner autour du pot.

— Crache le morceau, fils. C'est comme arracher un sparadrap.

D'accord. Un sparadrap.

— Je suis gay.

Son père inspira, mais ne dit pas un mot.

Kurt essaya d'attendre, mais il ne put supporter le silence.

— Je suis désolé.

Sean secoua la tête.

— De quoi, fils ? D'avoir inquiété ta mère ? Oui, tu devrais être désolé pour ça.

— Mais, et de…

— D'être gay ? termina son père.

Kurt s'attendit presque à voir les lèvres de son père se tordre de dégoût, mais cela n'arriva pas.

— Oui.

— Fils, si c'est ainsi que Dieu l'a voulu, alors il n'y a rien à regretter. Cela m'a juste pris une minute. Je… pensais que tu étais peut-être…

— C'est bon. Maman me l'a dit. J'ai, euh, peut-être bu un peu trop récemment.

Oh, il voyait finalement cette sévère désapprobation à laquelle il s'attendait.

— Et maintenant ?

— Je suis…

Kurt réfléchit à ce qu'il allait dire. Oui, dernièrement il avait été trop occupé pour se complaire dans sa misère, mais en vérité il n'avait pas besoin de l'alcool. Et maintenant, il avait quatre personnes qui étaient de solides soutiens. Il n'était pas impatient de le dire à tout le monde, mais sa conscience était déjà débarrassée d'un énorme poids.

Il laissa s'échapper sa peur dans un long soupir.

— Tu devras le dire aux autres membres de la famille. C'est terminé de les éviter, tu m'entends ? Mais ta mère et moi nous te laisserons leur dire quand tu l'auras décidé.

Ils se levèrent tous les deux et Sean pencha la tête d'un côté, étudiant Kurt.

— Oh, mon garçon, cela te dévorait de l'intérieur, n'est-ce pas ?

Kurt se mordit la lèvre et acquiesça. Son père l'attira dans une étreinte d'ours, du genre qui disait qu'il était en sécurité chez lui. Kurt l'étreignit en retour, et quand ils se séparèrent, les yeux de son père étaient un tout petit peu plus brillants qu'ils ne l'étaient auparavant.

— Allez, sors d'ici et va prendre un bout de gâteau avant que ta mère ne nous fasse la peau à tous les deux. Ou que tes sœurs ne se mettent à hurler. Seigneur Dieu, je n'ai jamais vu de femmes enceintes mourir d'envie de sucreries comme ces deux là.

Quand Kurt retourna à la fête, il fut étonné de voir à quel point il se sentait différent. Plus heureux. Davy lui manquait, presque comme s'il lui manquait un membre, mais la vérité lui avait soudain donné une liberté incroyable.

Sa famille l'amadoua pour prendre la traditionnelle photo d'anniversaire avec son gâteau, mais Kurt était sûr qu'il ne voudrait jamais regarder cette photo. Une onde de douleur le traversa au souvenir des moments heureux passés avec Davy, lors de sa fête d'anniversaire, et il ne put qu'imaginer le genre de grimace qu'il avait faite devant l'appareil.

Sa mère lui sourit tristement quand il coupa son gâteau. Elle devait savoir que cette année, son souhait serait que Davy revienne dans sa vie.

Simon capta son regard à l'autre bout de la pièce et haussa un sourcil. Kurt leva sa bière comme pour porter un toast et lui renvoya un grand sourire. Simon lui sourit à son tour et se baissa pour dire quelque chose à Jen qui se dressa sur la pointe de ses pieds pour lui faire un signe de la main.

Kurt vida sa bière, et décida de boire une bouteille d'eau à la place d'une autre bière. Ian se faufila jusqu'à lui au bar.

— Alors, tu as de gros ennuis ?

— Des ennuis ?

— Les parents t'ont entraîné dans la salle de repos à ta propre fête. C'est clair qu'ils voulaient te faire la leçon à propos de quelque chose.

— Nan, ce n'est pas le cas. Tout va bien.

Et pour la première fois depuis des mois, ces mots n'étaient pas un mensonge. Il se mit à rire.

— D'accord, je te crois. Maintenant que tu as laissé ces femmes enceintes voraces avoir leur part de gâteau et que tu as fait ta tournée, allons au club de strip-tease.

— Non, Ian, je n'y vais pas.

— Pourquoi non ?

Ce moment était aussi bon qu'un autre.

— Je suis gay.

Ian plissa les yeux.

— Qu'est-ce que tu as dit ?

— Je suis gay. C'est ce dont je parlais avec maman et papa tout à l'heure.

Ian pâlit, ses cheveux et ses sourcils sombres marquant un contraste encore plus tranché que la normale.

— Je… je…

— Hé, mec, je sais que c'est un choc

Ian tourna les talons et courut presque hors de la pièce. Sa réaction fut comme un coup de poing à l'estomac de Kurt, gâchant sa récente bonne humeur. De tous les membres de sa famille, il pensait que Ian serait en fait le plus compréhensif, car ils avaient toujours été très proches.

Simon et Mickey virent tous les deux la scène, et tous les deux se dirigèrent vers Kurt, l'atteignant en même temps.

— Minus, qu'est-ce que tu as dit à Ian ?

Kurt jeta un regard à Simon, qui lui fit un léger signe de tête et lui donna une tape sur les épaules. Ouais, il pouvait tout aussi bien retirer le sparadrap avec tout le monde.

— Je lui ai dit que j'étais gay.

Mike regarda rapidement Simon, comme s'il pensait que Kurt était en train de lui jouer un tour. Mais alors, il eut droit au même regard pensif que son père lui avait adressé plus tôt.

— Hein. Et il a été bouleversé par ça ?

Allons, bon. N'obtiendrait-il pas au moins une seule expression de choc ? C'était quoi cette histoire ? Ce n'était quand même pas possible qu'ils aient deviné qu'il était gay alors qu'il était arrivé à son âge sans même le suspecter lui-même.

— Il semblerait.

— Il reviendra, minus. Ça veut dire que tu vas finalement nous présenter quelqu'un? Maman déteste que tu ne sois pas encore casé, tu sais.

Une minuscule inspiration de Simon indiqua à Kurt qu'il savait à quel point la question lui faisait mal, même si ce n'était pas l'intention de Mike.

— Peut-être. Un jour.

À LA fin de la nuit, sa famille entière le savait, et ses sœurs au moins avaient été choquées, mais pas bouleversées. Ian n'était pas revenu et n'avait appelé personne, mais Kurt ne pouvait pas s'en inquiéter maintenant. Si Ian devait le prendre comme ça, Kurt allait devoir apprendre à vivre sans lui. Parce qu'il avait largement de quoi occuper son esprit et ses pensées sans avoir à convaincre son frère de ne pas le haïr pour un code inscrit dans ses gènes. Il n'était pas exactement heureux, mais le niveau émotionnel atypique et perturbant de cette histoire s'était aplani. Satisfait ? Presque.

XV

LES LONGUES journées d'été semblaient seulement entraîner des journées de travail à rallonge. L'unité opérationnelle demandait beaucoup de temps supplémentaire pour l'intervention qu'elle préparait. On n'attendait pas grand-chose de Simon et lui – ils étaient en grande partie dans l'équipe en tant que renfort. Quand cette opération serait achevée, ils pourraient à nouveau être débordés de travail, au lieu de carrément surchargés.

— Nous devons tourner ici, indiqua Kurt.

Il avait levé les yeux de son message pour diriger la conduite de Simon. Son partenaire se repérait de mieux en mieux en ville, mais ils s'épargneraient une dizaine de minutes en évitant les rues principales à cette heure de la journée. Il appuya sur 'envoyer' et glissa son téléphone dans sa poche.

— Merci. C'est le message pour Davy ?

— Oui, soupira Kurt.

Renoncer à sa dernière connexion avec l'homme qu'il aimait lui était encore impossible, même s'ils ne s'étaient pas parlés depuis presque six mois. Il avait envoyé un message de plus à la date anniversaire de la mort de Ben, mais même celui-là était resté sans réponse. Pour ce qu'il en savait, Davy avait peut-être changé de numéro. Bien sûr, il aurait pu le savoir assez facilement, mais il ne voulait pas renoncer à son aveuglement, imaginant qu'au moins Davy souriait en lisant les messages hebdomadaires qu'il lui envoyait.

— Comment ça va ?

Kurt haussa les épaules.

— Toujours rien.

Pathétique, et il le savait. Il était sûr que les mecs qui rendaient publique leur homosexualité avaient beaucoup plus de rapports sexuels que lui. Mais Kurt était encore un peu perdu. Il n'avait jamais été doué pour sortir avec des femmes, mais il avait eu un certain nombre d'années pour assimiler les règles et les coutumes qui régissaient le déroulement d'un rendez-vous. Peut-être qu'il demanderait à Ivan de devenir son mentor.

— Tu viens à notre fête samedi ? demanda Simon.

— Bien sûr.

Il préférait leurs dîners tranquilles aux fêtes – s'il voulait être entouré d'un tas de gens qu'il ne connaissait pas et boire un verre, il pouvait aller chez Finn's – mais Jen serait blessée s'il ne se montrait pas.

Ils sortirent de la voiture en arrivant sur la scène du crime. L'un des policiers en faction ricana et murmura 'pédé' dans sa barbe. Simon et lui grognèrent, et le mec détala.

Kurt leva les yeux. Ça faisait chier – la perte de respect qu'il endurait avec certains de ses collègues, juste à cause de son orientation sexuelle. Vu qu'il était pratiquement chaste, c'était vraiment de la blague. Mais la plupart des mecs qui faisaient des commentaires étaient de ceux avec qui il n'avait jamais voulu entretenir une quelconque relation de toute façon. À part la pulsation occasionnelle qu'il ressentait dans la poitrine, Kurt les ignorait. Mais il faudrait qu'il voit si Ivan voulait aller prendre une bière avec lui. Pas en tant que petit ami, mais en tant que personne avec qui il avait quelque chose en commun, un spécialiste... Peut-être même en tant qu'ami gay.

— Qu'est-ce qu'on a ?

Et le boulot reprit comme d'habitude. Kurt s'habituait à ce que Davy lui manque.

— KURT ! JE suis contente que tu sois venu.

Jen l'embrassa et l'entraîna dans la maison. Kurt pencha la tête sur le côté. Jen avait l'habitude de l'étreindre, mais elle était rarement aussi enthousiaste à le saluer. Enfin, puisque il s'agissait d'une fête plutôt que de leur traditionnel dîner, peut-être qu'elle avait déjà bu un peu de vin.

Il la suivit dans le salon. Il reconnut quelques personnes, y compris Tiffany. Qui lui sourit et agita ses doigts vers lui, sans aucune trace de méchanceté ou de mépris.

— Est-ce qu'elle sait ?

Jen suivit son regard vers Tiffany.

— À propos de toi ? Oui, je lui ai dit. Elle était un peu anxieuse au sujet de votre euh... rendez-vous. J'espère que cela ne te dérange pas.

Est-ce que cela le dérangeait ? Kurt retourna cette pensée dans sa tête un moment.

— Non, en fait pas du tout.

163

Il n'avait pas l'intention de porter une affiche dans le dos ou de passer une annonce, mais cela ne le dérangeait pas que les gens sachent, que ce soit lui qu'il le leur dise ou non.

— Ne t'en fais pas pour elle, déclara Jen.

Elle sautait pratiquement sur place. La crainte s'infiltra dans son estomac, et il ralentit.

Jen regarda autour d'elle et saisit son poignet, le tirant dans la salle à manger, et s'arrêta devant un homme brun et mince de quelques centimètres de moins que lui. La crainte dans ses tripes devint panique.

— Justin ?

L'homme se détourna de sa contemplation du buffet pour les regarder.

— Salut, Jen, répondit-il, ses yeux bleu pâle balayant Kurt de la tête aux pieds.

— Justin, je te présente notre ami Kurt. Kurt, voici Justin. C'est notre voisin du bas de la rue.

— Ravi de vous rencontrer, Kurt.

Oh merde. C'était un coup monté. Cela ne pouvait rien être d'autre, pas quand Jen lui adressa un petit sourire et disparut immédiatement. Elle avait fait la même chose avec Tiffany. Justin était plus immédiatement et viscéralement attirant, mais il ne savait toujours pas ce qu'il devait faire.

— Alors, Jen m'a dit que tu étais inspecteur, comme Simon.

Justin lui tendit une assiette et lui fit de la place près du buffet.

— Oui, effectivement. Mais je dois dire que je suis un peu désavantagé.

Seigneur. Il ressemblait à sa grand-tante Martha. Et les papillons ninjas lui coupèrent l'envie de manger, mais il prit quand même l'assiette.

— Oh, et bien, pas tant que ça. C'est à peu près tout ce que je sais, avoua Justin.

Kurt sourit.

— Très bien, dans ce cas.

Justin lui rendit son sourire.

— Je suis dans le marketing. Toujours collé à mon bureau, mon boulot est probablement loin d'être aussi intéressant que le tien.

— Il faut de la patience, il y a beaucoup d'attente. Beaucoup de paperasserie, de consultation de bases de données, de recherches sur Internet, des trucs comme ça. Tout ne tourne pas autour de la traque de suspects et l'échange de coups de feu.

Il n'aurait su dire si Justin était fan de flics ou non. Il avait rencontré un tas de femmes qui auraient baisé n'importe quel flic juste parce que c'était un flic. Il supposait qu'il y avait des mecs gays qui faisaient pareil. Et il vit soudain Justin sous un nouveau jour, considérant la combinaison mentale de cet homme mince et du mot 'baiser'.

Ils continuèrent à discuter, se déplaçant vers le patio, où la nuit d'été n'était pas aussi humide que ces derniers jours. Ils parlèrent assez longtemps pour que Kurt se demande s'il devenait impoli à monopoliser ainsi Justin. Et il ne pouvait pas dire si Justin était attiré par lui ou se sentait tout simplement désolé pour lui.

— Écoute, est-ce que je peux être honnête avec toi ?

Depuis sa fête d'anniversaire, il avait été plus enclin à aller droit au but.

— Euh, bien sûr, répondit Justin en reculant un peu, méfiant.

— C'est nouveau pour moi... Ça.

Kurt fit un mouvement de la main pour les montrer tous les deux.

— Qu'est-ce qui est nouveau pour toi ? demanda Justin.

Il fronça ensuite les sourcils et se pencha en avant, entrant dans l'espace de Kurt.

— Attends. Tu viens juste de faire ton coming-out ?

Kurt hocha la tête.

— Quand ?

Quand ? Cette fête était la première véritable coupure qu'il faisait depuis son anniversaire – les jours avaient commencé à fusionner en un vaste flou.

— Il y a six semaines ?

— Oh mon Dieu. Tu es pratiquement vierge !

Le visage de Kurt s'enflamma et il espéra que cela ne se voyait pas dans l'obscurité. Il ne faisait cependant pas assez sombre pour manquer Justin ajustant une bosse dans son pantalon, ce qui fit qu'à son tour, son propre pantalon le serra davantage.

Justin regarda autour de lui.

— Tu veux parler dans un endroit un peu plus privé ?

Pas de doute sur cette invitation. La queue de Kurt gonfla encore.

— Bien sûr.

ILS MARCHÈRENT dans l'ombre de la maison, gardant une distance prudente entre eux. Les sons de la fête étaient amortis, comme s'ils ne pouvaient pénétrer l'obscurité. Cela créait un sentiment d'isolement, comme si Justin et lui étaient les seuls aux alentours. Malgré sa petite taille, Justin le pressa contre le mur de briques et se pencha pour l'embrasser.

Kurt ouvrit la bouche, laissant pénétrer la langue de Justin. Il agrippa ses hanches minces, pressant leurs bas-ventres ensemble alors qu'il explorait sa bouche avec sa langue. Justin ondula contre lui, caressant son érection contre la queue dure de Kurt.

Embrasser un homme lui semblait toujours aussi naturel que la première fois, mais des pensées de Davy le tirèrent de la brume sensuelle qui l'entourait. Il poussa Davy dans un coin de son esprit, et plongea plus profondément dans la bouche de Justin, essayant de le dévorer. Justin gémit et faufila une main entre eux, frottant le sexe de Kurt. Cela faisait si longtemps qu'il n'avait pas été excité... Si longtemps depuis que Davy... Et c'était tellement mieux avec un homme que cela ne l'avait jamais été avec une femme.

Justin s'occupa rapidement de la fermeture éclair de Kurt, tirant sa queue dans l'air la nuit. Le sentiment de vulnérabilité, le sentiment que quelqu'un puisse les voir, les attraper, fit pulser et suinter son sexe. Pour la première fois, il comprit pourquoi des gens prenaient le risque de se faire arrêter pour outrage à la pudeur. En tant que flic, il devrait être plus malin que ça, mais son cerveau n'était déjà plus maître de ses actions. L'épaisse colonne de chair que Justin caressait prenait toutes les décisions.

— Défais mon pantalon, murmura Justin.

D'accord. Il devait retourner la faveur. Les doigts légèrement hésitants, et travaillants maladroitement autour de la main sur son sexe, Kurt réussit à ouvrir le pantalon de Justin et libérer son érection. Son propre plaisir se mit un peu retrait alors qu'il enveloppait sa main autour de la queue de quelqu'un d'autre. C'était dur et doux à la fois, familier et étranger. Il laissa glisser sa main sur toute la longueur, la caressa comme il l'aurait fait pour lui-même, et s'il s'imaginait que c'était la queue de Davy, eh bien, personne n'avait à le savoir. Sa poitrine se fendit d'une douleur acérée alors qu'il regrettait de n'avoir jamais réellement eu l'occasion de toucher Davy. Ses doigts glissèrent autour du gland, entraînant avec eux la semence qu'ils trouvèrent là. Il n'avait pas pu goûter Davy non plus. Dans les jours de solitude qui étaient passés depuis, il avait goûté son propre sperme... imaginant toujours que c'était celui de Davy.

Justin prit les commandes, saisissant leurs deux sexes dans sa main, laissant Kurt libre de simplement ressentir les sensations alors que Justin les caressait de plus en plus vite. Le souffle de Kurt accéléra à l'unisson de celui de Justin, et son orgasme s'abattit sur lui, la main de Justin glissant plus aisément comme sa queue tressautait et se libérait.

Avec un frémissement et un gémissement, Justin trouva sa propre délivrance, et l'odeur lourde de sexe imprégna l'humidité de l'air d'été autour d'eux.

Justin le lâcha, et s'accroupit pour essuyer sa main sur l'herbe avant de se redresser et de s'écarter dans l'ombre. Kurt lui emboîta le pas, mais plus lentement. Il avait eu un orgasme, et pas tout seul. Ce qui aurait dû être super. Mais ce n'était pas le cas. La fissure en lui s'élargit, le laissant vide et creux.

S'appuyant contre le mur, il se demanda si sa vie sexuelle, sa vie amoureuse, serait un jour plus facile. S'il jouirait un jour du confort que ses amis et sa famille avaient trouvé dans leurs relations.

— C'était génial, Kurt.

Justin déposa un baiser rapide sur ses lèvres.

— Je peux te revoir ? demanda-t-il.

Kurt pensa à sa question. Justin semblait être un chic type. Ils avaient parlé pendant un long moment, et il était attiré par lui. Mais Justin n'était pas Davy, et tant que Kurt ne serait pas en paix avec cette idée, ce n'était pas juste pour Justin. Sa mère lui botterait le cul s'il traitait une femme comme le substitut d'une autre, et elle ne serait pas plus heureuse s'il traitait un homme de la sorte. Mais surtout, Kurt ne serait pas heureux de le faire. Il était devenu flic parce qu'il voulait faire le bien. Et cela ne l'était pas.

— Je suis désolé Justin. Je suis...

Il prit une profonde inspiration. La soudaine résurgence de musc masculin dans ses narines lui fit remettre en question, pendant une fraction de seconde, sa décision.

— Je suis amoureux de quelqu'un d'autre, et tant que je n'aurai pas tourné la page, je ne pense pas être prêt.

— Amoureux ? Oh. D'accord, eh bien, je t'aime bien Kurt. Comment se fait-il que tu ne sois pas avec ce mec ?

— C'est une longue histoire, mais il ne veut rien avoir à faire avec moi, et j'essaye de me dépêtrer de tout ça. C'est pour cette raison que j'ai fais mon coming-out.

— Et quoi, il t'a laissé tomber après ça ? Pourquoi diable n'aurait-il pas gardé un mec comme toi ? Je sais qu'on vient juste de se rencontrer, mais j'ai de l'instinct. Tu es un mec bien, et tu es sexy en diable.

L'obscurité cachait l'embarras de Kurt.

167

— Tu es un mec bien, toi aussi. En fait, il ne le sait pas. Il pensait que je voulais l'isoler, le garder caché, alors il m'a largué. Et j'ai fait mon coming-out parce qu'il avait raison. Ce n'était pas un secret que j'aurais dû garder.

— Alors, pourquoi n'es-tu pas... Bon sang, Kurt. Est-ce qu'il *sait* même que tu l'as fait ?

— Non, je... Merde.

— Oh, Kurt, dit Justin avant de lui donner un autre long baiser et de reculer d'un pas. Dis-lui. Et si ça ne fonctionne *toujours* pas, appelle-moi. Transmets mes remerciements à Simon et Jen pour cette superbe fête, mais je pense que je vais rentrer chez moi maintenant.

Justin le laissa là, dans le noir, alors que sa vision du monde se modifiait pour se reformer sous ses pieds. Pour ce qu'il en savait, Davy ne lisait peut-être même pas ses messages. Voir Davy en personne, l'obliger à écouter ce qu'il avait à dire, voilà ce qu'il avait à faire.

Kurt avait grandi en luttant pour le droit à prendre ses propres décisions, pas pour laisser sa famille le dorloter. Il s'était battu pour sortir du rang et devenir inspecteur. Il s'en sortait tant bien que mal avec son auto révélation, admettant pour lui-même qu'il était gay. Il avait même trouvé le courage de dire à sa famille quelque chose qui aurait pu le perdre à leurs yeux, les décevoir. Mais il ne lui était jamais venu à l'esprit qu'il devrait à affronter Davy pour avoir une chance de les rendre heureux tous les deux. Il s'était suffisamment apitoyé sur lui-même. Dès que cette foutue intervention avec l'unité opérationnelle serait terminée, il irait le trouver.

Les bruits de la fête se firent plus forts, ou du moins, il en devint plus conscient. Jetant un œil sur lui-même, il jugea que son apparence ne montrait rien de fâcheux ; personne ne devinerait qu'il s'était fait branler dans l'obscurité. Il se mit à rire. Exactement comme à une fête de lycée, où tout le monde se pelotait comme les maniaques sexuels pleins d'hormones qu'ils étaient. Comme c'était... embarrassant maintenant qu'il était adulte.

Il retourna dans le jardin où il lui apparut que le plus gros de la fête s'était déplacé sur la véranda. Des torches polynésiennes diffusaient une accueillante lumière jaune, et Kurt sortit de l'ombre, en espérant que personne ne se demanderait d'où il revenait.

Pas de chance. Simon se pencha sur une glacière, prit une bière, et se dirigea droit vers lui.

— Alors... Où est Justin ?

Heureusement, Simon parla à voix basse.

— Il est rentré chez lui. Il te remercie de l'avoir invité.

— Mmh mmh. Rentré chez lui, hein ? J'ai remarqué que vous vous étiez absentés un moment. Tu vas le revoir ?

Oh seigneur. Peut-être y avait-il des avantages à avoir un ami qui ne voulait rien savoir de ta vie personnelle. Pourtant, il était content d'avoir rencontré Justin. A défaut d'autre chose, cela lui avait au moins confirmé une fois de plus qu'il était homo, malgré son ignorance des règles de conduite gay. Orgasme mis à part, l'intermède s'était beaucoup mieux déroulé qu'avec nombre de ses précédentes conquêtes féminines.

— Non, je ne pense pas.

Les yeux de Simon s'élargirent. Il ne s'était pas attendu à la réponse de Kurt.

— Nan. Je vais... aller parler à Davy. En personne. Essayer d'éclaircir les choses. Voir si nous pouvons dépasser ce qui est arrivé.

— C'est une bonne idée. Je me demandais quand tu allais le comprendre. Je déteste te voir lui envoyer un message chaque foutue semaine.

— Ouais. Je ne sais pas si ça va changer quelque chose, mais il est temps pour moi de retrouver mes esprits. Je vis ma vie à moitié et c'est un peu stupide.

Simon lui donna un coup de coude.

— Je suis heureux que *tu* dises que c'est stupide. Quand vas-tu le faire ?

— Honnêtement, j'ai peur qu'il ne change pas d'avis. Et puis, avec ce gros coup à venir, je préfère attendre et voir Davy après. Si ça ne se passait pas bien avec Davy, je pourrais avoir du mal à garder la tête froide pendant l'opération.

Et, si cela ne marchait pas, si Davy en avait vraiment fini avec lui, au moins, il savait qu'il serait capable d'avancer. Quand il aurait récupéré du choc, il se remettrait à sortir – avec des hommes, cette fois.

Ils sirotèrent leur bière tous les deux.

— Hé, as-tu fini par manger quelque chose ?

— Non.

L'estomac de Kurt choisit ce moment précis pour se faire entendre.

— Viens, je pense qu'il reste quelques hamburgers.

Devant le barbecue, Simon flanqua rapidement un steak haché entre deux tranches de pain avant de tendre l'assiette à Kurt.

169

— Les garnitures de base sont là – ketchup, moutarde, cornichons. Tout le reste est à l'intérieur.

Kurt posa sa bière sur la table et allongea le bras pour attraper la bouteille en plastique jaune derrière la moutarde de Dijon. Il se figea soudain, bouteille en main. La moutarde. Oh, seigneur. Il se souvint de ses discussions avec Davy sur la moutarde. De la première fois qu'il avait mangé des hamburgers chez Davy, sans moutarde. Des hamburgers chez Lettie's, où Davy lui tendait la moutarde sans lui demander s'il en voulait. De la moutarde arrivant avec les hamburgers grecs faits maison de Davy... moutarde que Davy avait achetée et conservée chez lui juste pour Kurt, même si Davy détestait ça. Et ce n'était qu'un des nombreux cas où Davy avait montré qu'il se souciait de ce que Kurt aimait, qu'il se souciait de ses préférences.

La moutarde était l'une de ces toutes petites choses qu'il avait enviées à propos des relations que partageaient ses amis, les membres de sa famille. La danse silencieuse des couples, leurs modes de communication, les blagues qu'ils ne faisaient qu'entre eux, leurs regards pleins de sous-entendus, leur complicité. Kurt avait eu tout cela avec Davy, mais ne l'avait pas vu. Il avait pensé avoir trouvé le meilleur ami qu'il ait jamais eu, mais en fait, Davy avait été bien plus. Lui-même ne le savait peut-être pas non plus, ce qui était probablement la raison pour laquelle leur première fois, agressive, les avait séparés. Aucun d'eux n'avait été prêt à reconnaître le changement soudain qui avait bouleversé leur petit monde, leur passage d'amis à amants. Bon sang, Davy n'avait probablement pas su jusqu'à cette nuit-là que Kurt avait des doutes sur sa sexualité, et cela expliquait peut-être leur vicieuse altercation.

L'espoir, le véritable espoir, emplit le sombre vide en lui. Peut-être qu'il avait vraiment une chance de trouver le bonheur, après tout.

Simon le regarda et vit le grand sourire étirer des muscles que Kurt n'avait pas utilisés depuis un bon moment.

— Quoi ?

— Je viens de me rappeler quelque chose. Quelque chose qui veut peut-être dire que je comptais aussi pour Davy, en fin de compte.

Il obtint un grognement en réponse.

— Bien sûr qu'il tenait à toi, je l'ai su la nuit où Jen et moi l'avons rencontré. Simplement, je ne savais pas que tu tenais à lui de la même façon. Jen le savait, en fait.

La surprise effaça son sourire.

— Jen le savait.

— Je ne l'ai pas vraiment crue au départ, pas avant de l'entendre de ta propre bouche. Même si j'ai bien vu la façon dont tu étais à l'aise avec lui. Et Jen a dit qu'elle a commencé à se poser des questions après l'incident avec Tiffany.

Simon baissa la voix et regarda autour de lui avant de prononcer le nom *Tiffany*, au cas où elle se serait trouvée à portée de voix.

Ah. Étrangement, cela lui faisait apprécier son amitié avec Simon – et Jen – encore plus. Parce qu'ils ne l'avaient jamais questionné, ne l'avaient jamais traité différemment, et Jen l'avait même sauvé d'une femme à l'anniversaire de Mike. Bon sang, les femmes étaient tout le temps amies avec les homosexuels, c'était du moins ce que la télévision semblait dire. Elle avait dû le suspecter bien avant lui. Vouloir essayer de se cacher lui-même des gens pour qui il comptait était encore plus stupide.

Deux semaines. Deux semaines et il parlerait à Davy. Peut-être aurait-il la chance de venir ici avec Davy ou d'aller à un double rendez-vous avec Simon et Jen. D'emmener Davy à l'une de ses tapageuses fêtes d'anniversaire familiales.

Si les choses ne marchaient pas, ça le tuerait, mais il ne pouvait pas étouffer l'espoir qui grandissait en lui, et n'était pas sûr de le vouloir. Se rappeler l'épisode de la moutarde l'aiderait à passer les quelques prochains jours.

XVI

Des lumières rouges flashaient par intermittence dans les yeux de Kurt. Ce n'était pas censé se passer comme ça. La civière fit un bruit métallique alors qu'elle heurtait le fond de l'ambulance, lui arrachant un sifflement. Il voulait crier, pleurer, mais la douleur était si intense qu'il avait à peine assez d'air pour respirer.

— Faites attention à lui, aboya Simon aux ambulanciers.

Ses yeux se mouillèrent de larmes.

Simon monta à côté de lui, et Kurt le regarda depuis la civière où il se trouvait. Son partenaire avait la couleur laiteuse d'un fantôme de dessin animé, des éclaboussures de sang faisaient contraste sur son tee-shirt bleu. Une odeur cuivrée luttait avec les émanations antiseptiques à l'arrière de l'ambulance.

— Accroche-toi, Kurt.

Il essaya de forcer une réponse, mais ses poumons et sa gorge l'en empêchèrent. Une piqûre à l'endroit où l'intraveineuse fut insérée le surprit, surtout parce qu'il ne pensait pas être capable de sentir autre chose que la blessure par balle. Il ne voulait pas mourir, mais il avait l'impression qu'un boulet de canon lui avait transpercé la poitrine.

— Vous allez vous-en sortir, déclara l'ambulancière.

Probablement pour l'aider à se calmer, mais Kurt ne la crut pas. Il n'allait pas bien. Il pourrait ne plus jamais aller bien. Il suffoquait lentement dans un océan de douleur.

— Sssss...

Putain.

Le véhicule fit une embardé sur la route, et il cria.

— Bon sang, donnez-lui quelque chose contre la douleur !

Simon était en colère et il avait peur. Ce qui effrayait Kurt encore plus. Il tendit la main et tira sur la manche de Simon.

— C'est bon, mec, c'est bon, murmura Simon, sa tête basculant vers lui.

Kurt ouvrit la bouche et tira à nouveau sur sa manche.

— N'essaye pas de parler.

Il inspira encore, du mieux qu'il put.

— J'ai appelé tes parents. Ils vont venir nous rejoindre à l'hôpital.

Kurt essaya de secouer la tête, tirant sur Simon. Si seulement il pouvait dire quelque chose, bordel.

Simon se pencha.

— Quoi, mec, qu'est ce qu'il y a ?

— Davy, expira-t-il dans un souffle.

Il voulait voir Davy, une dernière fois.

— Davy. Je vais l'appeler, je te le promets. Toi, tu t'inquiètes seulement d'aller mieux, d'accord. Tu dois être d'accord.

La main que Simon avait posée sur la sienne était aussi chaude que des braises. Mais cela voulait dire que Kurt était glacé. Des frissons secouèrent son corps, et Simon serra ses doigts. Était-ce cela que l'on ressentait quand on saignait à mort ?

Puis, comme s'il était en train de regarder du mauvais côté d'un télescope, Simon s'éloigna, et l'obscurité l'envahit.

Kurt cligna des yeux et les sentit graveleux et douloureux. Il leva une main pour les frotter et remarqua l'intraveineuse dans son bras. Encore. C'était une habitude dont il n'était pas friand. Un vague souvenir de l'agonie qu'il avait ressentie après s'être fait tirer dessus lui revint en mémoire. Il cligna des yeux à nouveau. Il respirait facilement et ne ressentait pas la moindre douleur. Sans l'intraveineuse et les dalles du plafond de l'hôpital, ennuyeuses à mourir, il aurait pensé qu'il était mort. Il était étonné de ne pas l'être, en fait.

Quand la balle l'avait frappé, personne ne s'était rendu compte qu'il n'y avait plus personne dans le gang qui n'avait pas fui ou été arrêté. Et il portait son gilet par balles. Simon n'avait même pas compris au début qu'il avait été blessé. Kurt découvrirait bien assez tôt ce qui avait foiré.

Il entendait une conversation en sourdine à sa droite. Il se tourna pour regarder. Et siffla de douleur. Putain, il avait quand même mal quelque part. Cette fois, il fit seulement rouler sa tête, et même ce geste lui provoqua un tiraillement inconfortable dans la poitrine.

Sa mère, son père et Simon se tenaient regroupés dans un coin. C'était vraiment une très grande chambre rien que pour lui – quelqu'un avait dû se rappeler de sa famille et de la dernière fois qu'il s'était trouvé là. Il se demanda où était le reste de ses proches.

Simon lui jeta un regard et poussa légèrement sa mère du coude.

— Oh, mon bébé. Tu nous as fait une telle frayeur. Encore. Comment te sens-tu ? Veux-tu que j'appelle un médecin ?

Elle tira une chaise à côté de lui et lui caressa la joue.

— Je vais leur signaler qu'il s'est encore réveillé, dit Simon.

Le tee-shirt mal ajusté qu'il portait, avec un logo de l'hôpital, lui rappela le sang éclaboussant Simon alors que celui-ci s'employait frénétiquement à endiguer l'hémorragie. Il ne devait pas encore être rentré chez lui.

Sa mère embrassa sa joue, et son père lui tapota le bras doucement.

— Content de voir que tu es réveillé, mon garçon.

— Quelle heure est-il ? Quel jour sommes-nous ?

Sa voix était éraillée, mais au moins elle fonctionnait. Merde, il ne pensait pas avoir été aussi effrayé de sa vie que dans cette ambulance.

— Il est dix heures du matin. On est mercredi. Nous avons renvoyé les enfants à la maison la nuit dernière, mais Simon, ta mère, et moi sommes restés, répondit son père.

Seulement un jour. À moins qu'il ne soit resté inconscient pendant une semaine, mais Simon serait rentré chez lui pour se changer, si cela avait été le cas. Les mardis étaient en train de devenir des jours de malchance pour lui, en tout cas en ce qui concernait les blessures.

— Oh, mon bébé, dit sa mère en se mettant à pleurer, et en enfouissant son visage dans son cou. Tu as été opéré pendant des heures. Ils ont failli te perdre dans l'ambulance. Mon chéri, tu ne peux pas laisser ça se reproduire ; mon cœur ne pourra pas le supporter.

Ses larmes mouillèrent les cheveux de sa nuque ; il voulait la serrer très fort dans ses bras, mais il avait peur de bouger, peur de ramener la flambée de douleur à la vie.

— Deirdre, mon amour, tu es en train de tremper ce pauvre garçon.

Son père s'assit à côté de sa mère, et il posa une main réconfortante sur chacun d'eux.

Simon revint dans la pièce.

— L'infirmière a dit que quelqu'un serait là dans un instant. Bon sang, c'est bon de te revoir, Kurt.

Il marcha jusqu'au pied du lit.

— Que s'est-il passé ?

174

Simon lui dirait ce qu'il avait besoin de savoir. Parce qu'ils avaient tous les deux été là en renfort. En fait, il y avait eu étonnamment peu à faire, même lorsque les balles avaient commencé à voler.

— Es-tu sûr de vouloir entendre ça maintenant ?

— Oui, s'il te plaît.

Il allait devoir s'installer chez ses parents pour récupérer. Encore une fois. Merde.

— De quoi te souviens-tu ?

Kurt réfléchit un instant.

— En dehors de fragments de souvenirs dans l'ambulance, je me rappelle que l'opération se déroulait à peu près comme prévu. L'équipe d'intervention avait encerclé tout le monde, nous nous apprêtions à partir. Ensuite, je suis sur le dos, et j'ai du mal à respirer.

Le ciel avait été si bleu et clair.

— Bon, eh bien, ils en ont raté un. La plupart des membres de la bande étaient menottés, mais deux mecs de notre équipe ont acculé un dernier type qui leur a tiré dessus. Il a été pris, mais pas avant qu'une balle perdue ne te frappe dans un mauvais angle et entre dans ta poitrine par les sangles.

Simon déglutit fortement et leva les yeux vers le plafond.

— Seigneur. Je me suis retourné et tu étais par terre avec du sang partout. Ton poumon a lâché dans l'ambulance. J'ai cru... j'ai cru que c'était fini.

Quelqu'un haleta devant la porte. Tout le monde se retourna pour regarder, et Kurt pensa être en train d'halluciner.

Davy. Plus maigre que la dernière fois que Kurt l'avait vu, et pâle. Les paupières gonflées autour d'un regard injecté de sang. Et sous la peur, il y avait une expression de tendresse dont Kurt avait rêvé tant de fois.

— Tu as dit de l'appeler, lui rappela Simon.

Kurt ne s'en souvenait pas, et il ne savait pas pourquoi Simon n'était pas heureux. Si recevoir une balle signifiait revoir Davy, il était presque reconnaissant d'avoir été touché.

— Davy. Heureux de voir que tu as finalement pu venir.

Oh, Simon était en colère. Il ne prenait presque jamais ce ton sarcastique. Son père et sa mère se levèrent, et Kurt les vit se demander s'ils devaient faire quelque chose, comme virer cet étranger à coup de pieds.

Davy eut un sourire tremblant, mais son regard ne quitta jamais Kurt.

— J'étais à Pickle Lake avec ma sœur et sa famille. C'est à huit heures de route de Thunder Bay. Et quand j'ai pu arriver là-bas, j'avais déjà raté le dernier vol d'hier.

— Pickle Lake ? Oh, ouais, en fait, tu prenais du bon temps. Désolé. C'est juste que tu as dit que tu serais là sous… commença Simon.

— Et bien, j'ai paniqué.

Davy entra dans la chambre, avançant doucement vers le lit, ne sachant visiblement pas comment il serait accueilli.

Kurt leva la main vers Davy, qui s'approcha, mais pas assez près.

— Maman, est-ce que Davy peut s'asseoir là une minute ?

Elle regarda longuement Kurt avant de se tourner vers Davy.

— Venez-vous asseoir, Davy, c'est bien ça ? Nous allons attendre dehors que le reste de la famille arrive. Quand ils seront là, ils tiendront compagnie à Kurt pendant que nous aurons une petite discussion.

— Maman ! Laisse-le tranquille.

— C'est lui, n'est-ce pas ? C'est lui qui...

Davy suivit leur échange comme s'il regardait un match de tennis.

— Maman, arrête, s'il te plaît.

— Eh bien, je pense avoir le droit de connaître l'homme dont mon bébé est amoureux.

Cette fois, tout le monde laissa échapper un hoquet ahuri. Il faisait confiance à sa mère pour savoir comment le mettre dans l'embarras le plus total. Il n'avait pas eu l'intention de mettre la pression à Davy ; il voulait juste se délecter de sa présence. Davy était pétrifié, et Kurt était à moitié effrayé de le voir s'enfuir avant qu'ils aient une chance de parler.

— Sortons, Deirdre. Laisse parler les garçons.

Son père conduisit sa mère hors de la chambre, et Simon les suivit, mais il se retourna.

— Si tu as besoin de quoi que ce soit, Kurt, crie un bon coup.

— Ça ira, lui répondit-il en retour.

Sauf si bien sûr, Davy s'enfuyait. Il aurait besoin de Simon pour courir après lui et le ramener.

La porte se referma derrière eux, et comme si un sort avait été brisé, Davy se précipita à côté de Kurt et lui prit la main.

— Je... je... bafouilla-t-il tandis que des larmes roulaient de ses yeux rougis, mouillant sa main. Je suis tellement désolé, Kurt.

176

— Je suis désolé aussi.

Davy n'arrêtait pas de remuer, tapotant les draps, son bras, caressant ses doigts.

— Assieds-toi, s'il te plaît.

Davy s'assit, et enlaça ses doigts avec ceux de Kurt.

— Je sais que nous devons parler, mais ce n'est probablement pas le bon moment, commença Davy

Un écho de cette impuissance terrible et à couper le souffle qu'il avait vécue dans l'ambulance revint. Avoir à parler n'était jamais une bonne chose. Soudain, il se demanda ce que Simon avait dit à Davy pour le faire venir. Davy était-il seulement ici parce que Kurt l'avait demandé sur ce qui semblait être son lit de mort ? Pour satisfaire la requête d'un mourant ? Ce serait vraiment horrible. Parce que quand il avait vu Davy dans l'encadrement de la porte, il avait pensé que tout allait s'arranger. Mais Davy n'avait même pas fait allusion à la grande révélation de sa mère. Peut-être qu'il s'en fichait.

— S'il te plaît. Dis-le-moi. Je ne veux pas attendre. Si tu veux disparaître de ma vie pour de bon, dis-le. Que ce soit une rupture claire et nette.

Kurt regarda l'oreille de Davy, ne voulant pas voir la pitié dans ses yeux.

Le moniteur à côté de son lit bipa juste un peu plus vite, et Davy y jeta un œil avant de regarder Kurt attentivement.

— Nous avons toujours besoin de parler. Mais plus tard, pas moins de vingt-quatre heures après que tu te sois fait tirer dessus. Mais je ne veux pas sortir de ta vie. Je veux... en faire davantage partie.

Kurt saisit l'occasion et déplaça son regard. Il n'avait pas imaginé la tendresse qu'il avait vue dans les yeux de Davy un peu plus tôt.

— Vraiment ? demanda-t-il incertain.

— Si tu le veux aussi, bien sûr.

Kurt hocha la tête.

— S'il te plaît.

Davy se pencha et l'embrassa, ses lèvres aussi douces et tendres que dans son souvenir, replaçant la pièce manquante dans le cœur de Kurt.

Davy leva la tête.

— Encore, dit Kurt.

Riant à travers de nouvelles larmes, Davy secoua la tête.

— Appelle ça un encouragement à aller mieux.

Les paupières de Kurt commencèrent à tomber.

— Tu as besoin de repos. Je vais aller parler à ta mère, je suppose. Je ne peux pas... je ne peux pas croire que tu lui aies parlé de moi.

— Et bien, je ne lui ai pas *tout* dit.

— Oh, bien.

— Simon, en revanche...

Davy tourna des yeux horrifiés vers lui. Kurt hocha la tête et voulut rire, mais il savait que cela lui ferait un mal de chien.

— Je ne peux pas y croire... Attends... tu lui as tout dit ? Tu as fait ton coming-out auprès de *lui* aussi ?

Ouais, Davy avait raison. Ils avaient besoin de parler, mais il était beaucoup trop fatigué pour le faire maintenant.

— Hum... Je vais te laisser dormir maintenant, mais, est-ce que ta mère voulait vraiment dire ce qu'elle a dit ? Je veux dire... est-ce que tu...

Kurt n'entendit pas la fin de la question.

QUAND IL se réveilla une nouvelle fois, Davy était à nouveau assis à côté de lui – ou toujours – et endormi, sa tête brune nichée sur un coin de l'oreiller aussi plat qu'une crêpe de Kurt. Le parfum de citronnelle surpassait l'odeur d'antiseptique de l'hôpital, et il sourit. La nourriture thaïe était au menu dans un avenir proche. Même s'il adorait la cuisine thaïe, il n'avait pas été capable d'en manger depuis que Davy l'avait quitté. Il tenta de bouger et, même si le pincement dans sa poitrine était encore là, ce n'était pas tout à fait aussi douloureux que la dernière fois. Ses mouvements alertèrent Davy, qui leva la tête et sourit doucement à Kurt. Ces fossettes étaient si adorables et si absolument désirables. Bientôt, il céderait à cette envie.

— Comment te sens-tu ?

— Un peu mieux.

Peut-être plus qu'un peu. Son esprit n'était plus aussi brumeux, mais cela pourrait changer dès qu'il recevrait des analgésiques.

— Comment s'est passée ta conversation avec ma mère ?

— Bien, en fait. Ça a été bref, cependant. Elle m'a renvoyé chez moi pour que je me repose un peu, et le temps que je revienne ici, tout le monde était déjà parti pour la nuit.

— Est-ce que mes frères t'ont donné du fil à retordre ?

178

— Je ne les ai pas vus. Ils ont dû passer entre mes visites.

Kurt supposait qu'ils étaient venus, bien qu'il fût certain de ne pas s'être réveillé pour aucun d'eux.

— Quelle heure est-il ?

Davy tordit son poignet pour regarder sa montre.

— Presque minuit.

Minuit ? L'éclairage semblait ne jamais changer à l'hôpital. Tout le temps aussi lumineux qu'à midi.

— Non pas que je ne sois pas heureux que tu sois là, mais comment se fait-il qu'ils t'aient laissé rester ?

Ses joues se colorèrent légèrement et Davy baissa les yeux.

— Ta mère leur a dit que j'étais de la famille.

Kurt ne savait pas trop pourquoi Davy avait l'air presque honteux. Ou coupable. Peut-être...

— Est-ce que tu veux parler maintenant ? Je doute que ma famille si attentionnée nous interrompe.

— Est-ce que je peux t'embrasser d'abord ? demanda Davy.

Oh. Il sentit un petit élancement entre les jambes. Il était trop tôt pour qu'il puisse ne serait-ce que penser au sexe, mais il était bon de savoir que tout fonctionnait bien.

— Oui, s'il te plaît.

Kurt ne pouvait pas attendre jusqu'à ce qu'ils puissent échanger plus qu'un baiser. Il avait l'impression d'avoir attendu Davy une vie entière.

— Oh, attends... Ça fait, genre, trois jours que je ne me suis pas brossé les dents.

Davy eut un petit sourire amusé.

— Nous sommes dans un hôpital. Nous n'allons pas nous rouler un patin.

Davy mordilla sa mâchoire avant de faire glisser ses douces lèvres sur les siennes et de les grignoter à leur tour.

Kurt retourna le baiser, paradoxalement troublé que Davy ne cherche pas à l'embrasser plus intensément.

— Si je me déplace un peu, est-ce que tu t'allongerais à côté de moi ?

— Je ne veux pas te faire de mal.

— S'il te plaît.

Après quelques douloureuses secondes, Kurt fit une place à Davy sur le lit étroit et inconfortable. Davy glissa doucement ses bras autour de Kurt, et il fut capable de se détendre.

— Alors, je t'écoute, invita Kurt.

— Par où commencer ? Je suis allé voir un conseiller, comme tu l'avais suggéré. Je n'allais pas le faire. J'étais assez furieux contre toi, en fait. Jon m'a finalement convaincu que c'était une bonne idée. Je... euh... j'ai tout raconté à Jon, aussi.

Oh. La prochaine rencontre de Kurt et Jon promettait d'être intéressante.

— Continue, l'invita Kurt.

— Eh bien, j'ai beaucoup appris sur moi-même et ma relation avec Ben. J'ai aussi appris que j'ai fini par te blâmer pour un tas de choses que Ben avait faites ; une sorte de transfert, je suppose. En plus, tu m'as aidé à traverser des moments difficiles, et c'était un peu castrateur même si je commençais à tenir à toi. J'avais l'impression de trahir Ben, je me sentais stupide de désirer un hétéro – un mec hétéro qui avait vu le pire chez moi – et j'avais peur de ne pas savoir comment me débrouiller seul. Jusqu'à cette nuit chez moi, je ne savais pas que tu étais attiré par moi. Mais alors, mon attirance s'est mêlée de colère... et j'ai été vraiment horrible avec toi. J'espère que tu pourras me pardonner.

Se blottissant un peu plus près de la chaleur du corps mince de Davy, Kurt soupira.

— J'étais déjà arrivé à la conclusion qu'aucun de nous n'était prêt pour notre rencontre. Je, et bien, je n'avais jamais été attiré par un mec avant de te connaître. Je n'étais même pas sûr de savoir si ce que je ressentais était une vraie attraction sexuelle. Je me suis battu contre mes sentiments pour toi, jusqu'à cette nuit-là, quand Andrew m'a rendu complètement fou. Mais c'est arrivé, et même si je regrette ce qui s'est passé après, c'était la meilleure baise de ma vie. En partie parce que j'étais déjà amoureux de toi, même si je refusais absolument de l'admettre.

Alors que Kurt parlait, Davy s'appuya sur un bras pour le regarder, incrédule.

— Oh, mon Dieu. Je me sens coupable. Tu n'avais jamais été attiré par un mec avant ? Tu n'avais jamais eu de rapports sexuels avec un homme avant ? Putain de merde. Je pensais que tu étais un gay si profondément inavoué que, à cause de tous les problèmes que je traversais, je ne l'avais pas remarqué. Ça m'a rendu si triste.

Davy ferma les yeux.

— Oh, Kurt. Je n'arrive pas à y croire. Je ne t'ai pas fait mal, n'est-ce pas ?

Kurt grogna.

— N'as-tu pas entendu ce que j'ai dit ? Meilleure. Baise. De ma vie. J'aurais pu me passer de cette dispute dramatique et tu n'as répondu à aucun de mes appels.

Davy devint aussi rouge qu'un camion de pompiers.

— Je suis désolé.

— Et le jour où j'ai reçu les résultats de tes tests… Disons juste que j'ai connu des jours meilleurs. Ça ne m'est pas venu à l'idée à ce moment-là d'utiliser un préservatif.

— Je suis désolé pour ça aussi. J'ai eu tellement honte quand j'ai réalisé que je n'avais pas mis de préservatif. Ben et moi étions monogames, nous n'avions pas utilisé de préservatifs depuis des années. Mais j'aurais dû te protéger.

Ses mots auraient dû hérisser Kurt, mais il commençait à réaliser que dans une relation, on se protégeait l'un l'autre, parce qu'on ne pouvait pas supporter que l'autre soit blessé.

— Honnêtement, jusqu'à ce que j'ouvre cette enveloppe, ma seule pensée était que je ne pouvais heureusement pas avoir d'enfant. J'aurais peut-être dû t'envoyer les miens également ?

L'étiquette propre à ce genre de pratique lui échappait toujours.

Davy secoua la tête.

— Tu passes des tests dans la police, n'est-ce pas ? Je n'étais pas inquiet à ton sujet. Et je ne voulais pas que tu t'inquiètes à propos de moi. J'aurais dû appeler ou écrire un mot, mais j'avais peur. Je pensais que tu serais rentré chez toi et que tu te serais rendu compte que tu me détestais moi… ou le sexe…

— Je t'aime, tu te souviens ? Même ma mère le sait. Je n'aurais pas pu rêver d'une meilleure initiation. Sauf que je n'ai jamais pu de toucher. Sucer ta queue.

Quelque chose poussa sur le côté de Kurt et Davy se tortilla. Il sourit. Il devenait plus facile de lire ce genre de signaux. Il avait juste besoin d'utiliser sa queue comme baromètre. Mais alors, il se souvint de ses transgressions, et ses propres joues se mirent à brûler.

— Donc, euh, je pense que la conclusion de cette discussion est que nous voulons être ensemble, c'est ça ?

Davy hocha la tête.

— Et bien, euh, je devrais probablement te dire quelques petites choses moi aussi. Avant que nous ne prenions une quelconque décision.

Kurt ne garda rien pour lui, ni la boisson, si son comportement erratique, ni son coming-out, ni la réaction de Ian, ni son intermède avec Justin. Quand il eut fini, il chercha le visage de Davy, se demandant ce qu'il pensait.

— Laisse-moi bien comprendre tout ça. Tu as fait ton coming-out, à cause de moi. Tu m'as envoyé des messages chaque semaine pour me faire savoir que tu pensais à moi, même si je n'ai jamais retourné aucun de tes messages. Tu m'as laissé cette magnifique rose, que j'ai fait sécher et que j'ai toujours. Savoir que tu étais là dehors et que tu pensais toujours à moi m'a aidé – plus que je ne saurais jamais le dire – à traverser mes problèmes. Tu pensais que je ne voudrais jamais te revoir. Tu ne me détestes pas parce que je t'ai laissé traverser ça tout seul. Et pourtant tu penses que le fait de t'être fait masturber par un étranger me fera réfléchir à deux fois avant de t'aimer.

— Euh.

Kurt n'était pas vraiment en mesure d'enregistrer autre chose que Davy disant qu'il l'aimait.

— Oh, Kurt. La plupart des mecs dans ta situation auraient baisé tous ceux qui auraient écarté les jambes pour eux. Ne te méprends pas, je suis heureux que tu ne l'aies pas fait. Mais je ne te blâme pas pour Justin.

Les mots filtrèrent finalement dans son esprit. Cela arrivait réellement. La douleur dans sa poitrine n'était absolument rien comparée à son besoin impérieux d'embrasser Davy. Il enroula une main autour du cou de Davy et l'attira à lui, rencontrant ses lèvres dans un baiser affamé.

Davy gémit et oublia son décret 'pas de patin à l'hôpital'. Kurt soupira contre ses lèvres avant d'envoyer sa langue lutter contre celle de Davy.

Ils haletaient tous les deux quand Davy releva la tête.

— Oh, je te veux, murmura-t-il.

— Pas ici, pourtant, hein ?

Le regret s'entendait dans le ton de la voix de Kurt.

Lui souriant, Davy promena ses doigts sur son front, et les fit glisser dans ses cheveux.

— Non, pas ici. À la maison, plus tard.

— À la maison ? répéta Kurt.

— Je sais que nous avons toujours des choses à régler, et sortir ensemble… et bien, plus j'y pense, plus je me rends compte que nous sortions déjà ensemble, mais qu'aucun de nous n'en était conscient. Donc je veux que tu vives avec moi. Je veux prendre soin de toi, t'aider à récupérer. Je veux être là pour toi quand tu rentres à la maison après une longue journée.

Vivre avec Davy. Il avait détesté son appartement pendant des mois, et il pouvait l'admettre maintenant – c'était parce que Davy n'y était pas. Il s'était toujours senti bien chez Davy, senti chez lui. La pensée d'y passer tout son temps le remplit de joie.

— Tu es sûr ? Mes horaires sont bizarres et souvent longs. J'aurais peut-être à annuler des projets à la dernière minute.

Être flic était difficile à concilier avec une relation amoureuse.

Davy grogna et embrassa son front.

— Euh, oui, Kurt, je sais ça.

Oh, ouais, bien sûr qu'il le savait. Il avait vécu avec un flic pendant dix ans.

— Mais à ce propos, je ne suis pas sûr… Non, oublie.

— Quoi ? insista Kurt.

Il n'allait certainement pas prendre ce genre d'engagement s'il n'abordait pas les doutes de Davy, pour commencer.

— Peut-être que nous devrions attendre pour en discuter, murmura Davy timidement, enfouissant son visage dans le cou de Kurt.

— Non. Je suis réveillé, tu es réveillé, et je veux savoir ce qui te préoccupe.

Davy resta dans cette position si longtemps que Kurt commença à se demander s'il était à nouveau tombé endormi.

— J'ai peur. Tu as été blessé deux fois maintenant, et nous savons tous les deux que tu aurais pu être tué, marmonna Davy contre son cou.

Kurt tourna la tête, ignorant l'étirement des muscles qui descendait dans sa poitrine, et réussit à embrasser le haut de la tête de Davy tandis qu'il mettait de l'ordre dans ses pensées.

— Je sais que c'est dur. L'attente, l'inquiétude de voir un officier à la porte. C'est pour ça qu'il y a un taux de divorce aussi important dans cette profession. Et tu dois savoir que je n'aime pas plus que ça être blessé. Je fais ce que je peux pour l'éviter. Je devrais probablement refuser ces fichues opérations spéciales. Le service des Homicides n'est généralement pas aussi dangereux.

— Attends. Tu as été blessé pendant une opération spéciale ?

Davy se redressa à nouveau et le regarda.

— Ouais, cette fois.

Ses blessures avaient été plus une coïncidence qu'autre chose, et la dernière fois, et bien, personne n'avait cherché à se venger de lui en particulier.

— N'en fais plus. S'il te plaît. Je pense… je pense que je pourrai le supporter, si tu ne participes plus à ce genre d'opération.

— D'accord. J'en parlerai à mon patron.

Ils auraient le temps de discuter du futur de sa carrière plus tard. Kurt aimait son travail et il était compétent, mais il ne voulait pas faire partie des tristes statistiques de divorce. Il savait déjà ce que c'était que de vivre sans Davy, et c'était foutrement moche – ils méritaient tous les deux un peu de bonheur, et il ne perdrait cette chance pour rien au monde. Si Davy ne pouvait réellement pas supporter son travail, il trouverait quelque chose d'autre à faire.

— Alors d'accord, je le ferai. J'emménagerai chez toi, dit Kurt.

Et il n'avait même pas peur. C'était naturel, c'était la bonne chose à faire, et même la douleur de perdre l'amitié et le respect de Ian serait plus facile à supporter grâce à l'amour de Davy.

Ses fossettes illuminant son visage, Davy l'embrassa, tendrement au début, puis de plus en plus avidement et sauvagement. La main de Davy se faufila sous la fine couverture et glissa le long de la jambe nue de Kurt, sous la blouse d'hôpital si attirante. Kurt ne pouvait blâmer un accès aussi facile. Mal à propos, il étendit le bras pour chercher le sexe de Davy et gémit… de douleur, avant de retomber en arrière. Davy le libéra instantanément et brisa leur étreinte.

— Oh, Kurt, je suis désolé.

Un voile de transpiration marqua son front et malheureusement, sa queue dégonfla.

— Nan, ne le sois pas. Mais je pense que je vais avoir besoin d'un peu plus de temps pour récupérer.

Davy se blottit à nouveau contre lui, déposant de légers baisers sur son épaule, sa poitrine mince se soulevant de façon saccadée alors qu'il laissait son excitation retomber. Sa respiration reprit enfin un rythme régulier, et il s'endormit doucement.

Réchauffé et plus heureux qu'il ne l'avait été depuis des mois, Kurt se laissa également glisser dans le sommeil.

— Hé, MINUS, réveille-toi.

Les yeux de Kurt papillonnèrent.

— C'est quoi ton problème, Mike ? marmonna Kurt d'une voix endormie.

Qui réveillait un mec qui se remettait d'une blessure par balle ?

— Je devine que c'est le petit ami, hein, minus ?

Davy était toujours endormi au chaud contre lui. Mike mentait-il quand il disait que son homosexualité ne le dérangeait pas, maintenant qu'il avait la preuve devant les yeux que son petit frère était gay ? Kurt fit un geste du menton vers son frère.

— Ouais, et alors ?

— Bon sang, qui a pissé dans tes céréales ce matin ?

L'estomac de Kurt gronda.

— Oh, je vois. Tu es grincheux quand tu as faim. Peu importe. Maman est en chemin. Je suppose qu'elle ne considèrera pas ça très propice à ta guérison.

Le doigt de Mike voyagea entre lui et Davy.

— Et toute la famille est avec elle, ajouta-t-il.

Une tension soudaine traversa Davy, et Kurt sut qu'il était éveillé et conscient. Par la porte ouverte, Kurt entendit les voix de sa famille. Davy également, mais il ne bondit pas du lit à temps. Ses cheveux étaient en bataille. Il avait l'air coupable, terrifié et abasourdi. Kurt voulait juste qu'il revienne se pelotonner à côté de lui – son côté était tout froid maintenant – et il refusa de libérer la main de Davy, qui après quelques secondes, arrêta d'essayer de se dégager.

Mike le regarda de haut en bas.

— Quel est ton nom, petit ami ? demanda-t-il alors que Dylan et ses sœurs entraient dans la chambre, devançant ses parents.

Et s'arrêtaient, chacun regardant Davy et ses doigts enlacés à ceux de Kurt.

— Davy, murmura-t-il.

— Mike, fiche-lui la paix.

Mike tourna son regard glacial vers Kurt.

— Minus, il t'a fait du mal. Il n'était pas là pour toi.

— Je sais, grand frère. Il y a... des choses que tu ne sais pas, et je lui ai fait du mal également. Mais nous avons éclairci tout ça. Nous nous aimons. Je vais emménager chez lui.

Il y eut un soupir collectif du côté des femmes.

Le regard de Mike passa sur Davy et revint vers Kurt. Kurt leva les yeux pour voir la réaction de Davy et fut étonné de voir le sourire doux et chaleureux que celui-ci lui adressa.

Erin poussa Mike sur le côté et le dépassa, lui donnant une tape sur l'arrière du crâne.

— Arrête de te prendre pour papa. Salut, je suis Erin... Davy, d'après maman, c'est bien ça ?

Elle l'étreignit, et Davy sembla terrifié et heureux à la fois.

LE TEMPS que l'infirmière arrive pour mettre les visiteurs en excès dehors, Davy était plus à l'aise avec sa bruyante, turbulente et affectueuse famille. En fait, Kurt soupçonnait que Davy avait hâte de faire partie d'une grande famille. Même s'il pouvait changer d'avis une fois qu'il se retrouverait dans une pièce avec la tribu au complet, nièces et neveux compris. Sa famille proche pouvait être envahissante, sans compter les membres qui s'y étaient ajoutés au fil des années.

Il souhaitait juste que Ian pourrait trouver un moyen de lui rendre visite, et il le dit à sa mère.

— Il reviendra. Il était là, quand tu étais sur la table d'opération. Il s'inquiétait pour toi. Je ne sais pas ce qui prend à ce garçon, mais il reviendra.

— Je ne sais pas, maman. Est-ce qu'il t'évite aussi ?

— Vous les garçons, je ne vous vois jamais autant que je le voudrais. Vous êtes trop occupés avec vos fêtes, vos sorties et votre travail.

Le travail. Ouais, c'était certainement son problème. Et non faire la fête ou sortir.

— Je suppose que tout ça va changer, du moins une fois que Dylan sera marié, répondit Kurt pensivement.

Sa mère le regarda longuement.

— J'attends que Davy et toi fassiez des apparitions régulières aussi. Et bien sûr, tout le monde t'aidera à déménager et t'installer. Après tout, tu ne seras pas capable de soulever quoi que ce soit pendant un moment.

— Merci, maman.

— Mon bébé, inquiète-toi seulement d'aller mieux.

Après que sa famille soit partie déjeuner, Davy revint à ses côtés.

— J'aime bien ta famille.

— Ils t'aiment bien aussi.

— Tous sauf Ian.

Les narines de Kurt s'élargirent.

— Ma mère dit qu'il reviendra.

— Mais tu n'y crois pas.

Etait-ce le cas ? Il ne pouvait pas croire que Ian irait jusqu'à renier leur parenté, mais il avait entendu des tas d'histoires pires que celle-là.

— Je ne sais pas. Je ne pense pas.

— Je suis désolé. J'ai l'impression que c'est de ma faute.

— Non. Ne sois pas désolé pour ce que nous avons trouvé. Je ne le suis pas. Je t'aime.

— Je t'aime aussi. Tu es en train de te fatiguer. Je vais te laisser dormir et rentrer à la maison, la préparer pour toi.

Davy lui donna un baiser rapide et s'écarta avec un regard moqueur quand Kurt essaya de l'approfondir.

— Toi, tu dors.

— Sinon quoi ? demanda Kurt de manière suggestive.

La chaleur emplit le regard de Davy.

— Je vais penser à quelque chose. Mais quoi que je trouve, tu n'auras pas la chance d'en profiter à moins d'aller mieux, c'est compris ?

Jusqu'alors, Kurt n'avait jamais pensé qu'il aimerait que quelqu'un prenne en charge sa vie sexuelle comme Davy le faisait, ni qu'il l'aurait espéré de son petit ami... amant... compagnon... avant de le vivre vraiment. Mais il aimait ça. Il aimait Davy. En souriant, il garda son regard rivé sur la courbe admirable du cul qu'il était impatient de toucher, jusqu'à ce qu'il disparaisse de sa vue.

Un an plus tôt, Kurt avait touché le fond, comme cela ne lui était jamais arrivé auparavant, mais sans cette période vraiment merdique, il n'aurait jamais connu cette joie, cet amour.

ÉPILOGUE

SIMON S'ÉTIRA, ses doigts touchant presque le plafond. Il n'avait que quelques taches de peinture sur lui, alors que Jon, Rick et Davy avaient tous des stries multicolores sur leurs vêtements.

— Je vais aller chercher quelques pizzas. Je ne serais pas long, déclara-t-il.

— Mauviette, lança Kurt qui changea de position sur le canapé alors que Simon haussait un sourcil.

— Tu as de la chance d'être toujours en convalescence. Sinon, tu serais en train de faire toute la peinture toi-même.

Simon jeta un chiffon humide à la tête de Kurt, qui atteignit sa cible avec un bruit mouillé.

Davy se mit à rire et se laissa tomber à côté de Kurt.

— Je pense qu'il est temps de faire une petite pause. Nous avons tous travaillé dur.

— Moi aussi. Tout superviser est un travail difficile.

Kurt sourit à son amant. Il avait déménagé tout de suite après sa sortie de l'hôpital, il y avait deux semaines de cela, et ils avaient repris leurs confortables habitudes l'un avec l'autre, comme s'ils n'avaient jamais été séparés, comme s'ils avaient toujours vécu ensemble. Certaines choses étaient nouvelles – Kurt accompagnait maintenant Davy lors de ses visites bimensuelles à la mère de Ben, il avait annulé son abonnement au club de gym, et Sandra commençait à parler à Oliver de son oncle Kurt.

Il y avait encore mieux, cependant : il y avait de nouveau des pipes dans sa vie. Bon sang. Jamais elles n'avaient été aussi bonnes. Il avait rapidement découvert qu'il aimait en donner autant, et peut-être même plus, qu'en recevoir. Davy, dans les affres de l'orgasme, était plus magnifique et désirable que tout ce qu'il avait jamais vu.

Raison pour laquelle il était impatient de se débarrasser de leurs amis dès que cela serait humainement possible. Le médecin de Kurt avait donné son accord la veille pour des exercices plus énergiques – ça les avait tué tous les deux d'attendre depuis qu'ils s'étaient retrouvés – mais Kurt avait voulu faire une surprise à Davy, qui était resté coincé au travail assez tard.

188

Il ne pouvait pas annuler la partie de peinture prévue aujourd'hui, mais bon sang, chaque fois que Davy bougeait, la queue de Kurt répondait. Il lui tardait d'avoir son mec pour lui seul.

— Mais tu as fait de l'excellent travail.

Davy passa une main sur sa cuisse et Kurt retint son souffle. Entre cette caresse et ses souvenirs du sexe de Davy dans sa bouche la nuit passée, Kurt était foutrement heureux d'être assis. Il devait arrêter de penser au sexe alors que leurs amis étaient là.

— Oh, arrête de nous l'exhiber, Davy, dit Rick en faisant la moue.

— De vous l'exhiber ?

— Nous savons tous que tu as un flic grand et fort à ton entière disposition. Tu as converti un hétéro. On a compris. Arrête de le tripoter et de nous rendre tous jaloux.

— Je ne suis pas jaloux, répondit Simon avec un grand sourire.

— C'est ce que tu dis, le taquina Rick.

— Bon, sur ce, je reviens.

Simon attrapa ses clés et quitta la maison.

— Sérieusement, cependant, cette pièce est en train de devenir vraiment superbe, déclara Kurt.

Il avait voulu refaire la décoration ; pas exactement effacer Ben, puisque la maison n'avait de toute façon pas beaucoup de personnalité, mais plutôt pour s'approprier leur chez-eux, et non une relique de la relation de Ben et Davy. Quand ils s'étaient rendus au magasin de décoration intérieure, Davy avait jeté son dévolu sur des tons vifs et chaleureux avec un enthousiasme inattendu. Bientôt, la maison entière serait pleine de couleur, pas seulement cette pièce. Leur chambre était la seule à être encore blanche, mais Davy avait choisi un tas d'échantillon de couleur à peindre. A chaque coup de pinceau, il rayonnait, et Kurt aimait tout ce qu'il voyait. Il attira Davy pour l'embrasser, qui finit sur ses genoux. Jon et Rick gémirent.

Kurt n'avait jamais eu de tendances exhibitionnistes, mais il trouvait amusant de narguer les amis de Davy. Il ne devrait probablement pas en être fier, mais pour l'instant, c'était très amusant.

La sonnette de la porte d'entrée retentit.

— Non, vraiment, ne vous levez pas, les gars. J'y vais, les taquina Jon.

Davy se releva des genoux de Kurt, et Rick jeta un coup d'œil à l'entrejambe de Kurt pour faire à nouveau la moue.

— Arrête de mater mon homme, Rick, dit Davy en lui lançant un regard noir.

— Je ne savais pas que ton frère venait nous aider, déclara Jon depuis l'entrée.

Kurt échangea un regard perplexe avec Davy. Euh. Le voyage d'affaires de Mike avait dû être annulé parce qu'il n'y avait aucune chance pour que Dylan puisse se défiler des préparatifs de son mariage pour passer un samedi entier à peindre.

Ian suivit Jon dans le salon, ses yeux suppliant Kurt, mais pourquoi, il ne savait pas. Ian ne lui avait pas dit un mot depuis des mois, et même si sa mère lui avait dit que Ian lui avait rendu visite à l'hôpital, que Ian reviendrait, Kurt ne l'avait pas crue. Il ne le croyait toujours pas.

— Qu'est-ce que tu fais là ?

Kurt se leva et fit quelques pas vers lui.

Il sentit Davy se placer à ses côtés pour le soutenir et présenter un front unifié. Davy et lui n'avaient pas mentionné la défection de Ian aux autres, même si Simon était au courant. Leurs amis n'avaient rencontré aucun des frères de Kurt – pour l'instant. La fête d'anniversaire d'Erin arrivait et Kurt avait prévu de tous les inviter.

— Oh, mon Dieu, Kurt ! *C'est* un de tes frères ?

La voix de Rick chuta pour prendre l'intonation que Kurt avait commencé à appeler sa voix de *Je-veux-que-tu-me-baises*.

— S'il te plaît, dis-moi qu'il est gay aussi.

— Il est hétéro, répondirent Kurt et Davy en même temps.

— Je ne le suis pas, répliqua Ian.

Kurt fut vaguement conscient du cri perçant de Rick exprimant sa joyeuse gaieté, mais pour l'instant, tout ce qu'il voyait, c'était son frère.

Il ne pouvait parler avec tout ce monde autour d'eux, mais il attrapa le bras de Ian et le conduisit vers le sous-sol. Ils avaient besoin d'intimité pour discuter, et il ne n'allait pas emmener Ian dans la chambre qu'il partageait avec Davy – leur sanctuaire. Surtout si cette discussion ne tournait pas bien.

— Oh merde, Kurt, dit Ian en se retournant, passant en revue la gigantesque salle de gym que Davy avait au sous-sol. C'est incroyable.

Oui. Kurt adorait cette pièce lui aussi. Il s'était vu en rêve s'entraîner ici avec Davy, puis passer à un autre type d'exercice en utilisant les différentes machines.

— Arrête de tourner autour du pot. C'est quoi ce bordel ?

Ian le regarda fixement, mais ne parla pas.

— Sérieusement, Ian, qu'est-ce que tu as voulu dire là-haut ?

190

Kurt n'avait jamais été tenté de frapper un de ses frères dans l'intention de lui faire du mal, mais l'envie montait soudainement en lui. Ian l'avait blessé. Méchamment.

Passant ses mains dans ses cheveux, Ian se mit à marcher de long en large.

— Je... je suis gay aussi.

Kurt fronça les sourcils. Il savait qu'il aurait dû lui témoigner un soutien sans faille, comme le reste de la famille l'avait fait pour lui, mais merde. Ian était-il en train de se moquer de lui ?

— Et qu'en est-il de toutes ces filles ? Ces strip-teaseuses ?

— Je pourrais te poser la même question. Tu as eu des petites copines, riposta Ian du tac au tac sur un ton accusateur, le regard sombre.

— Et donc, tu viens juste de t'en rendre compte ?

Ian baissa les yeux.

— Non, je le sais depuis un moment. Des années. Les femmes étaient juste une couverture.

— Des années ? Tu te fous de moi, sérieusement ? C'est quoi ces conneries ?

— J'avais peur. Je pensais que je perdrais tout le monde. Donc je l'ai caché. Quand tu me l'as dit, tout... béat et confiant. Je pensais que tu l'avais découvert et que tu te foutais de moi. Ensuite, j'ai réalisé que tu disais la vérité, et tout le monde l'a accepté sans aucun problème... J'étais en colère contre toi.

Ian baissa les yeux sur ses pieds, et ses épaules s'affaissèrent en signe de défaite.

La colère de Kurt s'évanouit. Il se rappelait les mois terribles qu'il avait passés à agoniser au sujet de sa sexualité. Si ce n'avait pas été pour Davy... Parce qu'il voulait être avec Davy... Il aurait pu faire la même chose que Ian. Pendant des années. Seigneur, des années.

— Viens là.

Kurt ouvrit ses bras. Ian ravala un sanglot et le serra contre lui. Kurt lui rendit son étreinte, sentant que sa vie était soudainement et finalement complète.

Ils s'assirent sur un des bancs recouverts de vinyle.

— Vas-tu le dire à tout le monde ?

Il ne voulait pas le pousser, mais Ian devait se rendre compte qu'il pouvait être franc. S'il le voulait.

— Ouais. Ça me tuait, de faire semblant. Je n'arrive pas croire que tu aies eu le courage de tout dire à ta propre fête d'anniversaire.

— Et bien, j'avais une certaine motivation. Tu as vu mon copain ?

Kurt voulut introduire un peu de légèreté à la conversation.

Ian sourit et essuya ses yeux humides.

— Le mignon petit blond ?

Rick ? Vraiment ?

— Est-ce que tu as un petit ami ? lui demanda Kurt.

— Non, seulement beaucoup de rencontres d'un soir.

— Et bien, retournons au salon. Laisse-moi de présenter à Rick.

— Rick ?

— Le mignon petit blond. Mon Davy c'est le grand aux cheveux bruns...

Merde. Le mot sexy lui avait presque échappé des lèvres. Il n'avait jamais utilisé ce mot de toute sa vie. Rick avait clairement une mauvaise influence.

— Allons-y. Je vais rester vous donner un coup de main, si tu es d'accord.

Kurt fit les présentations, et se rassit sur le canapé avec Davy pour manger la pizza que Simon avait ramenée. Tous les trois ainsi que Jon regardèrent alors Ian et Rick se tourner autour comme, et bien, Kurt n'avait aucune comparaison pertinente. C'était une parade amoureuse, à mi-chemin entre une exhibition de plumages et un bras de fer visant à désigner un mâle dominant. Par miracle, avec toute cette testostérone, les travaux de peinture furent achevés, mais Ian et Rick s'échappèrent sans prévenir.

LE SOLEIL se couchait, de simples toiles blanches couvraient tous les meubles – sauf dans la chambre. Ils étaient enfin seuls et Kurt était un peu nerveux.

— Je vais prendre une douche, dit-il tandis que Davy embrassait sa tempe. Tu veux venir ?

Se doucher tous les deux avait été un autre plaisir sensuel qu'il avait découvert avec Davy. Mais s'ils se douchaient ensemble, auraient-ils encore assez d'énergie pour ce que Kurt espérait qu'il arrive ? Il serait fou de renoncer à un Davy humide et glissant, quoi qu'il en pense.

Kurt tendit la main, et Davy le conduisit dans la salle de bains.

L'EAU ÉTAIT chaude, mais les mains de Davy le savonnant en douceur étaient foutrement plus brûlantes. Davy l'attira dans un baiser, l'eau se déversant sur leurs têtes, glissant le long de leurs bouches scellées. La langue de Davy explorait profondément la bouche de Kurt, mimant ce que Kurt espérait qu'il lui ferait plus tard avec sa queue. Quand Davy déplaça ses lèvres pour sucer l'eau sur sa nuque et ses épaules, Kurt fit courir ses mains savonneuses sur la peau lisse de son amant, le touchant partout, ne s'attardant nulle part, le taquinant, apprenant. Une fois qu'il estima que Davy était aussi propre qu'il pouvait l'être, la main de Kurt dériva jusqu'à sa queue longue et mince. Il aimait la sensation dans sa paume, presque autant qu'il aimait la façon dont Davy la faisait glisser dans sa bouche ; mais il était presque sûr qu'il aimerait plus que tout le moment où Davy pilonnerait si bien son cul.

Ce soir, il le saurait incontestablement.

Davy lui retourna la faveur, mais s'intéressa tout de suite à son bas-ventre. Caressant sa queue, jouant avec ses poils humides, faisant rouler doucement ses couilles. Les doigts d'une main pressant sous ses testicules tandis que les doigts de l'autre s'insinuaient entre ses fesses, se dirigeant vers l'endroit convoité par le haut. Kurt se cambra, laissant sa queue glisser sur la peau de Davy.

Déplaçant ses propres mains sur la taille de Davy, il passa ses doigts le long des courbes fermes de son cul, adorant la texture de la fine toison de poils sous ses doigts. Si différent d'une femme et si parfait.

— C'est ça. Si beau et érotique. J'aime te rendre fou. Tu vas me lécher, me sucer ?

Kurt ne savait pas où Davy trouvait le souffle pour prononcer ces choses coquines et grossières mais une fois qu'il commençait, ses douces lèvres laissaient échapper une traînée d'obscénité qui faisait suinter et contracter sa queue.

Pourtant, si la nuit devait se déroulait comme il l'espérait, Kurt allait devoir trouver le souffle – et le courage – de dire quelque chose.

— Je veux que tu me baises.

Davy s'immobilisa, le doigt prêt à pénétrer son corps.

— Quoi ?

— Le docteur m'a autorisé à, euh, m'adonner à des activités plus vigoureuses.

Davy laissa échapper un gémissement étouffé, et ses hanches tressaillirent.

— Bon dieu, Kurt. J'ai presque joui. Tu es sûr que c'est ce que tu veux ?

Ses mains se déplacèrent pour serrer le cul de Kurt.

Kurt s'écarta, prit le visage de Davy dans ses mains, et plongea intensément son regard dans les yeux de son amant, dilatés par la luxure.

— Je n'attends que ça, je n'arrête pas d'en rêver.

Davy en resta bouche bée, le regardant fixement pendant un moment avant de retrouver ses sens.

— Alors tu ferais mieux de bouger ton cul jusqu'à la chambre.

Davy ponctua l'ordre avec une forte claque sur ses fesses, qui fit écho dans leur douche.

— Meeerde, gémit Kurt.

La légère sensation de brûlure lui fit trembler les genoux.

Kurt passa la main derrière Davy pour arrêter l'eau. Ils s'étaient à peine séchés quand Davy le chassa dans la chambre. Kurt se jeta sur le lit ne ressentant qu'un léger pincement dans l'épaule. Davy avança lentement au dessus de lui, et se jeta sauvagement sur sa bouche, sa langue ne faisant rien d'autre qu'entrer et sortir dans une imitation sensuelle de ce qui allait arriver.

Il gémit, adorant la façon dont Davy dirigeait les choses. Davy repoussa les mains de Kurt au dessus de sa tête, maintenant une prise ferme sur ses poignets. Il déplaça son bassin et glissa sa queue entre les fesses de Kurt, sa pointe gonflée le taquinant.

Kurt gémit à nouveau et écarta davantage les jambes, essayant de l'encourager à s'enfoncer en lui. Davy emplit sa bouche d'un grognement et du ballet de sa langue. Il releva brusquement la tête et fouilla dans la table de chevet pour trouver le lubrifiant.

La bouteille entre les mains, il s'arrêta.

— Préservatif ?

— Tu as baisé quelqu'un d'autre depuis moi ? demanda Kurt en haletant.

— Bien sûr que non.

— Alors viens. Maintenant.

Lubrifiant ses doigts, Davy en plongea deux immédiatement en Kurt. Son dos se cambra au dessus des draps. La brûlure était intense – il n'avait pas encore beaucoup l'expérience. Brûlure mise à part, c'était foutrement bon, surtout quand Davy appuyait le bout de son doigt sur sa prostate.

— Oh, putain ouais.

— C'est si chaud à l'intérieur, murmura Davy. Etroit. Si étroit, bordel.

Il baissa la tête et suça passionnément sa bouche. Kurt cria et agrippa les cheveux humides de Davy.

Un autre doigt glissa en lui.

— Mmmm. Ouvre-toi pour moi. Montre-moi à quel point tu aimes ça.

La voix de Davy, dont l'intonation venait de baisser, vibra dans ses couilles, le poussant plus près de l'orgasme.

— Dépêche-toi, s'il te plaît.

Léchant ses lèvres, Davy retira lentement ses doigts. Kurt se contracta, essayant de garder ces doigts magiques à l'intérieur, même s'il savait que la queue de Davy lui donnerait encore plus de plaisir. Davy caressa sa queue avec une nouvelle dose de lubrifiant, frimant pour Kurt.

Pesant sur lui, il saisit à nouveau ses poignets, donnant à Kurt l'illusion d'être maintenu captif, même s'il n'y avait aucun doute dans leurs esprits que Kurt pouvait arrêter ce jeu à l'instant s'il le voulait. Mais il ne voulait vraiment pas que ça cesse. Il pourrait lever les yeux vers le visage de son amant, à l'expression diaboliquement sensuelle, pour le reste de sa vie.

Davy le taquina avec son gland. Kurt poussa vers lui, mais Davy sourit et se retint, gardant cette chair tentante juste hors de sa portée. Kurt gémit et se tordit sous lui.

— Oh ouais, tu en as désespérément envie.

— De toi.

Kurt n'avait prononcé des mots de cette voix haletante qu'une seule fois auparavant, la dernière fois que Davy l'avait baisé.

Davy baissa la tête et suça un de ses mamelons alors même que sa queue glissait dans le corps de Kurt sans résistance. Sous cette double sensation, Kurt agrippa les draps et cambra le dos sur le lit.

Un lent retrait et Kurt aurait juré pouvoir sentir chaque veine et aspérité de la queue de Davy en lui. Une autre poussée délibérée et le gland de Davy heurta sa prostate. Il cria une nouvelle fois.

Davy se déplaça vers l'autre mamelon, mais Kurt pouvait à peine se concentrer sur autre chose que le lent va et vient en lui. Encore, il en voulait encore.

— Davy, oh, Davy.

— J'adore la façon dont tu me supplies, en utilisant juste mon nom.

Davy relâcha ses poignets, mais avant que Kurt ne puisse baisser les bras et attraper sa queue pour lui donner la pression dont il avait un besoin fou, Davy repoussa ses genoux contre sa poitrine.

— Tiens-les, lui ordonna-t-il.

Kurt obéit, et dès que Davy eût déplacé son poids, il commença à marteler le cul de Kurt, plus vite, plus fort.

— Davy, s'il te plaît.

Il avait besoin de jouir, il avait besoin de sentir Davy en lui.

Une main s'enroula autour de la queue gonflée et douloureuse de Kurt et la caressa durement.

Un son long et bas venu du plus profond de son âme s'échappa de sa gorge alors que sa jouissance se répandait sur son ventre.

Davy grimaça alors qu'il continuait de baiser Kurt pendant son orgasme, se retenant jusqu'à ce que le dernier frisson de plaisir quitte son corps. Alors, il enfonça sa queue aussi loin qu'il le put. Une teinte rosée colora la peau pâle et glissante de sueur de la poitrine et du cou de Davy qui tressaillit, jouissant sans un son. Le jet de sperme épais qui se déversa en Kurt fit tressauter sa queue épuisée.

Kurt attira Davy contre sa poitrine, Davy toujours enfoui à l'intérieur de son corps. C'était l'un des meilleurs moments de leur vie commune – s'endormir avec Davy dans ses bras.

— Je t'aime, murmura Kurt en embrassant Davy.

Davy souleva son poignet, embrassant une extrémité de la cicatrice blanche, puis embrassa la cicatrice rose et satinée sur sa poitrine.

— Moi aussi, je t'aime.

Oui, les marques sur son corps représentaient les jalons de leur relation, aussi permanentes qu'un tatouage. La vie de Kurt avait pris un sens dans la douleur, le désespoir et la tristesse. Mais le résultat final, avoir Davy dans sa vie, en valait la peine.

Pour autant qu'elle s'en souvienne, KC Burn a toujours écrit et elle craque complètement pour les histoires aux fins heureuses (de toute sorte).

Après avoir quitté Toronto pour s'installer en Floride où son mari accepte qu'elle fasse le travail de ses rêves, elle se découvre une passion pour les romans d'amour gay et réalise un rêve qui lui est propre – être publiée. Le jour, elle édite des contenus pour le web, et la nuit elle néglige un mari compréhensif qui la soutient, ainsi qu'un chat en manque d'affection, pour écrire des histoires se déroulant dans le passé, le présent ou le futur, sur des hommes qui aiment des hommes.

Pour elle, écrire est toujours amusant et gratifiant, mais écrire les histoires de *ses* hommes est le travail le plus amusant qu'elle ait fait depuis longtemps, et elle espère que vous les apprécierez autant qu'elle.

Retrouvez KC sur son site web : www.kcburn.com ou sur Twitter: twitter.com/authorkcburn.